La mala hija

Carla Cerati

La mala hija

Traducción de
José Ramón Monreal

Círculo de Lectores

A Alberta,
fiel compañera de ruta

Supone un gran dolor divulgar la vida de una madre,
y resulta perverso revelar sus errores.
¿Por qué lo hago, entonces?

EDWARD DAHLBERG

PRIMERA PARTE

Desde que murió mi madre he vuelto a adorar los domingos: me gusta despertarme en mi habitación luminosa, abrir los ojos poquito a poco comprobando que no tengo ya sueño, mirar la luz que se filtra a través de los visillos y mucho más por entre los encajes que los adornan; o bien, si es pleno verano, sentirme envuelta por la penumbra de las esteras puestas a colgar tras los cristales abiertos. Me gusta quedarme despierta en la cama unos instantes más con la conciencia de poder hacer con mi tiempo lo que me venga en gana; despreocupada miro el despertador sobre la mesita de mi derecha: tengo ante mí una jornada agradable. Me pongo una camiseta o un chándal según la estación; me encanta andar por la casa poco vestida y con los pies descalzos, como mucho con unas zapatillas de tela, ligeras.

Me enjuago la boca con un colutorio azul, perfumado, pongo a calentar el hervidor y cojo el periódico que el portero me deja todas las mañanas delante de la puerta. En la cocina, encima de la gran mesa blanca que cada noche me preocupo de dejar limpia y ordenada, pongo la taza, el café soluble, el puchero de la leche y la caja de las galletas; es el momento en que el hervidor empieza a silbar y puedo desayunar hojeando el periódico; leo por encima los titulares de las páginas de política nacional y extranjera, me detengo en las de cultura y si encuentro una recensión interesante la recorto para recordarme a mí misma que tengo que comprar el libro o ver el espectáculo del que se habla.

A veces termino la lectura en el baño dejando luego el

periódico sobre el borde de la bañera. He de ponerme a trabajar, pero antes enciendo el hilo musical para tener música en toda la casa. Me encanta dedicarme al cuidado de las plantas, y durante el buen tiempo trasplanto, desinfecto, podo y riego; luego limpio barandillas y balcones, y también los cristales de las grandes puertas-ventana porque me produce tristeza contemplar el mundo a través de un velo gris.

Al cabo de varias horas de trabajo pienso que debería hacer una pausa; son las dos, a veces las tres de la tarde cuando me siento a la mesa. Al volver a coger el periódico no consigo dejar de pensar con un estremecimiento en cuando mi madre estaba conmigo: como me sentía obligada a sus horarios, que sin embargo no respetaba, ponía la mesa en silencio, buscaba un tema de conversación para terminar recayendo en mi habitual pregunta: «¿Has dormido bien?». Conocía ya la respuesta, pues desde la infancia había estado obsesionada por su insomnio.

Inclinada sobre el plato sorbía ruidosamente la sopa; tras alzar la cabeza unos segundos decía:

–¿No comes?

Yo respondía con esfuerzo:

–Ya sabes que no me gusta hirviendo.

En realidad me había levantado no hacía mucho y no tenía hambre. Con la cuchara en el aire me escrutaba:

–¿Has llegado tarde también esta noche?

Más que una pregunta era una afirmación cargada ahora de benevolencia.

Intentando vencer el mal humor empujaba su silla contra la mesa porque me fastidiaba que dejara caer las migajas de pan en la servilleta que tenía desplegada sobre el regazo y que al término de la comida recogía para sus pececillos y sacudía en el cubo de la basura. Me levantaba continuamente para servirle, con aparente solicitud, aunque en realidad para ocultar el nerviosismo cuando soltaba un «basta» adelantando los dedos extendidos con el fin de detenerme mientras le servía agua o vino y le ponía la verdura en el plato. En esos momentos pensaba con rabia que había sido precisamente ella quien me había enseñado, con tanta tenacidad como para constituir en mí una segunda naturaleza, a decir siempre gracias, no hay de qué, por favor. Ahora me ordenaba simplemente: «la sal», mientras alargaba la mano sin levantar siquiera la cabeza para mirarme como si las lecciones de buena educación me las hubiera impartido cualquier otro.

Delante de mi plato de sopa de pasta con el periódico abierto al lado, pienso que nunca conseguiré desprenderme de los recuerdos: cuando aún vivía mi madre no me habría estado permitido leer mientras comía, cosa que tampoco yo he consentido nunca a mis hijos. Pero ahora estaba sola, podía comportarme como quisiera: hasta me habría podido tumbar con una novela y adormilarme sin que ella asomase la cabeza para preguntarme si por casualidad me encontraba mal.

En la cama aún deshecha, los domingos me gusta leer sumida en la somnolencia; duermo como mucho una hora, acto seguido me hago un café y retomo mi trabajo. Mi casa es grande, he de decidir por dónde empezar: tendría que poner orden, pasar la aspiradora por todas las habitaciones, cambiar las sábanas, quitar el polvo, poner en marcha la lavadora.

Me gusta el olor diferente, ligero, de la casa y las superficies relucientes de los muebles con sus pequeños objetos sin una mota de polvo. Aunque tengo muchos libros sigo comprando; en la mesita que hay junto a la puerta de entrada acumulo los recién adquiridos, en la baja de cristal tengo las revistas y los catálogos más recientes que quisiera mostrar a mis hijos y a los amigos; en la mesa de al lado de la cama amontono las novelas y los ensayos que he terminado de leer y que he de ordenar, divididos por temas y en orden alfabético, en los estantes.

Subida a lo alto de la escalera de mano, y apoyándome a tramos en el techo, quito el polvo a los volúmenes de dos en dos mientras me pregunto durante cuántos años más podré seguir haciéndolo. Recuerdo el día en que se cayó la muchacha de la limpieza, quebrándose la escalera bajo su peso, el jarrón con la bonita palmera sobre una columnita de mármol roto en el parquet con toda la tierra desparramada, y la muchacha llorando. Traté de distraerla, de alegrarle la cara, pero mis torpes intentos no provocaron sino más llanto, por lo que al final la mandé a casa. Ahora tenía una escalera nueva y me aseguraba, antes de subir a ella, de que todo estuviera en su sitio; pero ¿cuánto podría durar aún? Se trataba de pensamientos dominicales que procuraba ahuyentar, ligados como estaban a la existencia de mi madre que hasta pocos años antes –y tenía ya ochenta y tres– se subía a la mesa del comedor en la casa en que vivía prácticamente sola, para limpiar los globos de la lámpara haciéndome temer, cuando me enteraba, que se cayera.

Más de la mitad de mi agradabilísimo domingo ha pasado, he de preparar la cena que reunirá en torno a la mesa esmeradamente puesta a las personas que quiero y que me quieren y que, acudiendo a ella, quieren demostrarme así su afecto mientras continúan un ritual del que quien más quien menos está cansado pero al que no deseamos renunciar todavía. Yo quizá más que nadie para no sufrir la misma soledad que mi madre, para no encontrarme como ella apartada de los acontecimientos e incapaz de darme cuenta de los problemas ajenos y de compartirlos, replegada ya en sí misma, necesitada más de recibir que de dar incluso amando, incluso teniendo verdadera necesidad de que la amen.

No quisiera acabar como ella, que ella fuera el espejo en el que me vea reflejada en estos últimos años. Y para no acabar como ella preparo todos los domingos mi casa como si fuera para una fiesta, y cuando la tarde ya casi ha tocado a su fin redoblo los esfuerzos ante el temor de no acabarlo a tiempo: mientras las verduras y la carne se cuecen en el horno y en el fuego, corro a darme una ducha, me seco y aliso el cabello hasta tenerlo reluciente, me visto y me arreglo como para una cita amorosa. Y mientras hago todo esto me sorprendo con una pregunta: ¿qué tienen de distinto estos domingos que me resultan tan agradables en comparación con ésos, recientes aún en mi memoria y en el fondo similares, que viví con mi madre?

De inmediato rememoro los domingos de mi adolescencia que coincidió con un momento difícil para nuestra familia. Data de aquella época, por primera vez, la conciencia de una tensión interior, de deseos inexpresables e incomprensibles, de necesidades ignoradas. A la distancia de tantos años vuelve a mí una sensación de reclusión, de exclusión de la vida que sentía desarrollarse fuera, en otra parte. El domingo, al liberarnos a todos de las actividades habituales y obligarnos a estar juntos, sacaba a la superficie problemas que nadie estaba preparado para discutir y dar solución. Conservé de ellos un sabor envenenado al que me fue siempre imposible habituarme y que redescubrí durante la convivencia con un marido que, exactamente como mis padres, quiso ignorar y desaprobó ciertamente mi necesidad de respirar un aire distinto al de las cerradas paredes del hogar. Sólo más tarde, una vez acabado nuestro matrimonio, me di cuenta de haber vuelto a vivir con placer los domingos, de cualquier modo que fuese. Y esto hasta que mi madre decidió, pretendió, esperó, venirse a vivir conmigo.

Mis padres vivían desde hacía casi veinte años en Módena cuando mi padre murió; se habían trasladado allí con mi hermana al poco tiempo de mi matrimonio. En ellos había visto realizado aquello en lo que yo más tarde fracasé: habían sido una pareja en el sentido más pleno del término, o así me lo parecieron siempre; se acostaban a la misma hora y en la misma cama, veían juntos la televisión, iban de visita y de vacaciones juntos, sabían todo el uno del otro o así lo hacían ver. Dos personalidades que se habían complementado sin jamás fundirse y que conservaron hasta el último momento dos formas distintas de expresarse y de actuar: él fumaba encendiendo el pitillo con la colilla del otro mientras que ella no quiso probar nunca ni siquiera una calada; a él le gustaban los aperitivos, el buen vino en la mesa y el coñac después de cenar; ella coloreaba apenas el agua con vino en las comidas y, si aceptaba «una copita, solamente una copita» de Strega, mojaba la punta de la lengua en el vasito mientras un estremecimiento le recorría. Él tenía sentido del humor, leía y releía los libros de Wodehouse y de J. K. Jerome, ella no comprendía la más simple ocurrencia y se irritaba con las gracias de Ridolini y con las películas de Charlot. Él adoraba la ópera y era aficionado al fútbol, ella era indiferente a la primera y le aburría lo segundo.

A pesar de que fueran muy distintos su unión me pareció siempre irreprochable, quizá porque había una clara separación entre el ser una pareja y la correspondiente relación con los hijos: entre ellos y nosotros existía una distancia originada, más que por la autoridad, por su coalición, por su convencimiento de estar en lo cierto en aquello que nos imponían. En esto radicaba su fuerza, en la contraposición inquebrantable a nuestro mundo infantil, una diferencia que significaba: «Vosotros seguiréis vuestro camino pero nosotros permaneceremos juntos».

Nunca hablaban de cómo se habían conocido; siempre pensé en un flechazo que en el curso de los años se hubiera ido transformando en un sentimiento distinto y sólido, indestructible, basado en la decisión, que nunca desfalleció, de redimir una infancia que había sido, aunque de modo distinto, desgraciada para los dos.

Mi padre había sido un hijo no deseado, al que pusieron en manos de la nodriza a los seis años. La vuelta a la familia con el comienzo de la escuela significó para él la pérdida de la ternura y de la libertad. Una vez terminada la escuela elemental lo enviaron a trabajar como aprendiz de un electricista; en invierno tenía que levantarse a las cinco de la mañana para cortar leña y encender la estufa de manera que los demás encontrasen la cocina caliente al despertar; tenía tanto sueño que, al ponerse los calcetines, se volvía a dormir sentado en el borde de la cama.

Para escapar a su destino de pequeño criado de casa se enroló a los diecisiete años en el ejército; fue embarcado para Libia donde permaneció hasta los veinticuatro haciendo una rápida carrera en el cuerpo de telegrafistas.

Se convirtió en un hombre cerrado, taciturno. Un ogro, lo calificaba mi madre.

Yo lo recuerdo por lo general sumergido en la lectura o concentrado en extraños cálculos para cuya realización se servía de un aritmómetro de bolsillo que llevaba siempre consigo. Tenía también otro, éste más grande, de marfil, para cuando proyectaba con el pantógrafo y unos transformadores eléctricos para dibujarlo luego en tinta china en un papel milimetrado de color rosa, acompañando todo con unos pequeños números que yo encontraba estéticamente perfectos.

Mi padre abandonaba su mutismo sólo cuando –como él decía– empinaba un poco el codo; entonces hablaba del mal de África, «una nostalgia que sólo pueden comprender los que han vivido allí». Rememoraba los días en que soplaba el yâbli y no había manera de protegerse de la arena que se metía por todas partes, y el rezo del almuédano que desde lo alto del minarete llamaba a los fieles a la oración, y las danzas y cantos de las tribus nómadas; pero sobre todo las marchas forzadas por el desierto con el terror a morir de sed, con los labios agrietados por el ardor y la lengua hinchada hasta no poder pronunciar palabra, la búsqueda de agua con el espejismo de un oasis, la ilusión de quitarse la sed estrujando la arena húmeda en el pañuelo.

A partir de estos relatos me formé de niña la imagen de un

padre a caballo con el fusil en bandolera y la cabeza protegida por el casco colonial. Una idea romántica alimentada también más tarde por su aspecto y modales: el porte altivo, el caminar a grandes pasos con las manos en los bolsillos y el sombrero ladeado chulescamente mientras lanzaba miradas con sus ojos azul grisáceos; y sobre todo su actitud de mando y las frases cortantes con las que increpaba a los importunos contribuían a hacer de él, y no sólo para mí, una figura de primer plano relegando a mamá, que trataba de ponerse a su altura con algún pequeño corsé, a un papel secundario.

Sostenía mi padre que los animales, aun los más peligrosos, no dejan de advertir la superioridad del hombre:

–Si un día te encontrases –me decía– delante de un león, o de un tigre, no le vuelvas nunca la espalda, quédate mirándolo fijamente sin agachar los ojos. Será él quien te tema, quien abandone el campo.

Lo imaginaba así, dentro del círculo de fuego que debía mantener a distancia a los felinos, con la mirada dura e iridiscente, fusil en ristre, dispuesto a defenderse del asalto en el claro de luna que iluminaba el desierto.

Sin embargo, había un episodio en el que hubiera preferido no creer: el del perrito bastardo que lo perseguía a todas partes; mi padre había terminado por tomarle cariño y considerarlo su perro; pero un día el animal le desobedeció, obstinándose a pesar de sus intimidaciones. Presa de ira, mi padre lo enterró vivo en la arena.

Nunca traté de saber qué había de cierto en esa historia que confirmaba otras descripciones de él como un hombre duro, por momentos violento. Cuando me convertí en adulta pensé que la necesidad de amor insatisfecho le había hecho ver en ese perrito a la criatura que le habría sido fiel a cualquier costa y cuya rebelión lo desilusionó amargamente.

Mi padre asociaba el mal de África con lo que él denominaba su nomadismo: hasta que no alcancé la madurez me pareció que la vida de la familia estaba gobernada por su inquietud; nunca permanecíamos más de tres años en el mismo lugar. Cambiar de casa o de ciudad entraba para todos nosotros dentro de lo normal.

–En mi vida he hecho las maletas treinta y ocho veces –se enorgullecía mi madre– siempre con mis propias manos y sin romper ni un vaso.

Nunca se quejó de esta continua falta de raíces: la familia era para ella la patria y la fe estaba representada por el compromiso asumido el día de su boda: «Seguirás a tu marido allí donde él crea conveniente fijar su residencia».

En estos desplazamientos, nosotros los hijos nos sentíamos animados por la idea de la novedad; amigos de los que nos disgustase separarnos no teníamos porque nuestros padres consideraban poco menos que reprobable el buscar intereses y afecto fuera de la familia. Si alguna vez, de niños o de muchachos, mostrábamos ganas de salir, de frecuentar a los compañeros de escuela, mi padre preguntaba con tono de dolido reproche:

–¿Es que os falta algo en casa?

Mi padre fue siempre consciente del hecho de haber tenido que dejar la escuela a los diez años y de su consiguiente ignorancia, y sufrió tanto por ello hasta el punto de doblegar su orgullo y pedir a mi madre que le corrigiera cada vez que se equivocase en un verbo. Seguramente debió de ser un excelente alumno porque nunca tuve la ocasión de pillarle en un fallo, ni hablando ni por escrito.

Su personalidad debió de ser verdaderamente fuerte habida cuenta de que a pesar de esta limitación consiguió infundir en todos nosotros el convencimiento de su superioridad en la pareja. Le gustaba decir:

–Mamá es el brazo y yo la mente.

Sostenía que la mujer sólo en el plano instintivo es superior al hombre; cuando yo de niña le planteaba el caso de

María Curie él arrugaba el entrecejo mientras me rebatía con una sonrisa despectiva:

–El genio era ÉL, su mujer no era nada más que el brazo ejecutor.

Decía con orgullo que se había hecho a sí mismo. Se había formado una cultura con los libros que leía y releía insaciablemente identificándose con personajes como Martin Eden, hombres salidos de la nada y que alcanzaron puestos de mando con la única ayuda de la inteligencia, la tenacidad y la voluntad. En cuanto a mi madre tenía seguramente algo en común con la mujer que Martin Eden amaba y que lo instruyó proporcionándole los primeros instrumentos para abordar la cultura; con la sola diferencia de que siempre estuvo a su lado, fielmente sometida, sin jamás echar de menos la familia burguesa de la cual provenía.

A la muerte de mi padre tanto yo como mi hermana, que vivía en mi mismo barrio de Milán con su marido y sus hijos, nos sentimos en la obligación de proponer a nuestra madre un acercamiento a pesar de no desear o incluso temer una convivencia. Al regreso de los funerales le escribimos, cada una a su manera, para sugerirle que se trasladara a Milán. Tras su muerte encontré estas cartas; en la mía le proponía que buscáramos un pequeño apartamento con terraza donde podría cultivar sus rosas con la promesa de una presencia asidua, mía y de mis hijos. Mi hermana fue más cauta, como si no quisiera crear ilusiones. Su convivencia en Módena no fue fácil: continuos choques por cosas de nada amargaban las jornadas que yo imaginaba aburridas para una chica de veinte años. Lea se escapó y se vino a vivir a mi casa, primero con la excusa de asistir a un curso de idiomas, luego terminó por quedarse durante los siete años que la separaron del matrimonio. Mamá se quedó dueña y señora indiscutida de su reino junto al marido a quien había dedicado todos sus desvelos y en quien había puesto todas sus expectativas; y quiso permanecer en aquel reino porque había sido su casa, la que habían construido juntos tras muchos años de vida en común, y porque en aquella ciudad estaban sus muertos, los dos hombres de la familia: mi padre y mi hermano.

Me he preguntado a menudo cómo se las arregló, precisamente ella, para no estar presente en el momento de la muerte del hijo y del marido tan queridos.

De regreso del entierro de mi hermano me impresionó un comentario de mi cuñada:

–¡Qué extraña mujer! La mañana en que Michele estaba muriéndose, ella tenía una cita con el ingeniero que lo iba a sustituir. Estaba claro que era el final, pero ni aun así abandonó sus ocupaciones.

Esa muerte dejaba a mi padre la responsabilidad de una empresa recién puesta en marcha en la que había invertido todo su capital. Tenía casi setenta años, y desde hacía tiempo sabía que estaba enfermo del corazón y tuvo que renunciar a la idea de tomarse un descanso. No dijo palabra de su salud porque detestaba ser objeto de la preocupación de su mujer. No trató de curarse ni de dejar de fumar y beber; despreciaba a las personas que en vez de vivir la vida se privan de algo para prolongarla.

El día en que se produjo el aluvión sobre Florencia me telefoneó con una voz desconocida para mí: cansada, rota. Me dijo que también en Módena los ríos se habían desbordado y que la fábrica con algunos grandes transformadores listos para su entrega y el almacén con los carísimos rollos de cobre habían quedado inundados por el agua. Se me encogió el corazón, nunca había oído una cosa así. Partí enseguida para reunirme con él, pero una serie de accidentes en la autopista causaron un embotellamiento que hizo que me retrasara un par de horas. A mi llegada me dejó impresionada su tensión nerviosa. Estaba palidísimo y dijo que había temido que me hubiera ocurrido alguna cosa. Lo dijo como quien durante la espera hubiera sufrido del corazón y siguiera sintiendo un dolor en el pecho.

A la mañana siguiente me llevó a la empresa para mostrarme el desastre.

–Estoy cansado –me dijo como si hubiera dejado de importarle–, estoy cansado.

La tarde en que Lea me telefoneó llorando acababa de llegar a Alassio para pasar allí unos días con mis hijos entre Fin de Año y Reyes. Montamos rápidamente en el coche para emprender ese largo viaje por la noche con una niebla muy densa y las carreteras heladas. De vez en cuando tenía que bajar a quitar el hielo que se formaba en el parabrisas porque el utilitario no estaba lo bastante caldeado; había que avanzar lentamente y notaba deslizarse los neumáticos por el asfalto.

Desde aquel enero de 1967 han pasado más de veinte años y sin embargo cada vez que se me ocurre pasar por esa autopista y ver la indicación «Casei Gerola» no consigo quitarme de la cabeza esa noche, la marcha atrás que tuve que realizar en ese punto que, debido a la niebla, se me había pasado, para coger el cinturón que me llevaría a Módena. Cuando llegamos amanecía ya y a las primeras luces del día vi acercarse un hombre en bicicleta por un sendero del campo; llevaba las manos enfundadas en guantes de piel de conejo, forrados por dentro, que llevaba atados a las guías del manillar. Me dominó la angustia, no sólo porque iba a casa de mi padre y no sabía si lo encontraría vivo o muerto, sino también porque esa figura encorvada me recordó todo el pasado esfuerzo de mi madre y de repente una frase de él: «Espero que se muera primero ella. ¿Qué haría si no sin mí?».

Cuando lo vi inmóvil en la camilla, todavía en el ambulatorio de primeros auxilios en espera de que le encontrasen habitación, me impresionó su perfil dominante que había adquirido un color grisáceo. Me tranquilizó la presencia de mi cuñada.

–Me he quedado de guardia porque mamá no sabe imponerse. Decían que no había sitio. Pero apenas dije que quería una habitación individual de pago han aparecido cuatro. La están preparando. ¡A un hombre como tu padre... no lo podemos mandar a una sala!

Lo miramos con preocupación, inmóvil y mudo en todo momento. Ella continuó:

–Me he enterado por el médico de que hace unos meses tuvo un infarto del que no dijo nada a nadie, se lo aguantó solito. Después de la muerte de Michele no quiso cerrar el negocio, pues pensaba en los nietos. Ayer vino de la oficina conduciendo él el coche, lo metió en el garaje y luego pidió a mamá que llamara a un médico. Lo han ingresado en urgencias, porque estaba ya gravísimo.

Lea todavía no había llegado, pues tenía que organizarse con los niños. Mi padre no estaba siempre consciente. Para prestarle asistencia hacíamos turnos Livia, mi madre y yo. De vez en cuando él retiraba las mantas para levantarse de la cama. La enfermera nos había rogado que no le permitiéramos moverse. Pedí hablar con el director médico quien, con una brusquedad a la que no estaba acostumbrada, me dijo:

–Su padre tiene una herida abierta en el corazón y el menor esfuerzo le será fatal. Hay que procurar que no se mueva.

–Mi padre no es un hombre a quien se le pueda obligar a nada.

El médico levantó la voz:

–¡Encuentre la manera! ¡Aquí hay enfermos que con tal de curarse permanecen inmóviles durante cuarenta días seguidos!

Para no obligarlo, puesto que había dado señales de no tolerarlo, durante mi turno permanecí sentada cerca de la puerta limitándome a no perderlo de vista.

De vez en cuando él murmuraba:

–Ésa me está vigilando.

Me resultaba doloroso ser mirada con sospecha por él en aquellos días que, no me cabía duda, eran los últimos de su vida. Lo había querido mucho, quería a ese hombre en apariencia duro y en cambio de natural muy dulce, que me había ganado siempre con su ternura, y cuyos ojos azules se inundaron de lágrimas el día de mi boda como si me estuviera diciendo adiós para siempre.

La mañana de Reyes me tocaba a mí el turno. Estaba sentada a su lado mientras le sostenía la mano; pensaba en lo lisa que era su piel a los setenta y dos años. De golpe miró a mis espaldas diciendo en bergamasco:

–Está nevando.

Al volverme vi a través del amplio ventanal el blanco cielo y la nieve que caía transversalmente a grandes copos. No le había oído hablar nunca en dialecto sino para referirse a frases o episodios de su niñez; me produjo una impresión siniestra. Poco después comenzó a preguntar por mamá, mirándome como si no me reconociera:

–¿Dónde está Ida? ¿Por qué se ha ido? ¿Adónde ha ido? ¿Por qué no vuelve?

Con un gesto inesperado retiró las mantas para levantarse de la cama. Le retuve de la mano:

–No te muevas, tienes flebitis.

Se desprendió con rabia y por un momento vi su mirada inane; tal fue la impresión ante aquellos ojos azules de mirada perdida de repente. Me cogí a la pera, acudió una enfermera y por fin se presentó el médico. Trataron de darle un masaje cardíaco, pero ya se les había ido.

A mi madre, que deseaba saber si había preguntado por ella, le dije que no había recobrado la conciencia. Pensaba que su sufrimiento habría sido mayor de haber sabido que le había fallado precisamente en el último momento. Mi cuñada comentó más tarde con un cabeceo:

–Qué extraña mujer, en momentos como éste yo sería incapaz de alejarme; ella en cambio organiza su vida de manera tan rutinaria y complicada...

Yo creo que se trataba siempre de un mecanismo de defensa, de una huida inconsciente, de no querer asistir al tránsito. Tener que decir «ya ha pasado» le resultaba menos doloroso que estar presente.

A la muerte del hombre que había representado todo o casi todo para ella, mi madre contaba sesenta y ocho años. Pensé que saldría de ello afectada, destruida.

Fui a verla al cabo de un mes del funeral. Le hice, quién sabe por qué, una serie de fotografías. Con su rostro enjuto bajo una frente notable enmarcada por unos cabellos ondulados aún sin una cana, me miró a través del objetivo con sus grandes ojos tristes dibujados tras unas gafas de montura gruesa mientras permanecía abrazada a su perrito de lanas. Se lo había regalado mi padre, el último de una serie de perros muy queridos y de cuya pérdida no se consoló jamás; animales perdidos en algunos de los muchos traslados o bien muertos trágicamente, o robados. Animales que se fueron convirtiendo en muy importantes para ella a medida que los hijos se distanciaban.

Brick, tal era el nombre del perrito, era un perro con pedigrí; extraña elección para alguien como mi padre que había recogido siempre animales vagabundos de gran tamaño, preferiblemente pastores bergamascos o perros lobos. Evidentemente quiso acordarse de los deseos de mamá y hacerle un preciado regalo.

Cuando *Brick* fue llamado a cubrir a una perrita con sus mismos requisitos se negó a ello yéndose a un rincón, aterrado por la agresividad de la hembra. Siempre pensé por la manera cómo lo contaba que este hecho lo hizo más querido para mi madre; se creó entre ambos una simbiosis tal que en el curso de los años acabaron por semejarse: la veo, cuando iba a esperarla a la estación la víspera de Navidad, llegar desde el fondo del andén surgiendo de la niebla, ella con un largo abrigo de piel de cordero persa, él tieso, con el bozal y la traílla roja y el pelo crespo cepillado en punta. Sabía ya que en el bolso de mi madre, junto al neceser con el Valium y las gotas para la presión estaba, cuidadosamente envuelto y ya cocinado, el filete de caballo que todos los días, durante las dos semanas que iban a pasar en mi casa, ella le cortaría a daditos y mezclaría con un poco de arroz hervido, practicando con él una especie de juego infantil para inducirlo a comer.

Su parecido me asombraba tanto que les hice un cojín en el que los representé de perfil con sus abrigos de piel mientras caminaban a pasitos cortos y cautelosos, él delante con la traílla tensada, gallardo cual caballo de parada, ella frágil, encorvada, con la nariz metida en el cuello del vestido y el casquete, inclinados ambos como para hacer frente a un viento contrario. Mi madre se rió, con una de esas risitas suyas a flor de labios, para luego comentar:

–Qué mala eres, sin embargo.

Hicimos con el perrito un viaje al cabo de un año de la muerte de mi padre: tenía que ir a Zurich por trabajo y le propuse a mi madre que me acompañara; ella con una cierta alarma me preguntó:

–¿Y *Brick*?

–Llevémoslo también a él.

Era un otoño hermosísimo, disfrutamos del paisaje con calma, en Zurich buscamos un hotel donde el perro estuviera bien atendido. Encontramos uno en una colina inmerso en un parque tupido de árboles dorados y llameantes: la luz que en el vestíbulo y en las escaleras se filtraba a través de los ventanales modernistas era suave. Mamá propuso en voz baja que tomáramos una habitación de dos camas, sin duda para no hacerme gastar demasiado; me negué en redondo, pues la idea de dormir en la oscuridad más total con una persona de sueño fragilísimo y el perrito acurrucado en la alfombra me producía horror.

Por la tarde leí un buen rato mientras me distraía de vez en cuando con la contemplación de un pequeño cuadro que representaba un estanque gris azulado con un primer plano de cañas bravas de un color de tierra quemada. Nunca había visto, en una habitación de hotel, un cuadro que me estimulase tanto la fantasía como éste; estaba casi hipnotizada, como si sobre aquella pared estuvieran proyectando uno de mis sueños recurrentes, el de una visión absolutamente inmóvil y serena como me sentía yo en ese momento.

Raramente vi a mi madre tan contenta y sobre todo tan agradecida: al regreso, con un calor conmovedor, me dijo que nunca se habría esperado un regalo semejante. Trató incluso, tímida pero decidida, de devolverme el dinero gastado en el viaje.

Durante los veinte años pasados desde entonces creció en mí la idea de haber sustituido para ella a la figura viril que echaba de menos: era a mí a quien telefoneaba para anunciar sus llegadas a Milán, convencida de que iría a esperarla a la estación. Era yo quien la acompañaba de regreso llevándole las maletas y poniéndola en el tren. Sólo de mi guía se fiaba, ella que en los últimos años se había vuelto ansiosa incluso cuando viajaba con mi padre. De sus dos hijas era yo la liberada, la autónoma, con una profesión independiente que me permitía vivir. Pero sólo ahora comprendo que el hecho de verme en un papel masculino puede haber arrancado de aquel viaje que no esperaba ya hacer porque el que conducía el coche y tomaba las decisiones, el que la había llevado consigo a visitar ciudades y países, no estaba ya.

Mi madre logró llenar en parte el vacío que la muerte había creado en sus días: desempolvando su pasado de profesora consiguió reunir a un grupito de niños a quienes ayudaba, de modo gratuito, a hacer sus deberes. Mediante la consulta de sus textos escolares trató de adaptarse a los nuevos métodos de enseñanza. Descubrió que en la televisión daban un curso de francés y durante un periodo de tiempo lo siguió, pues intuía la importancia de mantenerse mentalmente activa. Seguía llevando la contabilidad de la empresa tal como mi padre dejó escrito en su testamento, a sabiendas de que le encomendaba una cosa agradable y útil a fin de que siguiera teniendo algún cometido en la vida. En el piso de arriba de la misma casa vivía mi cuñada con sus dos hijos, de veinte años el mayor y de quince la segunda; tras la dramática muerte de mi hermano, que se adelantó en cuatro años a la de nuestro padre, esa mujer fuerte y realista decidió echar una mano, en la administración, al ingeniero llamado a sustituirlo. Mañana y noche, yendo y viniendo de la oficina, entraba a saludar a mamá.

En la parte trasera de la planta baja, ocupaban un pequeño piso los porteros, una pareja encargada de desempeñar los trabajos pesados de la casa y de cuidar el jardín. Hubiérase dicho por tanto que estaba garantizado un cierto número de presencias y de ayudas. Desde el punto de vista económico sabía, pese a no haber preguntado jamás el monto, que mi madre cobraba una pensión como ex docente y que mi padre se había preocupado de que fuera depositada de por vida una suma mensual como copropietaria de la empresa.

Todo parecía arreglado del mejor de los modos y para siempre, y nosotras sus hijas no tendríamos que sufragar su futuro en vista de que ella misma había decidido quedarse en Módena.

Desde hacía un tiempo no vivía ya con mi marido aunque seguía ocupándome de la casa en la que él se había quedado con nuestro hijo. Nunca hablé del fracaso de mi matrimonio con mis padres, pues estaba convencida de que la verdad les habría dolido y que me crearía posteriores problemas. El hecho de que vivieran a doscientos kilómetros de distancia y que mi marido estuviera a menudo de viaje me ayudó también porque sus visitas duraban solamente un par de días y mi padre prefería dormir en un hotel. Después de su muerte las cosas cambiaron porque mamá no habría emprendido el viaje en tren para una permanencia tan corta.

Por más que podría parecer ridículo, menos aún que antes quería decirle la verdad; si de mi padre habría podido esperar que me comprendiese, con mi madre no quería ni siquiera intentarlo. Por otra parte tenía en mi marido a un aliado involuntario, maestro en el silencio y convencido defensor de una teoría: que un hecho no enunciado no ha existido, y aunque se afirme que sí, puede interpretarse como una simple provocación y acto seguido ser ignorado negando implícitamente su existencia. Sin siquiera darnos cuenta escenificamos para mi madre una pequeña comedia: a su llegada cogía mi juego de tocador y me iba a dormir a la que había sido mi habitación y que había permanecido tal como la había dejado al irme. De mi nueva casa hablaba como de un estudio alquilado ya amueblado.

Pese a no ser una solución cómoda la adopté durante varios años pensando que se trataba tan sólo de dos semanas en Navidad y otras tantas en Pascua. Sin embargo llegó el día en que mi madre abordó el asunto porque había advertido, dijo, y desde hacía tiempo quería hablarme de ello, que mi marido y yo dormíamos en habitaciones separadas, situadas incluso en los dos extremos del apartamento. Tras un comienzo dubitativo encrespó el tono moralista de los momentos serios. Corté sus palabras con fingido desdén diciendo que teníamos un ritmo de vida demasiado distinto, que él se levantaba pronto y no soportaba que yo leyera en la cama hasta entrada la noche. Ella no se dio por vencida:

–Si papá estuviera aún con nosotros no lo aprobaría.

Repliqué yo, sabiendo cómo cerrarle la boca:

–Papá decía siempre que entre marido y mujer nadie debe meter la nariz.

En nuestra familia mi padre había representado la autoridad: oponérsele significaba perder de antemano porque era autoritario por naturaleza; sin embargo a mis ojos representó también la inteligencia y por tanto la razón. Con él podía discutir aunque no saliera victoriosa, especialmente desde que había comenzado a aceptarme como su igual.

Pese a haber sido un padre intransigente había cambiado llegando a declarar: «Si naciera de nuevo me comportaría de manera muy distinta con los hijos». En cambio mi madre permanecía atrincherada en sus propias posiciones sin aparentar dudas ni fisuras: todo había sido decidido para nuestro propio bien y por tanto no se habían equivocado en nada.

He reflexionado a menudo acerca del hecho de que mi padre, al morir poco antes de que estallara la revuelta estudiantil del 68, se evitó algunas amarguras y a mí me ahorró diatribas sin sentido: a pesar de su imprevista y oportuna tolerancia no estoy en absoluto convencida de que habría aceptado y comprendido los cambios que estaban por producirse.

Una vez cumplidos los veinte años mi hija se fue a vivir por su cuenta; trabajaba, era autónoma, y yo había compartido su elección. Cuando se enteró mi madre la desaprobó y me escribió una carta en la que me decía que también ella, como cualquier madre, había soñado para su hija el velo blanco y las flores de azahar. Su lapsus me divirtió, le respondí irónicamente que había un error: se trataba de *mi* hija, no de la suya.

Mi hijo de dieciséis años fomentó la contestación en su instituto; naturalmente tuvo que repetir curso. Ante mi madre sostuve que se había tratado de una medida represiva. Ella se indignó:

–¿En vez de castigarlo te pones de su parte?

Sabía qué era lo que hubiera querido: que estuviéramos la una al lado de la otra haciendo punto y suspirando sobre los muchos quebraderos de cabeza que nos daban los chicos, con todos los sacrificios que hacíamos por ellos. Una canción que me conocía muy bien por haberla oído desde la infancia. Pero había sido una estudiante rebelde y no quería convertirme en una madre conservadora: en la revuelta estudiantil reencontraba a la niña que no aceptaba la autoridad en cuanto tal, que pretendía de un adulto el reconocimiento a tener derecho a un crédito más allá del hecho de haber nacido algunos años antes.

El antagonismo entre mi madre y yo se despertó y fue enseguida en aumento debido quizás al clima de esos años: entre el 68 y el 72 se liberó una especie de fuerza magnética que, mezclándolas primero, acabó por separar experiencias, impulsos y tensiones que indispusieron a unos con otros, sin posible mediación, incluso entre personas pertenecientes a una misma familia.

Tras la matanza de Piazza Fontana el rechazo de mi madre hacia su nieto aumentó como si hubiera sido él en persona quien había puesto la bomba en la Banca Agrícola. Dijo haber visto en la televisión los funerales de las víctimas: el ministro Rumor deshaciéndose en lágrimas. Yo no me pude contener:

–Lágrimas de cocodrilo.

Ella se quedó horrorizada como si hubiera blasfemado.

–¡Dios mío, cómo te has vuelto! ¡Cómo os habéis vuelto todos! –Nos miraba, a Daniele y a mí, como si nos estuviera viendo por primera vez; trataba de encontrar las palabras, y acabó diciendo entre dientes–: ¡Comunistas!

Comprendí que había estado en un tris de decir bolcheviques y me entraron ganas de reír. Ella se afligió:

–¡Ya no vais siquiera a la iglesia!

Le repliqué:

–Papá no iba a la iglesia y no por eso dejaba de ser una dignísima persona.

Ella se quedó confusa:

–No iba a la iglesia pero no era... no es que fuese...

La interrumpí:

–Y tú también has estado muchos años sin ir a la iglesia.
Alzó la cabeza orgullosamente.
–Mis motivos tenía.
–¿Los he puesto alguna vez en cuestión?
–¡No faltaría más! Yo soy tu madre.
–¿Y a qué viene eso?

Una vez terminado el instituto, Daniele se matriculó en la universidad, eligiendo la Statale para permanecer en el corazón de la protesta. Tras entrar a formar parte del Movimiento Estudiantil se hizo cargo de la llamada *prensa y propaganda*; del ciclostil se había pasado a la tipografía; un día volvió a casa con un gran cartel que extendió con orgullo encima de la mesa.

–¿Lo reconoces? Es Stalin de joven. No está nada mal para ser la primera vez que imprimimos en colores, ¿no te parece?

Mi madre se acercó y, estirando el cuello, examinó el manifiesto y acto seguido escupió ostentosamente encima, mirando a Daniele con aire desafiante. Él se dominó a duras penas y, tras enrollar el cartel, salió, con el rostro rojo de ira. Al pensar más tarde en esa escena que encontré grotesca me rondaba por la cabeza un dicho popular: «Quien tenga sentido común que lo use».

De los dos, el chico y la vieja señora, el que me pareció que tenía más era él.

De una visita a otra mi madre se puso a indagar acerca de la marcha de sus estudios que, como es natural, entre asambleas y manifestaciones, avanzaban despacio. Yo respondía con monosílabos mientras ella se enorgullecía de los éxitos de sus nietos de Módena. Era como si quisiera atacarme a través de mis hijos; del fondo de mí subía la rabia de no haber sido nunca aceptada y me volvía agresiva como si hubiera esperado esa oportunidad para reivindicar el derecho a ser distinta de ella. Llegó el día en el que perdí el control:

–¿Se puede saber qué quieres de mí? ¿Sabrías decirme qué ejemplos nos ha dado vuestra generación? ¡Nos habéis obsequiado con dos guerras y el fascismo y aún venís a darnos lecciones de moral!

No gritaba pero era peor que si lo hubiera hecho, inclinada de pie sobre ella que se había agazapado en su sillón con el rostro contraído y los labios temblorosos, casi temerosa de que fuera a haber un estallido de violencia física. Se me encogió el corazón: ¿cómo podía emprenderla con una mujer nacida a fines del siglo pasado, crecida en el respeto a la autoridad, que había concedido siempre valor a las instituciones? ¿Cómo podía cambiar de un día para otro sólo porque nosotros fuéramos distintos? Habría debido implicarla en vez de plantarle cara, ayudarla a comprender.

Le di a leer *La matanza del Estado*, un librito que circulaba entre los ambientes de izquierda. Al cabo de unos días me lo devolvió sin comentarios.

–¿Lo has leído?

Ella torció el gesto:

–¡Bah! No he entendido nada.

La llevé a un espectáculo que Dario Fo daba en la Palazzina Liberty: *Muerte accidental de un anarquista.* Durante un descanso se repartieron entre el público unas octavillas en las que se solicitaba una firma para la excarcelación de Valpreda; le di una también a ella explicándole de qué se trataba. Se desentendió entre sorprendida e indignada:

–¡Pero cómo! Si está en la cárcel quiere decir que es culpable.

Por primera vez reí con ternura:

–¡Chist! ¡Habla bajito que si no te darán!

Ella se encogió de hombros impávida:

–Ahora lo convertís en una víctima. Pero cuando lo vi por televisión no me pareció que en la cárcel se lo tratase tan mal: iba aseado y bien vestido...

De nuevo reí:

–¿Para ti, para parecer verdaderamente inocente, hay que estar contusionado y con señales en el cuerpo?

Era mi madre la encargada de decidir cuándo había de venir a Milán de acuerdo con su propia organización doméstica sin preguntarme cuáles eran mis compromisos, y dado que, desde siempre, de forma infalible se daba un baño y cambiaba las sábanas el sábado, hacía la colada el lunes y planchaba el martes, podía suceder que llegase precisamente el día en que tenía una cena importante con el director de algún periódico o bien una cita en el otro extremo de la ciudad. Para no desilusionarla, siempre que me era posible, la llevaba conmigo, en especial si se trataba de compromisos no profesionales; dos veces por semana iba al gimnasio, y le propuse asistir a una clase. Mientras subía los dos pisos de una escalera angosta y empinada la oí jadear sin protestar; se pasó la hora sentada en un taburete, contenta de no haber sido dejada de lado. Animada por sus deseos de participar la llevé conmigo a un debate sobre el amor, organizado por una televisión privada. La edad media de las mujeres participantes era de unos cuarenta y cinco años; la única vieja era mi madre. La vi atenta, llena de curiosidad; a pesar de haber prometido que no intervendría porque no tenía nuestra desenvoltura, cuando la entrevistadora la interpeló no se hizo rogar:

–Durante toda mi vida sólo he querido a un hombre y no me arrepiento de ello –dijo.

En otra ocasión me propusieron que me dejara filmar en diferentes momentos de la jornada para un programa de televisión que sería emitido el ocho de marzo. Se trataba de un compromiso que me iba a ocupar varios días: dentro de lo posible la hice participar. Ella se prestó con sorprendente naturalidad a ser filmada en un primerísimo plano que establecía un paralelo entre tres generaciones de mujeres: madre, hija y nieta. Sin embargo ésta no era más que una pequeña parte del trabajo; la entrevista fuera de campo fue larga, casi extenuante, porque el director estaba decidido a escarbar en profundidad para obtener un retrato femenino exhaustivo. Como entre los componentes del equipo y yo se había creado un clima agradable, la cosa más natural era cenar juntos para acabar la jornada. Mamá no dejó de protestar vivamente cada vez que yo no participaba en las comidas de familia. Su incomprensión me irritó, no sabía ser generosa, no podía renunciar ni tampoco llevarla conmigo a todas partes y habría querido que lo comprendiera por sí sola.

Mi madre llegaba todos los inviernos en la misma fecha y con el mismo tren para pasar las fiestas con nosotros. En esos días de grandes desplazamientos los retrasos alcanzaban los noventa, cien minutos. La esperaba en medio de la gélida humedad de la Estación Central golpeando los pies contra el suelo y calentándome las manos en los bolsillos del abrigo; no quería arriesgarme, si entraba en el bar o en la sala de espera, a no oír el altavoz que comunicaba los retrasos y los eventuales cambios de andén. Apoyada en la pared de un rincón resguardado iba relacionando dentro de mí los temas de conversación que no provocasen fricciones; me proponía ser afectuosa, comprensiva, diplomática; seleccionaba las noticias escalonándolas en los días venideros para no agotarlas todas en el breve trayecto que nos separaba de casa. Comprobaba una vez más la divergencia entre nuestras formas de ser, extrayendo de ello una sensación de angustia y de tedio como ante una situación que se repite sin cambios: sabía que había interrumpido el trabajo y que tenía que retomarlo pronto; sabía por tanto que me habría de justificar y que esto accionaría el acostumbrado mecanismo. Todos los años esperaba que hubiera comprendido y callase, pues se trataba después de todo de los dos o tres días convulsos que precedían a la Navidad. Pero ella exclamaba enseguida desilusionada:

–¿Apenas acabo de llegar y ya vuelves al estudio?

Yo empleaba un tono paciente:

–Tengo unos trabajos urgentes que terminar.

Ella sacudía la cabeza:

–¿Y la compra? Es ya tarde, ¿y no preparas nada de comer?

Siempre quería recordarme lo que consideraba mis deberes elementales.

La víspera de Navidad abandonaba el estudio hacia las cinco; la mayor parte de las compras las había hecho por teléfono y no me quedaban sino las últimas cosas; llegaba a casa con las pesadas bolsas de plástico que me agarrotaban los dedos y lo ponía todo encima de la mesa de la cocina. Mamá dejaba el trabajo de ganchillo y me acompañaba contenta sabiendo que durante un buen número de horas trabajaríamos juntas. Le confiaba tareas en las que se lucía y que la retrotraían a los años en que formábamos una familia: socarrar las patas del pavo para poderlas pelar, abrir el vientre y extraer la membrana interior, sofreír los menudillos y majarlos, triturar el perejil, gratinar el queso, hacer el relleno.

Tras la cena Daniele salía, siempre había alguna reunión, asamblea, manifestación de protesta; mi marido se entretenía en la cocina para hablar con mamá, sabía hacerle amablemente las acostumbradas preguntas sobre la salud, la empresa, los nietos de Módena; las mismas que yo había ya agotado. Me ponía de nuevo a cocinar con el ruido del lavaplatos de telón de fondo; hacia las diez mi marido se retiraba y mi madre se tomaba un Valium, que se tragaba con un sorbo de agua echando la cabeza hacia atrás.

–¿Tienes todavía para mucho? –preguntaba.

–Hasta que haya terminado, mamá.

Le daba la mejilla a besar y ella se marchaba recomendándome como siempre que no me acostara tarde.

Cocinaba hasta la una o las dos; me gustaba ir a dormir pensando que en el día de Navidad haría sólo cosas limpias y agradables, como encender el horno, preparar los entremeses, poner la mesa con el mantel de encaje y la vajilla de plata.

Antes de acostarme empaquetaba los regalos con papel dorado, cintitas, adornos y tarjetas. Por último ponía un mensaje bien a la vista sobre la mesa: «Está todo listo, déjame dormir». Apagaba la luz a eso de las tres; me despertaba el tintineo de la vajilla que mi madre sacaba del lavaplatos y dejaba aquí y allá sobre los muebles. Miraba el reloj, eran las ocho de la mañana; me volvía del otro lado tratando de retomar el sueño pero ya la irritación me lo impedía. Me tapaba los oídos para no oír el arrastrar de sus pies, el desplazamiento de las sillas, el ruido amortiguado de las puertas que eran cerradas despacito. ¿Qué necesidad tenía de ajetrearse a esas horas cuando sabía que dormía en la habitación de al lado? ¿Qué sentido tenía vaciar el lavaplatos sin saber dónde dejar las cosas? ¿De qué me había servido trabajar hasta tarde precisamente para evitar sus prisas ansiosas? ¿Cuántas veces le había dicho que me dejase dormir? Pero ella seguía sin tenerlo en cuenta: entraba en mi habitación a cualquier hora aunque no fuera más que para preguntarme dónde había ido a parar el ganchillo que estaba usando el día antes o para recordarme que era sábado y si debía hacer la compra para el domingo.

Por puntillo me quedaba en la cama hasta que el nerviosismo me hacía retirar las mantas; me ponía el kimono y abría la puerta batiente pasando como un rayo por delante de la cocina.

–¿Estás ya despierta? –decía mi madre que sentía ganas de hablar por la mañana.

Desaparecía sin contestar, me daba una larguísima ducha confiando en calmarme. Me tomaba el café con los ojos semicerrados y el mentón apoyado en la mano mientras hacía ostentación de mucho sueño y respondía con monosílabos a sus preguntas.

Mi hijo tenía un perro, un joven perro lobo rebosante de ganas de jugar; continuamente provocaba al perrito de lanas que le volvía desdeñosamente la espalda. En la alfombra de la sala de estar, a los pies de mi madre que hacía metros y metros de encaje, seguía así durante horas sin cambiar en ningún momento de actitud: *Brick* inmóvil como un tótem, estirado y con el rabo vibrante, y el perro lobo que extendía las patas tratando de cogérselo hasta que ambos se ponían a ladrar el uno contra el otro, el primero al modo rabioso de los perros canijos, el segundo con un ladrido ensordecedor.

Nunca he sabido adelantarme a los acontecimientos, pero en una de esas Navidades, despertada ya por el ruido de la vajilla en la cocina, salté de la cama al primer signo de pelea haciendo una aparición amenazante:

–Y con esto os advierto que esta noche me iré a dormir a mi estudio para así poder estar finalmente en paz.

Mi madre me miró de soslayo sin replicarme; sabía qué era lo que estaba pensando:

–Igual que su padre, cuidadito con despertarlos. Bah, ya se le pasará.

Al cabo de unos días oí que le preguntaba en voz baja a mi marido:

–¿Por qué se va a dormir al estudio?

Él se encogió de hombros, evasivo:

–Se ve que se encuentra más cómoda.

Comenzó así un nuevo periodo en el que por las mañanas podía estar tranquila hasta las nueve y media, hora en que, infaliblemente, mamá llamaba a la puerta con el perrito atado a la traílla y el bolso en el brazo. La ayudaba a quitarse el abrigo de pieles y le ofrecía un café que se tomaba a pequeños sorbos en tanto yo desayunaba. Estaba amable, mientras entre el teléfono y la agenda organizaba mi jornada de trabajo; sin embargo no tardaba en ponerme a la defensiva si ella, al ver que me calzaba las botas, preguntaba:

–¿Vas a salir? ¿Adónde vas? ¿A qué hora regresarás?

Una o dos veces, durante su permanencia, llamaba por

teléfono a mi hermana para preguntarle cuándo podríamos vernos. Al colgar, ella torcía el gesto:

–Con ellos hay que pedir visita como para el médico.

Me habría resultado conveniente tomarme un respiro durante media jornada, pero raramente la invitaban a quedarse a cenar, cosa que ella remarcaba con un poco de amargura. Con no menos amargura Lea sostenía que mamá prefería estar en mi casa porque había más gente, más movimiento.

Era cierto, en mi estudio había un discreto ir y venir de gente: muchachos recién salidos de la escuela de artes gráficas que venían a hacer unos meses de prácticas, redactores con los que preparábamos las ilustraciones para sus periódicos, nuevos clientes a quienes mostraba mi nuevo portafolio y sobre todo amigos fieles a los que convocaba cuando ya no podía más. En esto Giovanna, una compañera desde mi juventud, no tenía precio; no le suponía ningún problema mantener conversación durante una tarde entera, ya fuese preguntando a mamá como hablando de sí misma; conseguía mantenerse en una posición neutral que serenaba los ánimos. Era también hábil en valorarme para halagarla, aunque fuera indirectamente:

–Señora, ¡venga a ver qué cosas más bonitas está haciendo su hija!

Se colocaban a mis espaldas para mirar los bocetos, mientras mi madre me pedía que le explicara algunas cosas, para luego concluir:

–¡Eres estupenda! ¿Quién te ha enseñado a hacer estas cosas? ¡Hace falta fantasía, una cualidad que yo nunca he tenido!

A diferencia de la mayoría de sus coetáneos mis hijos habían crecido sin televisor: una elección hecha cuando aún frecuentaban la escuela primaria y cuando en las familias se empezaban a escuchar frases del tipo: «Si no haces bien los deberes esta tarde no verás el programa».

Mis padres, por el contrario, veían la televisión desde los tiempos de *¿Qué apostamos?* Y sin duda en Milán mi madre la echaba a faltar. Con la intención de complacerla, pero también de liberarme de ella durante algunas horas, le regalé un aparato portátil que acomodé sobre un carrito en la sala de estar, naturalmente en la casa de mi marido; pero acaso yo le resultaba más interesante porque siguió pasando los días en mi estudio, donde, si no había visitas, no siempre se divertía: al cabo de algunas horas pasadas haciendo calceta en el sillón empezaba a ir de aquí para allá con las manos a la espalda mientras observaba los cuadros de las paredes y los objetos sobre los muebles. Por fin se marchaba recomendándome que no volviera a casa demasiado tarde. Sucedió que una tarde no acabé mi trabajo hasta las ocho y media y me encontré a mi marido y a ella sentados a la mesa, esperándome. Habían puesto la mesa y la cocina estaba apagada; nada habría tenido que objetar si mamá no me hubiera reprochado mi tardanza. De repente exploté:

–¡Míralos a los dos preparados para comer! ¿Siempre tengo que ser yo quien lo haga todo?

Más tarde me reí para mis adentros al recordar cómo se habían puesto de pronto manos a la obra sin saber muy bien qué cocinar.

Fue en medio de este clima que el pequeño televisor, a pesar de no haber traído la paz esperada, sirvió para hacerme comprender la mucha crueldad, aunque sea involuntaria, de que somos capaces. Sucedió el día en que mamá dijo que le habría gustado ver el último capítulo de un serial que pasaban precisamente a la hora en que nos sentábamos a la mesa. Le contesté que habría cambiado el televisor de sitio a menos que ella hubiera preferido cenar antes y verlo luego tranquilamente.

–¡De ningún modo! ¡Comer sola! ¡Ya me paso la vida sola en Módena!

La novedad provocó las miradas interrogativas de mi marido y de mi hijo. Al cenar en silencio valoré la diferencia entre nuestras cenas a menudo animadas por discusiones y el estar sentados en torno a una pequeña pantalla en la que tenía lugar una historia que, en nuestra arrogancia intelectual, juzgábamos *a priori* carente de interés. Cuando estuvo claro que se encaminaba hacia su conclusión mi hijo parodió a un violinista empalagoso emitiendo unas notas a boca cerrada. Ya en los últimos compases, noté que a mi madre le brillaban los ojos. Con una mirada entre implorante e intimidatoria corté la broma; no estaba segura de que la conmoción de mi madre hubiera que atribuirla a un final lacrimoso y no más bien a la sensación de sentirse aislada y herida por nosotros que no queríamos compartir sus gustos. El hecho de que apagase enseguida el televisor mientras se sonaba la nariz con aire apesadumbrado me hizo pensar en lo que mi padre llamaba «la ley del talión» y que parecía regir nuestras relaciones. ¿Qué animosidad nos empujaba los unos contra los otros? ¿Quién la había iniciado? ¿Por qué esta mujer sentimental y sensible no había logrado hacerse querer por su nieto y quizá ni siquiera por sus hijas? ¿Y por qué yo también, que, según lo acostumbrado, habría tenido que hacer de mediadora, me sentía empujada a prender a veces la mecha de la intolerancia y, por si fuera poco, de la irrisión? Me disculpaba en parte pensando que si ella hubiera sido indulgente y comprensiva aceptándonos tal como éramos, nosotros le habríamos correspondido permitiéndonos una ternura mezclada con piedad como la que me había dominado un día en que durante una llamada de teléfono me dijo:

–Ahora los domingos, con la televisión, me lo paso bien porque dan programas que me gustan.

Éstas eran las cosas que me hacían desear darle más, aliviar su soledad. En cambio en ella iba aflorando progresivamente una irritante desaprobación: un día vino a contarme, indignada, que había sorprendido a Daniele en la cama con una chica, huésped de paso. Yo, tratando de imaginar cómo se habían desarrollado los hechos, pregunté si la puerta de la habitación estaba abierta; ella dijo que no, que puesto que tenía que preguntarle una cosa había entrado. Yo me eché a reír:

–¡Entonces es que te lo has buscado!

Ella se indignó todavía más:

–Cómo puedes permitir... ¿Quieres saber mi opinión? ¡Tu hijo es... un mico, sí, un auténtico mico! Y... otra cosa: ¡anda desnudo por la casa, es una vergüenza!

Sabía que la libertad con que mi hijo hablaba de sexo la incomodaba, y su desazón me remitía al mito-axioma de *virginidad-pureza* que había angustiado mi adolescencia. Decidí hablarle a Daniele, pero en estas cuestiones no conseguía ponerme en el papel de madre indignada: me limité a preguntarle su versión de los hechos esperando recibir una risotada seca, angelical pero burlona:

–¿Cómo iba yo a suponer que la abuela estaría en casa? Me di una ducha y quería cambiarme; mientras buscaba la ropa interior llegó ella con paso silencioso y luego va y me dice que soy un asqueroso porque ando desnudo. Intenté ocultarme detrás de la puerta del armario y le contesté que si le molestaba que no mirase.

–¿Y la chica con quien estabas en la cama?

De nuevo su risita:

–Si la abuela es indiscreta no es culpa mía.

Tal vez yo no conseguía hacer de mediadora porque mi hijo me resultaba divertido y mi madre casi nunca; pero sobre todo porque me molestaba que ella no perdonara la exuberancia y el descaro de una persona tan joven, y que negase en él cualquier mérito atribuyéndole nada más que inmoralidad e insubordinación. Y aún más me irritaba porque la sexualidad, que no toleraba en su nieto, en otros casos le despertaba la curiosidad: cuando *El último tango en París* provocó un escándalo ella, que raramente iba al cine, corrió a verla para comentar posteriormente:

–¡Qué asco de película! ¡Hace vomitar!

Con malicia pregunté cómo era que, si tanto le desagradaba, no se había salido enseguida. Ella levantó la cabeza, peleona:

–¡Pues no! Quería saber cómo acababa, hasta qué punto...

Durante una de sus visitas, al cabo de varios años de su estreno, proyectaban de nuevo *Un hombre y una mujer.* Pensé que una película tan sentimental le gustaría; fuimos a verla un domingo con mi hija; al volver a casa ella me dijo en tono de reproche:

–¡Vaya una cosa que me has llevado a ver! ¡Pornografía! ¡Esos dos asquerosos en la cama...!

Desde el asiento trasero se dejó oír la risa de Eliana:

–Pero, abuela, me preguntó cómo te las has arreglado para traer tres hijos al mundo.

Ella dijo en tono de orgullo:

–Tu abuelo y yo jamás nos vimos desnudos.

–Sin embargo –no pude dejar yo de observar– eres maliciosa. Has visto en esta película cosas que a mí se me han escapado.

Ella se encogió de hombros:

–Siempre has de tener la última palabra.

Habían pasado varios años desde la muerte de mi padre. Contrariamente a lo que habíamos creído mi hermana y yo, en la vida de mamá se habían producido unos cambios a los cuales, por indiferencia o distanciamiento, no les habíamos dado importancia.

El Ayuntamiento de Módena, al decidirse por la escuela de dedicación exclusiva, la privó de una ocupación que le llenaba las tardes a la vez que le garantizaba la gratitud de algunas madres, unos pocos minutos de conversacion de vez en cuando, una caja de chocolatinas por Navidades y una tarjeta de felicitación para su santo.

El hijo de mi hermano se licenció rápida y brillantemente en ingeniería haciéndose cargo de la dirección de la empresa; cuando el gobierno introdujo el IVA tomó la decisión de apartar a la abuela de la contabilidad, quitándole así también la ilusión de ser parte activa en la empresa creada por sus dos hombres.

El portero, a consecuencia de un accidente, dejó de estar en condiciones de hacerse cargo de los trabajos pesados y de conducir el coche y, por tanto, de acompañarla a Trentino en el mes de julio que a mi madre le gustaba pasar en la montaña.

La hija de mi hermano se casó con un chico de familia rigurosamente católica, para acallar a la cual tuvo que hacer enseguida un hijo al que de inmediato siguió un segundo; sin embargo, al estar decidida a licenciarse y a dedicarse a la profesión, pretendió que su madre se ocupara de los niños, lo que supuso para mi cuñada pasar las jornadas, desde las siete de la mañana a las nueve de la noche, en la casa de campo donde se había establecido la pareja, y para mi madre una mayor soledad.

Quedaba el perrito, único interlocutor y destinatario de sus atenciones. Pero también él envejecía, y más rápido que ella, hasta que en un mes de diciembre, el acostumbrado día a la hora de costumbre, la vi descender del tren y avanzar, sola, desde el fondo del andén. El perro estaba enfermo, y había tenido que dejarlo en una clínica. Una vez de regreso a casa después de Reyes me llamó para anunciarme que *Brick* había muerto.

–Lo he hecho morir yo –añadió sonándose la nariz.

Por un momento pensé que debía de sentirse culpable de haberlo abandonado, pero en cambio estaba aludiendo a la autorización para eliminarlo que le correspondía a ella.

Esto podía ser el principio del fin, porque era cierto que seguía saliendo todos los días, hiciese el tiempo que hiciese, para las pocas compras del día, que una vez a la semana iba a la iglesia y al cementerio, que tomaba el autobús para ir a cobrar la pensión, que cuidaba ella sola de la limpieza de la casa y el funcionamiento de los radiadores; pero no era menos cierto que hasta entonces ese perrito al que yo detestaba fue el único ser, tras la muerte de mi padre, que seguramente tuvo necesidad de ella, de su presencia y de su afecto, y el único también que la festejaba siempre de forma calurosa y la regañaba hasta por la más pequeña ausencia.

Mi madre no consiguió hacer nunca uso del teléfono con desenvoltura: cuando llamaba para comunicarme sus llegadas o para felicitarme por mi cumpleaños era lacónica, rígida, casi brusca. En cambio si era yo la que llamaba respondía agresiva:

–¿Quién eres?

Y sin embargo un día su voz me conmovió en lo más íntimo a pesar de la fácil ironía que hacíamos con mi hermana a propósito de su falta de gracia. Era el Día de Difuntos, ella tenía un tono de voz apagado, muy triste:

–Qué día más feo, no hay nadie por aquí. Hace un día tan gris... Sí, fuimos esta mañana con Livia al cementerio, pero ella ahora ha salido y ni siquiera me ha dicho a dónde iba. En la televisión no hay nada que valga la pena y me siento tan sola...

La imaginé en el comedor donde pasaba sus días, con las cortinas recogidas a los lados de la ventana para dejar que entrara la luz del jardín, la vieja Singer protegida por una tapa curva de madera clara, el mueble librería de puertas granulosas en el que habían quedado las novelas policíacas que mi padre leía en los últimos años, la cajita de su labor con el hilo, la aguja, el dedal, las tijeras, todo meticulosamente ordenado, el aparador laqueado con los vidrios corredizos a través de los cuales parpadeaban las tacitas y los vasitos de uso diario, el enorme televisor sobre el alto carrito enfrente del pequeño sillón tapizado con tela, en el que mi padre echaba una cabezadita antes de volver al trabajo, y su cenicero en la repisa del radiador. Le dije que cuando se sintiera demasiado sola podía hacer las maletas y venir a vernos.

A partir de ese momento sus visitas se intensificaron y prolongaron: además de Navidad y Pascua hubo su cumpleaños en febrero, el mío en marzo y el de Eliana en septiembre.

Como siempre iba a recogerla a la estación y la traía; a su llegada no osaba preguntar «¿Cuándo regresas?» o «¿Cuánto tiempo te quedarás?» porque me había enseñado que no era de buena educación hacerlo. Los buenos propósitos con los que trataba de resistir al recibirla se desvanecían rápidamente; me ponía sombría, taciturna. Eliana constataba:

–Después de tres días de convivir con la abuela te apagas como una vela.

Los motivos de fricción eran siempre los mismos, empeorados por el hecho de que los años pasaban, los otros nietos se habían licenciado, casado, habían tenido hijos y los míos no, nada de todo esto. Si sucedía que yo pedía consejo a uno o a otro sobre un asunto cualquiera, ella comentaba críticamente:

–Concedes demasiada importancia a los chicos, parece que lo sepan siempre todo. En cambio a mi generación se la acostumbró a tener en cuenta la experiencia de los adultos.

A veces no respondía, otras decía secamente:

–¿Acaso tú sabes conducir un coche? ¿Sabemos tú y yo usar un ordenador? El mundo va más deprisa que en tus tiempos, la experiencia de los adultos no sirve ya de mucho.

A veces tenía la sensación de estar absurdamente vengando a la niña a quien habían cerrado siempre la boca:

–No te metas en la conversación de los mayores –me decían–. Habla cuando se te pregunte.

Para relajar la tensión invitaba a amigos a cenar, fuerzas de refresco que podían dedicarle una atención carente de animosidad. Igualmente acababa cansada porque, tras su aparente discreción, mi madre no me dejaba libre un momento siguiéndonos incluso cuando alguno se iba a otro cuarto a mirar un libro o un objeto: nos alcanzaba y se quedaba observándonos de pie sin dejar de hacer punto.

Trataba de justificarla por su habitual soledad, pero me sentía oprimida como cuando de niña me prohibía jugar en mi habitación afirmando que la desordenaría; en realidad a ella le gustaba que estuviéramos siempre juntos, le gustaba y le gustó siempre tener alguna presencia alrededor, al contrario que a mí que siento necesidad de quedarme sola, al menos de vez en cuando.

La atmósfera general era muy tensa; el 68, que tantos habíamos vivido como una alegre ráfaga de vientos de libertad, estaba transformándose en algo siniestro: con harta frecuencia, en las calles se concentraban multitudes detrás del féretro de gente asesinada, tétricos cortejos en la plúmbea atmósfera milanesa, más tristes aún en los raros días espléndidos y sin lluvia: banderas al viento, rostros amenazadores y de dolor. Evitaba hablar de esto con mi madre, me guardaba para mí mis miedos, pero a menudo me preguntaba dónde se encontraría en ese momento Daniele y qué estaría haciendo. Como tantas madres cuyos hijos continuaban *haciendo política* temía descubrirme un buen día con un desconocido al lado, alguien a quien había dado libertad y confianza y que podía tenerme reservadas amargas sorpresas. Sólo me quedaba tranquila al oírlo cantar las raras veces en que tenía aún ocasión de verlo en casa. En sus canciones estaba toda la rabia, todas las utopías, amores y desilusiones, y sobre todo la ternura de un joven que nunca se habría pasado a la violencia de no ser, quizá, para defenderse. En esos momentos era como si Daniele se me revelara en una transparencia, sin posibilidad de equívocos; tenía la tranquilizadora presunción de comprenderlo; y era precisamente en ese alternarse de temores y de confianza, en esa continua lucha interior donde mi madre provocaba reacciones de las que me arrepentía por inútiles y dolorosas. Fatalmente, algunos días antes de su partida, tenía lugar el enfrentamiento. Después me habría dado de bofetadas.

La acompañaba a la estación, la hacía subir al tren, la colocaba en el compartimiento, la abrazaba y besaba. Vista desde fuera debía de parecer una hija modelo e intachable. Ella decía:

–Te lo agradezco de todo corazón y perdona las molestias.

Me escribió alguna carta, cuando las discusiones fueron violentas, para decirme que desde hacía bastante tiempo abandonaba Milán con una gran tristeza, una amarga sensación de incomprensión que no lograba explicarse. Escribió también a Daniele, con ocasión de su cumpleaños, una carta que encontré abandonada en su cuarto y de la que él no hizo ningún comentario. Comenzaba reprochándole el no haber creado más que preocupaciones a sus padres, tanto por la salud como por la escuela, y por los numerosos accidentes de que había sido víctima. Proseguía luego diciendo cuán féliz habría sido si él se hubiera parecido a Michele: «... por desgracia tú no has heredado su aplicación en el estudio ni su respeto por los superiores. No quiero decir que carezcas de buenas cualidades sino que tienes defectos que casi las anulan. No creas que te digo esto porque seas comunista. Todos tienen derecho a pensar como crean, es el extremismo lo que no soporto; ese arrojarse de cabeza a riesgo incluso de meterse en líos, el tratar de convencer a los demás, el creer que solamente tú y tus compañeros estáis en lo cierto. En todas las cosas se requiere medida, la exageración nunca podrá dar buenos frutos. Y además... el mundo no se cambia de la noche a la mañana. Quizá pienses que yo no te comprendo porque pertenezco a otra generación. Sin embargo te digo que también nosotros teníamos nuestros ideales: el amor a la patria, el respeto hacia el prójimo y las opiniones ajenas, respeto por la autoridad, sentido del deber y del sacrificio, dedicación al trabajo, espíritu de adaptación. No éramos unos diablos o unos oportunistas sino personas que cumplían con su deber escrupulosamente y con gusto».

Casi al mismo tiempo yo le escribí también una carta que sin embargo no envié y que ni siquiera terminé al darme cuenta de que en vez de una cariñosa aclaración se trataba de una acusación:

> Querida mamá:
>
> También esta vez tengo la impresión de que te has ido descontenta. Sé muy bien qué es lo que podría hacer y que no hago: estar del lado de tu generación y en contra de la de mis hijos. Pero disiento de tus posiciones porque tengo conciencia de una realidad en evolución que es imposible negar so pena de vivir como tú haces, con rabia y amargura hacia el mundo que te rodea. Me pregunto por qué te has cerrado en una total incomprensión hasta con tus propias hijas y tus nietos. Quisiera que comprendieras que yo y mis hijos somos una sola cosa y no acepto que tú estés siempre y en todo en contra de ellos igual que lo estás con los hijos de Lea y de los de Michele. Tienes, en cualquier ocasión, una actitud de rechazo, de descontento, ya seamos gordos o flacos, burgueses o revolucionarios, excepto cuando indispones a unos con otros pensando en acicatear su rivalidad. Tú no has tratado nunca de comprenderlos, de quererlos: TÚ NO LOS VES. Ni siquiera una vez te he visto tener un gesto de ternura o mirarlos, no digo ya con cariño, sino al menos de forma divertida. A menudo, en la mesa, ya se hable de política como de los problemas de la escuela o de cualquier otra cosa que no te ataña directamente, te he oído decir que por qué no cambiábamos de conversación. Si luego lo hacíamos, el único tema que sabías sacar a colación era el del apetito de tu perro. Y en esto radica mi crítica: que aunque lleves una vida de encierro y pienses de modo distinto de los demás nunca sabes mirarlos con cariño, de lo contrario estos *otros* no te parecerían tan extraños e incomprensibles. Es hermoso observar la vida de un joven, en sus entusiasmos y errores; si lo intentases descubrirías que las relaciones no son después de todo tan difíciles.

Escribí otras cartas en las que trataba de aclarar llanamente cada motivo de fricción. Para mayor tranquilidad las dejaba reposar, y se las leía a mi hija de cuyo juicio me fiaba. Ella me disuadía de mandarlas:

–La abuela no lo va a comprender de ninguna manera y no conseguirás sino amargarla todavía más.

Me limitaba por tanto a escribir excusándome de mi carácter y de las diferencias entre nosotras a las que no había que concederles demasiada importancia.

De cuando en cuando iba a verla aprovechando algún viaje de trabajo que interrumpía para dormir en su casa, o bien decidía dedicarle un fin de semana. Le avisaba previamente con una llamada telefónica para que no preparase nada de comer, pues pensaba sacarla yo a comer fuera, por un lado con la idea de alegrarla recordándole una costumbre de cuando estaba mi padre, y por otro porque me causaba tristeza su frigorífico en el que guardaba cien gramos de mantequilla, medio litro de leche y una cajita de quesitos; más aún me entristecía verla poner en la mesa un cuarto de pollo y las patatas fritas compradas en la charcutería.

–¿Ya no cocinas? –preguntaba yo–. Hace un tiempo hacías unos platos exquisitos...

Ella suspiraba:

–Hace un tiempo daba gusto; a papá le gustaba comer bien, era un pico fino. Desde que murió se me han ido las ganas. Y en el fondo, también en los últimos tiempos... por el hecho de tener que seguir una dieta...

Pasaba la tarde; los temas que me había preparado bastaban para llenar un par de horas durante las cuales me arreglaba las uñas o hacía punto. Al anochecer ella bajaba completamente las persianas, un gesto que siempre me ha entristecido porque me separa del mundo exterior; al mismo tiempo encendía el televisor al que echaba una ojeada mientras cocinaba un potaje que acompañaba con un puñado de espinacas hervidas que había comprado en la tienda de comidas preparadas y un sobre de jamón cocido que empujaba hacia mí sin quitarle el plástico. A veces, y comprendía que lo había hecho para que me sintiera contenta, había taleggio, gorgonzola y, al final de la comida, la inevitable fruta.

Entre un plato y otro encendía un cigarrillo.

–¡Cuánto fumas! –comentaba ella.

Lo hacía para llenar el vacío que me invadía, para que resultaran menos evidentes mis pocas ganas de comer; pero no estaba nerviosa como cuando ella se encontraba en mi casa, sino sólo desolada de mi propio extrañamiento.

–¿Una fruta, no tomarás siquiera una fruta? Yo, si no termino con una fruta, no me siento satisfecha –luego reía–: Claro, cómo vas a tener hambre a estas horas, con los horarios a que estás acostumbrada... piensa que ciertos días como a las seis y media, por aburrimiento, para matar el tiempo.

Se me ocurrió comentar pérfidamente:

–Entonces estás lista para el hospital.

Ella suspiró:

–Desde que Livia se marcha con los nietos ni siquiera tengo una presencia a mi cargo que me distraiga. Antes al menos sentía arrastrar una silla, abrir una puerta, sonar el teléfono. Es fea la soledad, sabes.

–Pero ¿no podrías invitarlos a todos a comer contigo los domingos, o al menos de vez en cuando? Sería una forma de mantener unos lazos y también un compromiso simpático.

Suspiró de nuevo:

–No tengo ganas de cocinar, ya no me va, lo he hecho durante toda la vida.

Aguzó los oídos como si hasta ese momento hubiera estado al acecho:

–Ahí está, ha vuelto Livia, he oído el interruptor de la escalera.

Poco después bajaba mi cuñada para saludar; estábamos sentadas en torno a la mesa en sillas de madera, incómodas, porque desde que había muerto mi padre mamá no utilizaba ya el gran salón que mantenía siempre cerrado y en penumbra. La presencia de Livia nos animaba, la hacía hablar de los nietos pequeños, de los hijos. Siempre experimenté hacia esa mujer, que soportaba con gran entereza la soledad, las fatigas, la responsabilidad y las tragedias, un impulso de estima y amistad no obstante ser distintas. Con los años su figura, que había sido siempre robusta, se volvió pesada, y su espeso cabello, gris, pero la orgullosa y abatida mujer que yo recordaba siguiendo el féretro del único hombre de su vida no había cambiado en absoluto.

A las diez parecía ya noche cerrada, Livia se iba a la cama pronto porque se levantaba a las cinco de la mañana para despachar las faenas domésticas antes de irse a casa de la hija.

Al quedarme sola rebuscaba entre las novelas policíacas de mi padre algún libro que me hiciera compañía hasta que me entrase el sueño. Me acostaba en la habitación que había sido de Lea, un cuartito muy mono, casi infantil, todo de tonos rosa y turquesa. Las dos camas tenían buenos colchones de lana forrados de blanco y cubrecamas de cretona estampada con flores. Todo era nuevecito y estaba impecablemente limpio. En las paredes reconocía las acuarelas que había pintado de niña.

Por la mañana me despertaba el ruido de la enceradora que mi madre accionaba en el pasillo. Eran las ocho, las ocho y media; me levantaba convencida de que por ningún motivo conseguiría cambiar sus hábitos.

En la cocina el café estaba ya preparado en una pequeña cafetera humeante, mamá se apresuraba a prepararme la taza, la leche, las galletas. Preguntaba presurosa si quería que me hiciera otro café. Luego retomaba sus tareas a pesar de saber que de ahí a un rato me marcharía. Extraña mujer, imprevisora, pensaba; ella misma se priva de una compañía que tanto parece desear hasta el punto de seguir una rutina que nadie le impone. Cuando reaparecía ante ella con el bolso en bandolera y las llaves del coche en la mano se sorprendía desagradablemente:

–¿Ya te vas?

Para mí eran unos días tras los cuales se iniciaba precisamente el desasosiego. Me inclinaba para abrazarla y ella me acompañaba hasta la puerta quedándose asomada para mirar cómo bajaba las escaleras.

–Te agradezco que hayas venido, me has hecho un favor.

Al enfilar la autopista me la imaginaba, una vez terminadas las tareas de casa donde nunca nadie creaba ningún desorden, mirando a su alrededor, mientras trataba de encontrar la manera de llegar a la noche.

Durante una de esas visitas fuimos a casa de mi sobrino que vivía con la mujer y los niños a unas pocas manzanas de distancia. Con sorpresa vi a mi madre ponerse un abrigo gris que no le conocía y que tenía todo el aspecto de haber sido sacado de un viejo gabán de mi padre, cubrirse la cabeza con un gorrito de punto, meterse las manos en los bolsillos y salir de esta guisa, con un aspecto ajado pero alegre, casi picarón, sin mirarse al espejo ni arreglarse el pelo. Y más sorprendente aún encontré la divertida tranquilidad con que encajaba las bromas un tanto pesadas que su sobrino le hacía. Sin duda era esto lo que echaba a faltar con nosotros: el aire de familia, la bonachonería un tanto ramplona pero inocua, las conversaciones genéricas, las carcajadas y los caprichos de los niños, la sensación tranquilizadora de que todo seguía inmutable.

También Daniele se marchó; no había ya motivo pues para que continuase con mis ires y venires, que mi marido viviera en una gran casa vacía donde mi madre habría sido la única huésped. Aconsejados, casi presionados por los hijos que creían haber encontrado la solución justa aceptamos intercambiarnos los apartamentos; y fue así como yo volví a la casa de la que había salido varios años antes; sabía que éste sería el giro, el cambio decisivo, y que llegaba en un momento en que empezaba a comprender que de ahora en adelante tendría que apechugar con el hecho de que tenía una madre de la que habría de ocuparme, yo y no otros, porque en aquella casa en la que creía haber enterrado los recuerdos para no chocar ya la una con la otra estaríamos las dos, a solas, cada vez con más frecuencia.

Hice tirar algunos tabiques en la parte central para crear un espacio que habría de servirme de sala de estar y de estudio; dejé sin tocar la cocina y el pequeño cuarto que había sido el mío y por vez primera tomé posesión de la habitación de matrimonio que estaba situada en el lado opuesto.

Me trasladé en septiembre poco antes del cumpleaños de Eliana, una buena excusa para que mi madre viniera a Milán. En el caos de los primeros días, entre albañiles y encaladores, mamá me ayudó a transportar paquetes y a colocar objetos. Me producía ternura y rabia verla acarrear pilas de libros o de platos que luego no sabía dónde poner. Dentro de mi costumbre de hacerlo todo deprisa y corriendo me sentía dividida entre el impulso de obligarla a permanecer inmóvil en un rincón y un mínimo de objetividad que me empujaba a no desanimarla.

Esa primera noche, al acostarme, me di cuenta de que no había valorado suficientemente la proximidad de los dormitorios separados tan sólo por una habitación de paso a la que daban los dos servicios. No pude evitar oír el ruido del pomo, de la descarga del agua, ver la luz que se filtraba a través de los cristales y oír el golpeteo de los zapatos contra el suelo.

Como siempre mi madre se levantó pronto por la mañana y al cabo de un rato de ir de aquí para allá por la casa patas arriba se presentó en mi habitación, cuya puerta había olvidado cerrar la noche anterior.

–Si supiera qué hacer te ayudaría, pero mientras estés acostada...

Comprendí que, desde ese momento, todas las veces que viniera a verme tendría que encerrarme en mi habitación, cosa que me hacía sentir vigilante, prisionera, ahora que ya me había habituado a vivir sola.

De una visita a otra me di cuenta de que no había escapatoria: desde la mañana a la noche no había otra huida posible que salir, pero la mayor parte de mi trabajo se desarrollaba en casa. Ella había elegido un sillón que estaba entre la mesa de diseño y el escritorio donde tenía el teléfono y la agenda; estaba por tanto bajo su control en todo momento. A veces me llamaban por teléfono amigas o amigos con los que charlaba si no había posibilidad de vernos. Cambiaba de habitación para no tener que controlar mi lenguaje y los temas, pero si mi ausencia se prolongaba no tardaba en aparecer de repente ante la puerta:

–¡Ah, estás aquí! Como habías desaparecido...

Ahora mis amigos lo captaban por mi tono de voz, y alguno hasta llegaba a prevenirme riendo:

–¿Tienes ya a tu mamá incordiándote?

Sobre el intercambio de casas no hizo el menor comentario; lo tenía claro desde hacía un tiempo y además los extraviados volvían el domingo por la noche para cenar y ella estaba contenta por ello, despertándole la curiosidad esa velada en la que participaban personas distintas.

A veces Daniele llegaba antes que los demás, mientras estaba yo cocinando; se sentaba delante de mí y cantaba acompañándose con la guitarra. Sus canciones me gustaban y me daba un poco de rabia que las echase a perder para seguir la vieja pasión por el papel impreso; el hecho de que nacieran en él al mismo tiempo palabras y música tenía para mí algo mágico, nunca me habría cansado de oírlo. Metía un cassette en el magnetófono con la vaga intención de guardarlas para el futuro, para los años de vacas flacas que sin duda llegarían, cuando me encontrase sola con mi madre cuyo desinterés advertía, preguntándome cómo podía no sentirse al menos atraída por escuchar, por comprender, aunque no fuera más que porque era el hijo de su hija; me dirigía preguntas inoportunas a las que yo respondía con monosílabos, pero ella era insistente como un tábano: su fina voz, que seguía siendo extrañamente joven, quedaba grabada en la cinta superponiéndose al sonido de la guitarra y la voz de Daniele.

Mi madre era artrítica: sus manos nerviosas, de nudillos y venas salidos, se iban deformando; los pies, que escondía púdicamente, los tenía siempre doloridos. Un día, después de haberse dado un baño, la sorprendí quitándose las callosidades de debajo de las plantas con una hoja de afeitar; me llamó la atención la cantidad de piel coriácea esparcida por el suelo y algunas gotas de sangre que veía aparecer aquí y allá.

–¿Estás loca? ¡Podrías provocarte una infección! ¿No sabes que existen los pedicuros?

Ella se espantó:

–¡Imagínate que me viera los pies un extraño! Me daría vergüenza –añadió suspirando–: De los padres heredamos siempre los defectos, nunca las cosas mejores: mi padre tenía unos pies y una manos muy bonitos, pero yo he heredado los de mi madre que, sin embargo, tenía una hermosa espalda recta y naturalmente he heredado el único defecto de mi padre, la espalda encorvada. ¡Qué le vamos a hacer!

Se le infectó un pie; temiendo mis reproches se aguantó el dolor hasta que, a su regreso a Módena, se decidió a quitarse los zapatos y las medias delante de la nieta recién licenciada. Nos avisaron cuando mamá estaba ya ingresada para los análisis relativos a la intervención. Antes de partir consulté a un médico amigo; un poco dubitativo me dijo que si le tenían que amputar el índice y el metatarso mi madre no podría caminar ya como antes.

En Módena quise hablar con el cirujano, quien, desde detrás de su escritorio niquelado, me respondió:

–¿Qué me importa a mí si su madre camina peor o mejor que antes? ¡Si las cosas no salen como espero no habrá más remedio que amputar la articulación hasta la ingle y acabará su vida en una silla de ruedas; a los ochenta años no hay ni que pensar en una prótesis o en las muletas!

Ante la imagen que el señor de bata blanca me representó ante los ojos con insospechada brutalidad me sentí palidecer. Mi sobrina parecía tranquila y dijo que la abuela tenía el corazón de una persona de cuarenta años, pero que por prudencia sería operada con anestesia local.

Mamá, ya preparada en la camilla, dejó escapar una expresión infantil:

–¡Tengo un canguelo!

Más tarde, una vez acabada felizmente la operación, dijo que no había sentido ningún dolor. Mi sobrina me explicó que sus huesos eran ya tan frágiles que la habían operado con una tijera con la misma facilidad con que habrían cortado una hoja de papel.

Durante la convalecencia fui en un par de ocasiones a Módena alternándome con mi hermana. El hospital estaba clasificado como «abierto» por cuanto se permitía a los parientes ocuparse personalmente de los enfermos tanto durante las comidas como por lo que se refiere a la limpieza. Mi cuñada cuidaba del aseo de mamá por la mañana antes de irse con los nietecitos. Lo supe por la misma Livia que me contaba lo delgada que la había encontrado:

–Cuando la cojo en brazos para llevarla al baño me parece estar levantando un gorrioncillo: me produce impresión lavarle el culito que es más pequeño que mi puño.

Se me encogió el estómago. ¿Tendría que haber hecho esto de haber sido una buena hija? No estaba dispuesta; la vejez, la decrepitud me producían horror. Admiraba y envidiaba a mi cuñada por cómo afrontaba este tipo de situaciones tan naturales por desagradables que fuesen.

Estando con mi madre dejé caer una frase:

–¡Qué amable es Livia, mira que levantarse todas las mañanas a las cuatro para atenderte!

Ella me lanzó una mirada, yo insistí:

–Yo por mi suegra no lo haría –esta vez me dirigió una mirada interrogativa; proseguí–: En el fondo ella no tiene ninguna obligación hacia ti, habría podido volver a casarse, cambiar de ciudad, no dejarse ver más.

Ella preguntó enojada:

–¿Qué me estás reprochando esta vez?

–Nada. Sólo estoy tratando de hacerte comprender que si tú supieras apreciar lo que hacen los demás por ti estarías más contenta y también menos sola.

Al cabo de un silencio enfurruñado dijo:

–A propósito, hasta ahora he ido yo casi siempre a verte, pero ¿y cuándo no lo haga?

–Cuando te canses ya vendremos nosotras.

Su pregunta tenía una finalidad precisa: nos acercábamos a la Navidad. Retomamos la conversación delante de Livia; yo dije que sin duda mis hijos y quizá también mi marido vendrían a Módena. Mamá repuso escépticamente:

–¡Imagínate! ¡Con lo comprometidos que están siempre!

Intervino mi cuñada con esa manera tan suya, expeditiva y cordial, que encontraba tranquilizadora:

–Pues bien, si ellos no pueden venir pasaremos la Navidad juntas nosotras dos, ¿verdad, mamá? Nos haremos buena compañía.

Lapidaria, sin mirarla, mi madre repuso:

–Vaya gusto.

Su ingratitud, que rozaba la grosería, me produjo tal rabia que más tarde, casi para excusarme por ella, le hablé de ello a Livia. Ella suspiró:

–Pensar que si fuera una mujer distinta podríamos vivir mejor las dos. Pero ella parece no comprender a los demás, parece como que no los vea. Cuando mi hija dio a luz por primera vez tenía malos presentimientos; me quedé a su lado toda la noche. Los médicos eran compañeros suyos de universidad, unos jóvenes que carecían de experiencia. En un determinado momento ella me dijo, de una forma que me aterró: «Mamá, siento que me estoy muriendo, necesito inmediatamente una inyección de potasio». En la sección quirúrgica no tenían; salí a todo correr a la calle en plena noche en busca de una farmacia de turno, y llegué apenas a tiempo. Se recuperó, el niño nació bien, volví a casa cuando ya clareaba. Me sentí tan sola... mamá no tuvo un solo gesto, una sola palabra afectuosa. Pensar que no es mala, sino que no da para más. Con que me hubiera ofrecido cualquier cosa caliente, una taza de caldo, un café... pero ella está hecha así. Pensar que habríamos podido vivir mejor.

¡Qué tristeza imaginar a estas dos mujeres, cada una de ellas sola en su propio apartamento, a un piso de distancia, y separadas por quién sabe qué incomprensión! Me pregunté si mi madre habría valorado alguna vez cuántas fatigas había tenido que soportar Livia desde que se quedó viuda a los treinta y cinco años, y cuánto dolor y soledad durante los veinte años siguientes, sin nadie sobre cuyos hombros llorar. Me pregunté si habría apreciado nunca aquella larga fidelidad y me dije que no; sin duda la había considerado natural, ni más ni menos que un deber.

Mamá volvió a caminar bastante bien; según el médico, la deformación del pie y los dolores debidos a la artritis la obligaban a un andar ligeramente torcido al que se adaptaba todo su cuerpo, de modo que casi no se resentía de la amputación. Volvió asimismo a salir de nuevo para las pequeñas compras, pero aún no se sentía con fuerzas para afrontar un viaje en tren. Pasamos la Navidad todos en Módena. Sin embargo era perfectamente consciente de que se trataba de una excepción, un tributo a la vejez, poco menos que una despedida; de año en año mamá y yo nos íbamos encontrando cada vez más solas durante las fiestas: mi hermana tenía un apartamento en la montaña y lo disfrutaba; mis hijos tenían ya trabajo, sus amores, amigos.

Mientras la mía siguió siendo, aunque no fuera más que de un modo aparente, una familia, encontré natural y hasta inevitable que mamá me considerara a su disposición. Pero ahora que la perspectiva era quedarse cara a cara con ella sentía que me habría gustado ser también yo libre de decidir algo distinto.

Por Pascua la acompañó y vino a recoger el nieto que iba

y venía de Suiza por negocios. Daniele me había confiado su perro; animada por el buen tiempo les llevé a él y a mamá al campo, entre filas de árboles y los primeros verdores de la llanura pavesana. En un sendero flanqueado por dos arroyuelos solté al perro lobo con la intención de incitarlo a seguir al coche. Temiendo que quisiera abandonarlo me adelantaba en zigzag, a saltos, sin perderme de vista. Observaba al hermoso animal de ojos cariñosos y me hubiera gustado que también mi madre participase de ese momento que encontraba agradable. Ella callaba, ausente; quizás estaba pensando en *Brick*.

La llevé a comer a una *trattoria* que me habían recomendado y en la que ella entró indecisa y temerosa de hacerme gastar demasiado. Sin embargo luego supo apreciar la comida como entendida que era, no obstante lamentarse de que ya no tenía el buen apetito de otro tiempo.

En aquellos días comenzó una conversación que volvió a sacar a colación en diferentes ocasiones y de la que sólo más tarde comprendí su finalidad. Los diarios y la televisión hablaban de crisis energética, de problemas vinculados a la producción e importación de petróleo. Mi madre dejó caer suspirando:

–Estoy preocupada, parece que no habrá gasóleo para la calefacción y mi proveedor no promete nada. ¿Qué haré?

Siempre he detestado las quejas inútiles, las previsiones catastróficas; sin embargo en mi ignorancia pensaba que el petróleo no podía terminarse así como así, tenía que tratarse de una maniobra económica, todo se resolvería con un aumento de los precios. Pero mamá volvía una y otra vez sobre el asunto, con su típica insistencia, hasta que para poner fin a la conversación respondí:

–Si no hay gasóleo vendrás a pasar el invierno en Milán.

Me parecía en cambio más urgente discutir y resolver el problema del veraneo porque tras la intervención en el pie había renunciado a las vacaciones en los Alpes y pasaba el verano en Módena. Los padres de Kiki, una vecina de casa con la que había hecho amistad, regentaban un hotel en Brianza. Me ofrecí a ocuparme de las reservas; de encontrarse bien allí no tendríamos problemas para los años venideros. Ella sacudió la cabeza:

–No voy, tanto más cuanto que ya no me divierto, ahora que han prohibido hasta coger los bulbos de los ciclámenes...

–Mamá, es una imprudencia quedarse en Módena sola: Livia está en la playa con los niños, los porteros de vacaciones... un día u otro acabará cortándote el cuello un maleante.

Se echó a reír:

–¡Si que me deseas buena suerte! Nunca he tenido miedo, ni siquiera cierro la puerta con llave.

Este aspecto suyo, esta actitud gallarda que emergía de vez en cuando haciéndome olvidar su ser aburrido en la vida diaria me gustaba: cruzaba el umbral de la sala de operaciones diciendo casi alegremente «¡qué canguelo!» y dormía con las puertas y las ventanas abiertas a pesar de haber entrado ya los ladrones en un par de ocasiones en su casa. Traté de darle una lección:

–No es de los ladrones profesionales de quienes debes tener miedo, sino de los novatos, de los drogadictos que advierten que hay una vieja señora viviendo sola en una casa y piensan que tiene dinero escondido debajo del colchón. Si se te presentara uno con un cuchillo, ¿qué harías?

Ella me miró de soslayo:

–¿Qué es lo que quieres, asustarme? Que qué haría... pues me pondría a gritar.

–Entonces seguro que te cortan el cuello. ¿Quién crees que te vendría a salvar en agosto? Deberías tener siempre en casa algo de dinero, unas cincuenta o cien mil liras, y dárselas sin rechistar. ¿Has comprendido?

Ella se encogió de hombros, torciendo el gesto, irreductible.

Terminó por dejarse convencer e ir al hotel que le proponía, pero no conseguí apartarla de la idea de que a la montaña se va en julio, no en agosto. En cuanto a pasar allí un mes y medio como le proponía me preguntó si la creía millonaria.

El lugar le gustó; desgraciadamente sin embargo los gestores del hotel me dijeron que no podrían alojarla al año siguiente a menos que estuviera acompañada por alguien; no la imaginaban tan vieja y al mismo tiempo tan independiente: un día se alejó por espacio de varias horas sin avisar. Habría podido caerse, romperse el fémur, era una responsabilidad demasiado grande.

Una noche soñé con ella: estaba sentada en un sillón de mimbre en un pequeño jardín desierto y un poco tristón, con otros sillones aquí y allá como en ciertas residencias de media montaña; llevaba un vestido veraniego que le conocía, con dibujos de colores gris y tabaco, y encima una chaquetilla de punto. Permanecía inmóvil con las manos abandonadas en el regazo, la mirada perdida en el vacío y llena de una tristeza infinita. Me desperté asustada ante la idea de que le hubiera pasado algo grave. La llamé por teléfono y ella me contestó un poco sorprendida que se encontraba bien, que no había novedad de ningún tipo, los días ciertamente no acababan de pasar nunca, estaba siempre tan sola...

Hacía poco que había leído un artículo sobre las cárceles especiales, sobre los modernos sistemas de tortura, de anulación de la personalidad: las celdas acolchadas con el fin de eliminar cualquier sonido procedente del exterior, ninguna posibilidad de controlar el paso de las horas, ninguna relación con otros seres humanos. Con el tiempo este tratamiento provocaba enajenación, pérdida de conciencia de uno mismo, abulia y por último una disgregación de las células cerebrales. Imaginé a mamá en aquella casa vacía sin una presencia alrededor, ni siquiera «alguien que arrastrase una silla en el piso superior» y las jornadas interminables para ella que se despertaba tempranísimo, y sin nadie a quien cuidar, para quien cocinar, ni siquiera ya el perro.

A mediados de septiembre mamá volvió a la carga:

–Estoy preocupada por el gasóleo... –frase que lanzaba entre suspiros desde el sillón estratégico. Yo resoplaba:

–Si no consigues encontrar un motivo con que angustiarte no estás contenta; ahora nos toca este tormento.

Dado que no le había preguntado cuánto se quedaría estaba sobre ascuas, porque después de dos semanas no hacía ninguna referencia a irse. Parecía no darse cuenta de que su presencia modificaba mi forma de vivir. Con ella, lo que era sencillo se volvía complicado, hasta el hecho de pararme a tomar un bocadillo en un bar después del masaje o de la gimnasia en vez de volver a comer, hasta el decidir imprevistamente ir al cine con una amiga o a cenar en una *trattoria,* por pronto o tarde que fuese. Me gustaba vivir las relaciones bajo el signo de la improvisación, ése era el lado bueno de la soledad, la libertad como conquista desde que habíamos acabado con la comedia de la familia unida. Mi vida, tal como la había organizado, me gustaba: grandes silencios animados por la música que tenía siempre de fondo, silencios de los que nacían ideas; proyectos, pequeñas obras que nunca había tenido el tiempo, el dinero o la serenidad necesaria para realizar, ahora se materializaban fácilmente; y me parecía que la espera las había hecho decantarse permitiéndome resultados más maduros. No tenía amores pero tampoco había renunciado a tenerlos, todo era aún posible.

Cuando vino mi sobrino a llevársela me vi en la situación de tener que rendir cuentas con la frase que mamá me susurró al saludarme:

–¿Y si no llega el gasóleo?

Finalmente comprendí: a los ochenta años pasados, sola

ya en una casa inútilmente grande, mi madre consideraba que su destino natural era acabar la vida conmigo. Me sentí como si alguien me hubiera dado una puñalada. Hablé de ello durante una de esas agradables cenas que reunían a hijos y amigas. Estaban todos, y cada uno expresó su propia opinión, más o menos drásticamente:

–No lo hagas, si un padre entra en tu casa a esa edad sólo sale de ella con los pies por delante.

–No lo hagas, ¿es que no ves a qué te has quedado reducida en veinte días?

–No lo hagas, es un compromiso excesivo para alguien que como tú tiene un trabajo en el que la libertad es indispensable.

–No lo hagas, ¿es que no ves que apenas hablas de tu madre ya te alteras?

Sabía que tenían todos razón pero al menos tenía que probar, no me veía rechazándola sin darle una oportunidad. Quizá si su presencia en vez de transitoria fuese definitiva ella pretendería menos de mí y yo tendría el coraje de vivir a mi modo.

Volvió, con los delantales en la maleta. Siempre he detestado esos delantales de cocina, con peto o sin él, coquetones o serios, porque de muchacha ella me decía no bien entraba en casa: «Ponte el delantal». Era una regla ligada al hecho de que debía ayudarla y me ensuciaría.

Recientemente le había regalado dos marrones, uno a rayas y el otro de lunares. Se puso contenta como no la había visto nunca, hasta el punto de comentar, tiempo después:

–Son los dos muy bonitos, pero el del volante me gusta con locura.

Volvía a pensar asombrada en los muchos regalos que Lea y yo le habíamos hecho para los diferentes aniversarios, devanándonos los sesos sobre qué cosa podría gustarle y sin lograr adivinarlo nunca. Todas las veces mostraba una expresión desilusionada cuando abría el paquete; pequeñas cosas para el aseo, espejos, perfumes, medias, guantes, cremas para el día y para la noche que ella dejaba enranciarse prefiriendo lavarse con el jabón de Marsella y sin ponerse nada en el cuerpo. Para luego, tanto entusiasmo por un simple delantal de lunares.

A la mañana siguiente de su llegada me desperté al oír el ruido de la aspiradora. Por un momento creí que estaba en Módena; la imaginé en el pasillo haciendo los mismos gestos todos los días, siempre, independientemente del hecho de que los suelos estuvieran limpios o sucios.

–Esto, mamá, no lo puedes hacer. ¿No irás a creer que soporto ser despertada todas las mañanas por ese estruendo?

–Sólo quería ayudarte.

De no haber tratado ella de restaurar en mi casa sus rituales domésticos no me habría dado cuenta de que los había eliminado con alivio desde hacía mucho tiempo. También yo limpiaba, pero cuando tenía ganas de hacerlo y sobre todo cuando era necesario. ¡Qué pesada me resultaba la rutina doméstica cuando tenía que someterme a ella, tener que someterme todos los días al juicio de que, al regresar a casa, quería encontrar todo en orden: las camisas planchadas, el baño reluciente, ningún objeto abandonado sobre la mesa o sobre las sillas, y menos que nada un vestido tirado sobre la cama, un tartán para testimoniar que alguien había descansado fuera de horas!

Había sido necesario el ruido de la aspiradora mientras dormía para hacer resurgir el espectro de la vida en la que toda libertad personal, toda rareza era negada, para hacerme comprender que desde hacía mucho tiempo yo comenzaba las jornadas pensando en un trabajo que me gustaba, en el que me organizaba a mi manera y dejaba también que en la papelera o en el suelo se amontonaran las cuartillas rotas cuando no conseguía realizar un dibujo.

Esclava de su ocupación matinal mi madre se aburría porque también para ella, dejada de lado la idea de una permanencia provisional, la vida habría tenido que desarrollarse de modo distinto; mientras esperaba que me despertase vaciaba el cubo de la basura y las papeleras de papel roto de las que estaba bien provisto el apartamento; acto seguido se sentaba en el sillón a leer o a hacer ganchillo.

Me habían ofrecido una colaboración que me iba a suponer un compromiso de al menos un año: se trataba de ilustrar una enciclopedia que saldría en fascículos mensuales en los quioscos. Se me iba mucho tiempo en la lectura de los textos y en las reuniones con la persona encargada de los dibujos técnicos. Ocurría que de pronto recordaba que tenía una cita y me precipitaba a revisarme el maquillaje y a ponerme unos zapatos o a peinarme, y ya sentía el fastidio imaginando la frase de mamá:

–¿Te vas? Pero si dentro de un ratito es ya hora de comer...

Trataba de adoptar una voz calmada, un tono obvio:

–Tú come, mamá, no me esperes.

Ella hacía un pequeño chasquido de despedida:

–¡Tsche! ¿Y qué quieres que coma?

Mostrando tener mucha prisa enumeraba las verduras ya preparadas en el frigorífico o corría a improvisar una fritada mientras me preguntaba cómo era posible que una mujer que hasta el día antes lo había hecho todo por sí sola pareciese de repente carente de iniciativa.

Sucedió que un día tenía que desplazarme a Monza para hacer una serie de fotografías a un recién nacido de las que pensaba sacar unos dibujos. Diluviaba, y acaso por la humedad el flash se había descargado, de modo que perdí mucho tiempo; el pequeño dormía y tuve que esperar a que se despertara. Llamé por teléfono a mi madre para decirle que comiera sin mí. De regreso me equivoqué al coger el cinturón y me quedé atrapada en un atasco mientras la lluvia seguía cayendo con fuerza. Entraba en casa a las cuatro de la tarde y me encontré esperándome a un amigo al que no veía desde hacía tiempo. En el desbarajuste de aquella jornada me había olvidado de la cita. Piero era de costumbres algo rígidas, de una cortesía formal, casi militar. Se puso en pie haciendo sonar los tacones y ante mis excusas me dijo que había pasado una media hora deliciosa charlando con mi madre. Con una sonrisa de ternura me informó de que mamá, la pobre, no había comido siquiera porque yo no estaba. Me contuve de decir cosas desagradables, pero de pronto me sentí mucho más cansada y oprimida que antes.

Me preguntaba cómo mi madre podía cometer los errores que inevitablemente le serían echados en cara. Leía los textos de la enciclopedia tratando de que se me ocurriera alguna idea, hablaba por teléfono, dibujaba o escribía en la agenda los compromisos para los días venideros; ella miraba el reloj que llevaba siempre en la muñeca y decía frases del tipo: «Ya no quedan galletas», o bien: «¿Te has acordado de comprar leche?». Exasperada por las continuas interrupciones y aún más por la falta de psicología de que daba prueba al caerme encima con este tipo de obligaciones, un día le dije que si ella seguía cargándome con problemas que no me importaban nada yo no conseguiría siquiera pensar.

Me asombraba una particularidad suya: pese a no ser una charlatana parecía no poder estarse con la boca callada cuando yo tenía necesidad de concentrarme, para luego caer en un silencio absoluto cuando estaba disponible, por ejemplo durante las comidas. En medio de ese silencio crecía dentro de mí una angustia desproporcionada a los acontecimientos.

Comencé a sufrir de jaqueca, ataques que se iniciaban después de cualquier hora de sueño y aumentaban hasta que me despertaba con náuseas, sin poder soportar la menor luz ni ningún ruido; la idea de hablar, de tomar café, de comer o, peor aún, de fumar me provocaba conatos de vómito. Me levantaba dirigiéndome a la cocina donde tenía las medicinas; al pasar por delante del sillón de mamá era recibida por un alegre:

–¡Hola! ¿Te han echado esta mañana de la cama?

Con las manos en las sienes me protegía la cabeza y los oídos mientras murmuraba:

–¡Chist! Me duele la cabeza.

Volvía a la cama pero en ninguna posición encontraba alivio; sentía necesidad de hielo en la parte alta del cráneo y de calor en el cuello y en los hombros, pero no quería salir de nuevo de la estancia para no tener que oírme preguntar si estaba mejor. Esos ataques, que desde un principio conseguí vencer en una o dos horas, fueron agravándose hasta arruinarme días enteros durante los cuales me resultaba imposible ocuparme de cualquier cosa. La náusea era tan grande y el dolor tan insoportable que no tenía siquiera fuerzas para hacer ningún ejercicio de relajación de las cervicales; conseguía volverme a dormir bajo el efecto de los fármacos y me despertaba algunas horas después con una sensación de vacío bastante agradable. Lo peor había pasado; con una larga ducha caliente me recuperaría completamente.

Después de uno de estos ataques no encontré a mamá en la sala de estar ni en la cocina; estaba en su habitación, completamente vestida, echada de través en la cama. No dormía, y no bien me vio se enderezó diciendo:

–Me he aburrido hasta tal punto mientras dormías...

–¿Has comido?

Ella consultó el reloj:

–Te esperaba a ti y así se me ha pasado el hambre.

Los ataques aumentaron de frecuencia y de intensidad. El día de mi cumpleaños fue uno de los peores; antes me había levantado para tomarme una píldora pero el dolor iba en aumento; intentaba resistir para evitar preguntas cuando oí abrirse la puerta y la voz de mi madre:

–Ha venido Lea para felicitarte.

–No, por favor, dile que me encuentro mal.

–Se ofenderá, te ha traído un pastel.

–Dile que estoy durmiendo.

Poco después oí de nuevo el pomo que chirriaba, tuve un

sobresalto, me cubrí la cabeza con la sábana y en ese momento se deslizó dentro mi hermana; grité que quería que me dejasen en paz. Más tarde, cuando oyó que me levantaba, mi madre me dijo en tono de reproche:

–Llama a Lea; vino para tener una amabilidad contigo y tú la has tratado mal.

Me sentí tan violenta que no me pareció oportuno excusarme, pero no tenía ganas de discutir. Mi hermana no se había ofendido y se limitó a decir:

–Cuídate, esta mañana estabas irreconocible.

Giovanna me aconsejó que probase con la acupuntura. El médico me hizo algunas preguntas; también él tenía una madre anciana de la que se ocupaba su hermana; conocía el problema. Mientras preparaba las agujas dije:

–Soy claustrofóbica, no me gusta dormir con la puerta cerrada, pero desde que tengo a mi madre he de defenderme de su invasión. Por la noche leo antes de dormirme y me sucede que por encima del libro veo esa puerta blanca; y mi primer impulso es tirarme por la ventana.

Él se detuvo de golpe midiéndome con la mirada, impresionado. Precisé:

–No se lo digo en el sentido de que quiera suicidarme, sino de que el instinto de huida es tan fuerte en esos momentos que si no reflexionase me arrojaría para no asfixiarme.

En una revista de medicina psicosomática leí un artículo en el que se decía que el dolor de cabeza es con frecuencia una forma de huir de los problemas que no se está en condiciones de resolver, porque cuando se tiene jaqueca no es posible pensar en otra cosa que en esta mordaza que oprime, en este martillo que percute, en este peso que nos obliga a cerrar los ojos.

Ahora que ya no tenía que seguirme al estudio mi madre encendía el televisor hacia las seis de la tarde, a veces mientras la música del hilo musical llenaba la casa. Me levantaba para eliminar *mi* fuente de ruido y daba paso a estas voces desconocidas que invitaban a resolver juegos y a mandar tarjetas para ganar premios. Pensaba que debería haberse llevado el televisor a su habitación pero sabía que lo tomaría como un castigo, de modo que lo dejaba correr. A veces tenía reuniones de trabajo con mamá delante en el sillón con su pequeño delantal puesto y el punto; habría querido que comprendiese por sí sola, que nos dejara libres en los momentos en que era preciso. Prefería verme con la gente fuera de casa, aunque ello constituyera una pérdida de tiempo. Al regresar oía de nuevo la voz del televisor que mamá tenía a todo volumen y por un momento me parecía que me había equivocado de apartamento.

Cuando precisamente no conseguía concentrarme me sentaba a la mesa en mi cuarto; tan pronto ella notaba mi ausencia, se presentaba ante la puerta:

–Como habías desaparecido...

Ahora más que tensa estaba deprimida, me costaba esfuerzo hablar. Pedí a Giovanna que me echase una mano, ella que era tan buena en encontrar temas; vino a pasar una tarde a mi casa. A pesar de que le estaba agradecida no acertaba a decirle una palabra, me sentía como petrificada. Finalmente me tomé un tranquilizante y poco a poco pude conversar con normalidad. Después de la cena, dado que Giovanna no conducía, la acompañé a su casa. Tenía necesidad de airearme, de hablar con alguien que me comprendiera, que me conociese.

Ella me miraba preocupada:

–Pero ¿qué te hace? Yo la encuentro incluso simpática. Cuando fuiste al servicio me preguntó cómo es que siempre estás tan nerviosa y taciturna. Yo no podía decirle que es su presencia y me he inventado que quizá trabajas demasiado, que estás cansada...

–Es cierto que mi madre es incluso simpática, si sólo me dejara vivir. Parece tan tímida, discreta y silenciosa, y en efecto lo es, pero a medida que pasan los días me doy cuenta de que no tengo ya espacio para mí. ¿Recuerdas esa vez que me detuvieron en una manifestación y terminé en San Vittore? ¿Recuerdas que cuando salí tú me preguntaste qué era lo que más había echado en falta allí dentro? Te respondí que la cosa que más había echado en falta era la libertad; tú estallaste a reír como si hubiera dicho una obviedad o incluso una estupidez. No comprendiste mi respuesta y me era difícil en ese momento explicarte lo que hoy más que nunca me parece clarísimo: que más allá de la libertad no existe nada. No habría podido decir lo que tú esperabas, o que echaba a faltar mis cremas de belleza o mi baño de agua caliente o mi cama con las sábanas de lino o los amigos, o yo qué sé... Y ahora es lo mismo, carezco de libertad, me siento atrapada y no sé cómo salirme. Por la noche después de cenar nos ponemos delante del televisor; y no es por esnobismo intelectual, pero si tuviéramos los mismos gustos le haría compañía de mil amores. Pero a ella le gustan los programas de variedades, y yo no los soporto; nos sentamos allí a ver esas idioteces y al cabo de un rato advierto que ella se adormece, pero si me alejo pregunta enseguida a dónde voy. Me entra la desesperación, me siento completamente cretina, obligada a mirar un espectáculo que detesto para darle gusto a ella que no lo sigue y se duerme. Y entonces comienzo a pensar en la vida que huye, que se consume; ¿cuánto podré aguantarlo? ¿Y precisamente a mi edad, cuando todavía tengo ganas de hacer tantas cosas, pasar las veladas con una madre con la que no tengo nada en común? Me preguntas que qué me hace: todo y nada, y quizá la cosa que ha perjudicado nuestras relaciones desde un principio haya sido el hecho de que no me preguntó si estaba de acuerdo en que se instalara aquí; no creo que le hubiera dicho de modo claro y tajante que no, pero habría podido poner condiciones, decirle que tendría que vivir en mi casa sin esperar todo de mí. Si ella fuese un poco psicóloga, si en vez de pretender de mí la sopita y fastidiarme mientras duermo, comprendería que para convivir tiene que dejarme mi libertad, y probablemente me acostumbraría, quizá hasta me resultaría placentero. Yo no pretendo que me sirvan, pero mi madre no es una inválida, el domingo sale para ir a misa, atraviesa la calle ella sola; ¿por qué, entonces, no puede bajar a la panadería que está debajo mismo de casa, no digo todos los días, sino al menos de vez en cuando, en lugar de someterme al suplicio de una serie de pequeñas obligaciones que, al resultar rutinarias, tiende a transformar en obligaciones diarias? Cuando ella no estaba, si reparaba en que se me había acabado el pan, la leche o el café, podía pasarme sin ello; bajaba al bar o bien tostaba unas rebanadas que tenía en el frigorífico, me hacía un té, un chocolate... Todo el mundo dice que mi madre es discreta y quizá sea cierto, pero no soporta que la dejen de lado cuando hablamos sin implicarla directamente; no se da cuenta de que ha sido ella la causante de su propia marginación durante todos los años que hizo la guerra a Daniele y a nuestras ideas; ella que, al parapetarse en sus posiciones sin intentar comprender las nuestras, me ha inducido a elegir entre discutir o callar. Yo, tú, Kiki, Anna, Silvia, nos entendemos con una simple mirada, con una frase; a veces incluso me doy cuenta de que hablamos en un mismo código: ciertos modismos que han entrado ya en nuestro léxico porque forman parte de nuestra vida en común, de nuestro pasado, ella no los puede comprender, y en el estado de nervios en que estoy no tengo fuerzas ni ganas siquiera de arrancar de tan lejos para ponerla al corriente. La dejo allí, a pesar de que sé que ello le disgusta; a veces me siento injusta, mala, pero estoy animada por un estúpido instinto de autodefensa que se vuelve contra mí porque no me gusto así; quisiera estar en paz conmigo misma y con los demás. Tal vez la cuestión radique en esto: en que su presencia me ha puesto en guerra conmigo misma, no tengo paz ni siquiera cuando se va a dormir, porque los detalles de la jornada transcurrida me dan vueltas en la cabeza también mientras trato de disfrutar del silencio, de la música, de desarrollar alguna idea. Me voy a la cama más tarde que nunca porque me parece que debo aprovechar su ausencia. Ella se levanta siempre hacia las tres para ir al servicio, rutinaria también en esto, y por más que yo me preocupe de cerrar la puerta que da a los dormitorios, si ve que hay luz tras los cristales asoma la cabeza: «¿Estás aún despierta? Hija mía, si te acostases antes verías que por la mañana no te cuesta tanto levantarte». Una noche me encontró arrodillada ante las plantas de papiro a las que estaba cortando las puntas, y, mientras aspiraba el buen olor que emanaba de ellas en ese momento, observaba los hijitos que estaban a punto de brotar para echar raíces, me felicitaba y les hablaba. Puedes imaginarte la cara de mi madre, debe de haberme creído loca; cada vez que lo pienso me entran ganas de reír, aunque ganas de reír en ese momento me quedaron muy pocas. Tienes razón cuando dices que apenas hablo de ella me altero, y en realidad no consigo hablar de otra cosa; es una paranoia: todas las veces que voy a la perfumería, como se me ocurra hacer alusión al problema, me preguntan cómo va y yo abro la espita como si fuera ante un psicoanalista; ellas me escuchan, comprensivas y un poco asombradas; son dos mujeres de unos cuarenta años, dicen que también ellas viven con su madre pero que tienen toda la libertad del mundo; es más, su madre les simplifica la vida. Parecía que mi madre fuese a ser feliz también con sólo estar en compañía, ella que estaba siempre sola y aguzaba el oído a los ruidos del piso de arriba; en cambio, por más contenta que esté de tu presencia, de mis hijos, etcétera, el domingo por la noche se siente marginada si discutimos de una película o de un libro; dice que nos hemos vuelto todos demasiado intelectuales. Y me da rabia, porque es una mujer inteligente que en vez de refinarse con la vejez ha sufrido una regresión cultural: lee estúpidas novelitas de amor, ve programas cretinos en la tele. Con ocasión del 25 de abril dieron un documental sobre la Resistencia; por suerte no había nadie más y así pude verlo. Ella estaba ausente, aburrida; por dentro me dominaba la rabia y también la desilusión: era nuestro pasado, y aunque nosotros éramos muy jóvenes yo guardo un recuerdo vivo como si hubiese tenido lugar ayer mismo, lo siento aún en mi piel. Pero también era *su* pasado; ella era adulta, habríamos podido tener finalmente recuerdos comunes: ese episodio de vida tan intenso que vivimos en el campo en el periodo de la guerrilla entre fascistas, alemanes y partisanos. Yo no puedo ni quiero olvidar; esas imágenes remueven en mí los mismos sentimientos de entonces. ¿Por qué a ella no? ¿Qué podemos encontrar que decirnos en estas cuestiones? No sé por qué me preocupo siquiera, debería aceptarla tal como es. El otro día vino a verla el hijo más joven de Lea; está haciendo el servicio militar en la Marina; no tiene siquiera veinte años, es un chico muy guapo y tierno. Se quedó un par de horas, y en un determinado momento yo me fui a dibujar, no estaba de ellos más que a un paso. Al escucharlos me quedé con la boca abierta: mamá se quejaba de que hubiera venido de civil, quiso saber en sus más pequeños detalles cómo era el uniforme: cómo se ataban los pantalones y lo larga que era la chaqueta... Se detuvieron no sé cuánto sobre los detalles de la gorra porque ella no conseguía hacerse una idea exacta; él, finalmente, con una gran amabilidad pero también con el aire de encontrar perfectamente natural tanta curiosidad, le dijo que tratase de imaginarse una pizza, no de las grandes, sino más o menos como un plato normal. Eso es, decía satisfecho, piense exactamente en un plato blanco con un borde debajo. Finalmente se quedó contenta. Luego quiso saber acerca de la jura de la bandera, de la comida, de la vida de los oficiales y de sus compañeros. Es cierto que conmigo echa a faltar todo eso, no sólo porque no se lo he dado a través de mis hijos, sino también porque no se lo doy en mis elecciones, en mis entusiasmos y me faltan las ganas de fingir sentimientos e intereses que no experimento, tal vez porque durante demasiado tiempo me acostumbré a rituales como la Navidad y Pascua, y también porque ella ha entrado a formar parte de mi vida al cabo de demasiados años en los que se dedicó exclusivamente a mi padre, desinteresándose prácticamente de mí. No le echo en cara el no haber estado juntas desde que tenía veinte años hasta cuando cumplí cuarenta, sino que encuentre natural el que lo estemos ahora que tengo cincuenta... Al principio al menos, puesto que éramos una familia, por decirlo de alguna manera, siempre había alguien para echarme una mano; hasta mi marido, que fue siempre amable con ella y comprensivo, ese año mostró signos de impaciencia. La noche de San Silvestre vino a cenar. No te diré que estuviésemos alegres los tres, pero nos lo habríamos tomado con paciencia, de no haber sido por la manía de mamá con los rituales: había que esperar a la medianoche para brindar, y la campanada la tenía que dar la televisión. Veía a Alberto deambular muy nervioso entre la mesa y el sillón; desmigajaba el *panettone,* permanecía con la botella en la mano y me parecía que quisiera romperla. Creo que tenía un compromiso, tal vez una tertulia sobre el Vietnam en la plaza del Duomo o no sé qué otra cosa. En un determinado momento traté de hacerla reír: «Mamá, el año próximo adelantaré los relojes una hora para resolver así el problema del brindis y estar tranquilos». Ella me replicó más ofendida que divertida: «¡Venga ya! ¡No estoy todavía tan chocha como para eso!». Lo peor fue el día siguiente; no me cabe ninguna duda de que mi dolor de cabeza es de origen psicosomático: el Fin de Año fue terrible, y cuanto más pensaba que tenía que levantarme y organizar un mínimo de fiesta, más cuenta me daba de que estaríamos ella y yo, solas, porque todos se habían ido, ¿comprendes? Me sentía tan sombría, oprimida, y hasta desesperada porque sabía que ella no podía dejar de comparar esa triste comida a dos con los años en que pasábamos las fiestas todos juntos y éramos niños, excitados por haber bebido un vasito de moscatel, con mi padre presidiendo la mesa y la vajilla de las grandes ocasiones, y esa atmósfera de paz que él creaba, y si nos remontamos más atrás el abuelo materno con el puro y el cuello almidonado, siempre impecable y divertido mientras bromeaba: «Dame un poco de vino que tengo que acabarme el *risotto,* dame un poco de *risotto* que tengo que acabarme el vino». De no haber sido por mi madre, ¿crees que habría sentido la melancolía de todo lo que se acaba y no vuelve más? Habría hecho un bonito viaje como todo el mundo, o habría ido algunos días a Alassio, aunque fuese sola, ¿por qué no? Pero con ella... La culpa no es suya, pobre; sin embargo su presencia, las cosas que no dice pero que yo leo en su mirada me hacen vivir este momento de mi vida como el único que me estaba tomando finalmente para mí con alegría; tras el esfuerzo de habituarme a la soledad, me hace vivir este periodo como el resultado de una serie de fracasos. Un domingo por la tarde decidí llevarla al cine; me había llamado por teléfono Kiki para decirme que su marido, sólo por variar, le había dejado el hijo; así pues elegimos una película que fuera apropiada para gente mayor y para chavales y los metí a todos en el coche. Durante el trayecto mi madre oyó un par de frases y comentó: «¡Todas tus amigas las eliges de tu tipo! Ésta también está separada». Kiki estalló a reír y ella, con un aire ingenioso que no le conocía, continuó: «¡A un hombre como tu marido yo seguro que no lo hubiera dejado escapar!». He de admitir que Alberto en esta situación está dando lo mejor de sí: en Navidad vino a mi casa a comer anteponiéndonos a su madre, apiadado sin duda de mi depresión. Sin embargo, para no quedarnos allí mirándonos la cara como unos pasmarotes nos fuimos a un restaurante. Nunca lo había hecho en Navidad, es una experiencia digna de no repetirse; era un día despejado, con un sol cálido como en primavera y un viento estimulante que hacía chasquear mi abrigo. Pero en la *trattoria,* para resarcirse de tener que pagar la paga extra al personal, te imponen un menú que para nosotros, habituados a comer con un bocadillo, es una locura. Además toda fiesta obligatoria me deprime: el árbol con las bolitas brillantes, el salón adornado... Y mi madre no resultaba precisamente estimulante: quién sabe en qué estaría pensando pero no me parecía alegre. En la mesa de al lado había dos mujeres de cerca de setenta años, robustas, de pelo gris, y aspecto de pequeñas burguesas; charlaban alegremente mientras miraban alrededor. Trabar conversación con ellas tratando de implicar a mamá me pareció una tabla de salvación. Entre nosotras dos nunca sé quién debe dar el primer paso: si yo que me irrito porque ella no participa y por tanto no me ayuda, o si debe de ser ella que quisiera tenerme toda para sí y ve en mi maniobra de diversión la intención de marginarla. El hecho es que se siente extraña, sintiendo probablemente como un reproche mis atenciones hacia los demás; reproche que en efecto existe, como si le dijera abiertamente: «¿Ves cómo estas mujeres, una soltera y la otra viuda, saben estar entre sí y disfrutar de lo que la vida ofrece? ¿Ves que aunque no estén los hijos alrededor se puede estar contento, aunque se pase la Navidad en un restaurante sin sentirse unos desheredados de la fortuna?».

Hablé ininterrumpidamente, neuróticamente. Cuando de golpe callé, Giovanna dijo con tristeza:

–Silvia tiene también que sufrir a su madre como tú; ¿y sabes qué dice? Que deberíais admitir que no queréis a vuestras madres. Eso es todo. Yo no sé cómo me comportaría si estuviera en vuestra piel; perdí a mamá cuando era una niña y nunca me he lamentado de no tenerla...

–Es cierto, pero ¿por qué? Un día u otro tendré que llegar a comprenderlo. Quizás ha sido la clara separación, dentro de nuestra familia, entre padres e hijos, entre quien tomaba las decisiones y quien las sufría; así fue mientras permanecí con ellos; no tenía derecho a participar de igual a igual; ni siquiera a los veinte años fui su cómplice: siempre una súbdita con la obligación de no salirme del redil. Tal vez mi matrimonio no funcionó porque reprodujo el mismo mecanismo: ninguna libertad, ningún intento de comprender quién era, ninguna petición de complicidad o necesidad de que yo participase; tan sólo trabas y reprimendas. Parece que recriminar sobre el pasado es una forma de inmadurez;

pero ¿y si este pasado se nos vuelve en contra? El otro día hablé un momentito con Eliana, estaba tan mustia que me dijo: «¡No puedes seguir así, cuídate! Si no te decides a hablar con la abuela lo haré yo, porque entre una mujer de ochenta años que ya ha vivido su vida y una de cincuenta llena todavía de proyectos yo elijo a la segunda». Sé que sería capaz de hacerlo pero no quiero, en primer lugar porque me temo que sería demasiado dura y luego porque no puedo ser tan cobarde como para defenderme por medio de mi hija. Su toma de posición me hizo sentir protegida, pero por otro lado me reveló también mi futuro: lo que hoy vale para mi madre, mañana valdrá para mí. Acto seguido Eliana añadió rabiosa: «¡Además, la abuela tiene también otra hija que podría ocuparse de ella!». Es cierto, y muchas veces, cuando tenemos discusiones en las que critica nuestra conducta, le pregunto por qué no se va con Lea, que lleva una vida ejemplar: un marido al que no dejará nunca, hijos que frecuentan las escuelas adecuadas, una casa donde se come y se duerme a horas normales... Pero mi hermana con su familia está a salvo: viven cinco en un apartamento más pequeño que el mío y ni aun queriendo dispondrían de una habitación donde meterla. El hecho es que yo me encuentro mal, no consigo ya comer, he perdido cuatro kilos en dos meses. Hasta mi madre se ha dado cuenta: la otra noche me hizo una caricia llamándome «mi flaca» y, sin embargo, no me pareció que relacionase mi delgadez con su presencia.

Hacía un buen rato que había advertido que Giovanna había sacado las llaves de casa del bolso, pero tenía tanta necesidad de hablar que egoístamente la entretuve.

–Por suerte tengo a las amigas para desfogarme de vez en cuando; pero ya ves, para hacerlo he tenido que escapar de casa, de lo contrario estaría allí como una muerta. La otra mañana me ocurrió una cosa desagradable: ella se levanta siempre temprano, en cambio a las nueve la puerta de su habitación estaba todavía cerrada y no oía ningún ruido. Pensé al instante: «Dios mío, ¿estará muerta?». Estuve paseándome un rato por delante de su puerta, indecisa, luego me dije: «Si duerme tanto mejor, si está muerta prefiero no saberlo enseguida». Lo terrible fue que cuando se levantó con un aire perdido y un poco culpable de haber dormido hasta tan tarde, yo le conté lo que se me había pasado por la cabeza, tranquilamente, como quien cuenta un chiste. Sólo cuando vi su cara me di cuenta de que había sido una pérfida. Es como si su presencia desencadenase mis peores instintos. No quiero excusarme, pero acaso sea lo que llevo acumulado, la continua tensión, y también porque estoy acostumbrada a moverme rápido, y con ella en cambio todo sufre un retraso en el que acabo enredando al pobre de Alberto: por dos veces, el domingo, le pedí que fuera al cine conmigo y con mamá, y las dos veces acabamos histéricos; no por culpa de ella sino de la situación. Primera experiencia: nos citamos en un pequeño cine que estaba en el quinto infierno; hacía un frío de perros y no caí en la cuenta de la lentitud de mi madre en bajar las escaleras, etcétera; el coche que no arranca, ya sé que no es culpa suya, pero de no haber sido por ella no habría pensado jamás en ir al cine por la tarde y en mezclar a Alberto en ello, que debía de estar ya de camino y no podía avisarle. De modo que volví a subir para llamar a un taxi, mientras la pobre mujer esperaba en el coche en medio del frío y Alberto hacía lo propio, furioso, delante del cine. Segundo experimento, también el domingo por la tarde: esta vez el pobre viene a comer, llega en metro porque me había prestado su coche mientras me arreglaban el mío. Salimos y no lo encuentro en la calle; al cabo de una larga búsqueda, él con los nervios crispados, me acuerdo de que lo había dejado el día antes en el aparcamiento del metro. Nos ponemos en marcha; ella, pobre mujer, atemorizada pero estoica, iba renqueando sin aliento mientras que él y yo, habituados a caminar como cohetes, tratábamos de aminorar el paso. Creo que en ese momento a él le volvió a salir todo el odio que ha alimentado siempre por mi distracción, y junto con el odio leía también en sus ojos pena, tanto por mí como por ella. Había, en cualquier caso, en cada uno de nosotros una sensación de impotencia respecto a la situación.

Del grupo de amigos y amigas no era yo la única que tenía una madre o una suegra anciana y cargante. Pensando que ponerlas en contacto podía ser una solución, invité a cenar a un par de ellas con sus respectivos hijos, hijas y nueras. A pesar de que estudié cuidadosamente la disposición de los lugares en la mesa, las madres y suegras se ignoraron durante toda la cena con la actitud de quien dice: «¿No querrás que haga buenas migas con esa vieja?». Preguntadas directamente cada una de ellas dijeron que la vida, tal como la estaban viviendo, no valía la pena de ser vivida. Me pareció que estaban levantando una acusación hacia nuestra generación que no hacía nada por alegrarlas. Dije una frase cuya perfidia no pude pasar por alto pero que no conseguí callarme:

–Si no tratáis de apreciar ese poco que conseguimos hacer por vosotras, es mejor que nos metamos todas en una habitación y abramos el gas.

En medio del silencio helado que siguió sorprendí entre mis amigas un intercambio de miradas. Giovanna trató de remediarlo:

–Giulia bromea. El hecho es que para vosotras somos jóvenes, pero no es así; muchas veces también nosotras estamos cansadas y hacemos lo que podemos.

Una mañana, al abrir el periódico, descubrí en el dorso de mis manos una manchas en forma de islas, ligeramente sonrosadas y con los bordes recortados como el contorno de las costas en los mapas; absolutamente idénticas en las dos manos, o mejor dicho, una el espejo de la otra y en relieve. La acupuntura no me había quitado el dolor de cabeza, es más, iba a ella en un estado tal de tensión que acababa dolorida y llena de hematomas. La aparición de las manchas, puesto que no me picaban ni me molestaban en absoluto, no hizo al principio más que sorprenderme.

Con el paso de los días comencé a preguntarme el porqué de su aparición en un momento en que habría tenido que preocuparme de otras cosas y me convencí de que precisamente en esto consistía su importancia: habían aparecido en el dorso de las manos que empleaba a todas horas del día y por tanto estaba obligada a verlas. Querían comunicarme alguna cosa; tuve la sensación de que mi comezón interior se manifestaba físicamente para obligarme a encontrarle un remedio. Hasta ese momento no había buscado más que nuevos modos de huida: acondicioné una cámara oscura en la habitación que había sido la mía durante un tiempo y me encerraba allí porque para entrar en ella mi madre tenía que llamar. Y, en efecto, llamaba, si mi permanencia se prolongaba por más de media hora. La hacía entrar abriendo y cerrando rápidamente la puerta; la invitaba a sentarse, pero en medio de esa luz amarillenta, prácticamente inexistente para ella, no tenía ninguna razón para quedarse. Una noche me refugié allí después de la cena mientras ella miraba la televisión. Llamó a la puerta para darme las buenas noches; en ese momento estaba con la luz encendida, ella aprovechó para preguntarme si había acabado y cómo era que siempre trabajaba hasta tan tarde. Respondí con tono seco que tenía que ganarme la vida. Pareció sorprendida:

–¿No te pasa nada tu marido?

–No, no me pasa nada.

Se quedó impresionada y sus ojos reflejaron espanto.

–¡Siempre pensé que te daba una asignación mensual! ¡Oh, pobre! ¿Y, entonces, cómo te las arreglarás?

Si nuestras relaciones hubieran sido serenas, si las mismas preguntas me las hubiera hecho Giovanna habría reaccionado de modo distinto; me daba perfecta cuenta pero me era imposible no sentirme inmediatamente exasperada: me parecía que en esa revelación había encontrado la confirmación que esperaba: mi hija está sola y por consiguiente puedo vivir con ella, mi hija no tiene seguridad económica y poniéndonos a vivir juntas puedo ayudarla.

En vez de estarle agradecida sentí asfixiarme. Con tono impaciente pregunté por qué me quería crear motivos de angustia.

–¡El verano pasado te fuiste dos meses!

Habría podido responder la verdad: me llevé trabajo, la ausencia no resultó infructuosa. En cambio dije secamente:

–Se ve que me lo podía permitir.

Ella se retorcía las manos, agitada:

–¿Cómo puedes arreglártelas?

De forma imprevista me sentí exasperada:

–Me haces sentir siempre culpable. ¡Es esto lo que no soporto!

–¡Estoy preocupada por ti!

Lo dijo como lanzando un grito sin apartar de mí esa mirada asustada. Absurdamente me puse a gritar mientras levantaba cada vez más la voz a pesar de darme cuenta de que los vecinos me estarían oyendo: le grité que me dejara en paz, que sabía arreglármelas muy bien yo sola, que no lograba comprender qué era lo que quería de mí, que no había nada de qué preocuparse y que si quería ver mi extracto de cuentas se lo enseñaría.

Años atrás la había visto atemorizada por mi violencia verbal. No me gustó entonces y tampoco me gustó en este caso pero no conseguí cambiar de actitud, atenazada por la furia. Con los labios temblorosos preguntó:

–¿Qué es lo que te he hecho?

Presa de una hostilidad infantil no contesté, pese a comprender lo absurdo de la escena: ella menuda, encorvada, con su pequeño delantal de lunares anudado a la cintura, las manos arrugadas cuyas uñas torturaba, vieja, culpable de nada ante sí misma y en cambio culpable ante mí por no dejarme vivir a mi manera. Ella se puso implorante:

–¡Te lo ruego, no me eches así, dime algo!

Habría querido ser capaz de un gesto tierno, pero no conseguí sino sugerirle que se fuera a dormir.

–¡Dime algo, te lo ruego, no me eches así!

Cuanto más sentía la crueldad de mi actitud menos capaz me sentía de abandonarla.

–No tengo nada que decirte, déjame en paz.

Por más que hubiera tomado un tranquilizante no conseguí dormirme; traté de leer para apartar de mi mente la escena grotesca que me hacía sentir culpable; pero el sueño no llegaba. Eran las tres, apagué la luz, hice algunos ejercicios de relajación, de respiración. Al otro lado de la puerta oí el paso arrastrado de mi madre; pensé que era la hora en que acostumbraba a ir al servicio, pero los pasos seguían y seguían. Siguieron durante toda la noche, hora tras hora, adelante y atrás. Me tapaba los oídos mientras una estúpida frase me martilleaba en el cerebro: «No quiero saber nada, no estoy». Tenía la impresión de que mi madre, con ese incesante caminar delante de mi puerta, quería implicarme en algo que no estaba en condiciones de afrontar.

Finalmente me dormí a las ocho, pero me despertó de repente su voz implorante:

–Giulia, perdóname, he estado mal toda la noche; he tratado de dejarte dormir, me habría gustado prepararme algo caliente pero no encontraba los limones y no sé si hay manzanilla y dónde tienes la bolsa del agua caliente...

Le llevé la almohadilla eléctrica y le hice una limonada, luego telefoneé al médico; mi madre siempre había reaccionado a las emociones con ataques de colitis. Él indagó sobre los motivos de su malestar y cuando le dijo que la noche antes habíamos tenido una discusión sonrió divertido:

–¡Vaya un geniecito!

Más tarde, al llevarle la sopa, me vi proyectada en el futuro: no tenía escapatoria, era culpable y tenía que cuidarla. Había visto películas y leído novelas en las que una persona destinada a ocuparse a tiempo indefinido de un familiar enfermo incuba un odio tal capaz de concebir y llevar a cabo un homicidio; siempre me había preguntado cómo se podía llegar a tal extremo. En ese momento pensé con horror que la cosa me parecía comprensible.

Las manchas, siempre de manera especular, se estaban extendiendo por todo mi cuerpo: sin abandonar la posición inicial de manera que ante cualquier movimiento me viera obligada a contemplarlas, aparecieron también en los antebrazos cubriendo la zona posterior entre el codo y la muñeca; más tarde descubrí otras dos muy grandes que me cubrían la espalda como una mariposa o un gran corazón. De momento el vientre y los pechos permanecían intactos, luego descendieron a la parte delantera de los muslos.

Consulté a un dermatólogo que me confesó que nunca había visto unas manchas semejantes. Analizamos los ácidos que usaba en la cámara oscura, la cola que me servía para pegar y hasta los caramelitos emolientes que disolvía en la boca cuando los muchos cigarrillos o el nerviosismo me provocaban una fuerte tos. De la biopsia que el médico pidió para mayor seguridad, extrayendo una consistente porción de tejido del antebrazo, no fue posible deducir nada, pero en la sala de operaciones tuve un colapso: me bajó la presión a cincuenta y se requirieron un par de horas para elevarla por lo menos a setenta. El dermatólogo me aconsejó que consultara a un cardiólogo que, sin embargo, a su vez no encontró nada orgánico.

–¿Y si se tratase de perturbaciones psicosomáticas? –pregunté.

A pesar de que mi hipótesis fue acogida con irritación estaba casi convencida de no equivocarme: cuando resolviera los problemas con mi madre las manchas desaparecerían.

Era uno de los muchos sábados en que volvía del mercado del barrio con las provisiones para la cena del domingo. Caminaba lentamente, deprimida, con la mirada en el suelo, rumiando pensamientos de huida y de impotencia. Más que volver a casa hubiera preferido sentarme en el bordillo de la acera como una vagabunda sin techo a esperar que se hiciera de noche. El balance de mi vida se me revelaba claramente quizá por primera vez: en dos ocasiones fundamentales había actuado contra mí misma dejándome atrapar por el chantaje afectivo. La primera vez tenía veinte años y muchas ilusiones; presionada por todos lados, pero sobre todo por mi madre, renuncié a los estudios para ocuparme de un matrimonio que ya sabía, más allá de cualquier esperanza inculcada, que desilusionaría mis expectativas. La segunda vez no tenía aún cuarenta años y habría deseado disfrutar de mi libertad, pero la ley y las personas de mi entorno eran más fuertes. Fui nuevamente vencida, pero consciente de mi complicidad en un error del que tendría que avergonzarme porque no me iba a dejar más que odio. Sobreviví como pude mientras trataba de enterrar la vergüenza en el fondo de mí misma, una vergüenza que conseguí olvidar durante largo tiempo hasta casi quedar redimida. Anhelé la libertad durante años y por último me la tomé tras haber pagado lo que para los criminales se conoce como «deuda para con la sociedad». Ahora tenía más de cincuenta años. Si a los veinte poseía la esperanza y a los cuarenta la obstinación que me habían ayudado a vivir, ahora no podía ya ilusionarme: si cedía una vez más ante el chantaje afectivo no tendría más vida por delante, todo se habría acabado.

Mamá me esperaba en la cocina haciendo ganchillo. Deposité las bolsas llenas de verdura sobre la mesa y dije en un tono que reconocí desolado:

–Mamá, antes de seguir viviendo así me pego un tiro.

Me miró incrédula, con una media sonrisa, como si se tratase de una broma:

–¡Qué exagerada eres!

–Hablo en serio. No puedo vivir contigo, no porque seas tú sino porque no puedo vivir ya con nadie. ¿Te has preguntado alguna vez por qué no tengo un perro o un gato? Pues porque no quiero que nadie dependa de mí, de mi presencia.

–¿Qué molestias te creo?

El hecho de haber encontrado el valor de hablar me proporcionaba una calma que desde hacía mucho tiempo no tenía: conseguía dirigirme a ella más que como a una enemiga como a una persona que pudiera comprenderme:

–No es un problema de molestar o no. Tú tienes necesidades que me cuesta demasiado satisfacer pero también eludir. Encuentras lógico que pase las noches delante del televisor, pero ¿piensas verdaderamente que no puedo desear otra cosa? Todo lo que según las reglas debería hacer lo he hecho. Ahora querría vivir para mí. Tú tienes más de ochenta años, estás sana, podrás vivir otros quince años más; tu vida seguirá más o menos como ahora. Para mí es distinto: éstos son los últimos quince años de vida activa en los que puedo pensar realizar los proyectos postergados durante tanto tiempo. Después yo también me haré vieja.

Mi madre me escuchaba, atenta, seria, pero no asustada como cuando me vio fuera de mí. En tono de broma dije:

–Yo no tengo a nadie, pero ¿te parece justo que termine mi vida así? ¿Y si un día decidiese prometerme con un señor, me quieres decir cómo podría hacerlo contigo, que duermes en la habitación de enfrente?

Ella mostró una sonrisa maliciosa:

–Si decidieras prometerte con un señor me lo dirías y yo me iría.

Nunca había ocurrido que existiese complicidad entre nosotras. Sacudí la cabeza sonriendo como ante la ingenuidad de un niño:

–Mamá, no es tan sencillo.

En ese momento me produjo ternura. ¿Cómo creía que tenían lugar los encuentros, en que forma se iniciaban las relaciones entre adultos emancipados?

Haber logrado expresarme con claridad pero sin rabia me hizo más tolerante en los días que mamá pasó aún en mi casa y durante los cuales traté de concertar juntas la organización de su vida en Módena. Lo mejor habría sido encontrar una persona dispuesta a vivir con ella de manera que le garantizase una compañía y una presencia durante la noche; ella arrugaba la nariz:

–Si metes en casa a extraños te puedes llevar desagradables sorpresas. Cuando se produjo el terremoto en Friuli, con todos esos muertos, pensé en tomar a una niña, a una huérfana; no digo adoptarla, pero total... luego me pareció una responsabilidad demasiado grande, podía traer también complicaciones.

–Hay viudas a quienes no les gusta vivir solas y que, a cambio de comida y alojamiento, están dispuestas a hacerte compañía y a echarte una mano.

–Ya, ¡así que me tocaría también darle de comer! Yo vivo con poca cosa, ¿cuánto me costaría? Y, además, no: tengo mis costumbres y no quiero a ningún extraño en casa.

–No puedes decir a todo que no, hay que encontrar una solución.

Sucedió que precisamente en esos días me avisaron de un escape de agua en mi apartamento de Alassio. Tuve que marcharme enseguida y decidí llevar a mamá conmigo. Durante el viaje comenzó a mirar a su alrededor, a hacer comentarios. Le sorprendió la gran cantidad de túneles: con un entusiasmo infantil se puso a contarlos con la punta de los dedos y cuando llegó a dieciocho dio un grito de triunfo:

–¡Lo sabía! Lo recordaba de un viaje que hice con papá.

Me quedé perpleja:

–Pero en esos años no existía todavía la autopista.

Rió como ante una respuesta tonta:

–¿Las montañas siempre han estado, no es cierto? Y por tanto deben de haberlas perforado para permitir el paso de los coches.

El escape de agua había destruido prácticamente mi apartamento porque pasó un tiempo antes de que el administrador se diera cuenta. Los colchones estaban podridos y los somieres oxidados habían manchado y corroído las fundas. Con esfuerzo los saqué al sol del balcón donde puse un silloncito para mamá colocándola de espaldas al mar con el fin de que el sol no la deslumbrara. Trabajé un par de horas separando lo que todavía resultaba aprovechable de lo que por el contrario había que tirar. Entre las varias soluciones a los problemas de mi madre había pensado que podría pasar el invierno allí; muchos ancianos pasaban los meses más fríos. Me había dicho que el apartamento estaba en el primer piso con una escalera de acceso ancha y cómoda y con ascensor, que sus dimensiones hacían de la limpieza una tarea leve y que de todas formas la vida en la Riviera era más fácil, pues debajo de casa había muchas tiendas y nunca hielo o nieve. Pero al verla en el balcón protegiéndose los ojos con la mano, menuda, encorvada, nuevamente silenciosa a causa de mi actividad comprendí que mi propósito era imposible de llevar a cabo: la escalera era cómoda para mí, no para ella, que había advertido ya la falta de un pasamanos. Y ¿cómo habría podido ella, que no tenía fuerzas ya para empujar a fondo un enchufe en las nuevas tomas de corriente, cargar con la estufa de queroseno para calentarse? Me dije que sería mucho mejor y por periodos más largos ir a Alassio que a Módena, donde no tenía ninguna razón para quedarme más de un par de días; pero la solución no podía ser de todas formas mi casa, donde, aparte de las dificultades objetivas, se habrían reproducido los mismos motivos de desasosiego que en Milán, si no peor.

Escribí una carta certificada al propietario del apartamento en el que se había roto una cañería y decidí que se la mandaría enseguida, pues después de tantos kilómetros en coche un paseo junto al mar me sentaría bien. Nuevamente no tuve en cuenta que mi madre era asmática y que tenía los pies siempre doloridos: lo que a mí me parecía un pequeño recorrido fue para ella un trayecto interminable y muy agotador. Fue necesario pararse a mitad de camino, donde la única posibilidad de sentarnos era una escalinata. Se dejó caer con un gemido. Seguí sola para llegar antes de que cerraran la oficina postal; al pensar en lo que debía hacer recordé que habíamos pasado por delante de un hotel de las Acli, un lugar encantador y bien conservado, abierto todo el año y ocupado durante el invierno generalmente por gente mayor; me fijé en los horarios de las comidas porque el comedor daba al paseo marítimo y me dije que sería el lugar ideal para mi madre. Tomando por un desvío para que no me viese entré a solicitar información; por la manera como me miró la directora y por sus respuestas comprendí que para ser aceptados había que frecuentar la iglesia y ser buenos parroquianos en la ciudad de origen, inscribirse, esperar, compartir ideas y reglas de vida. Me di cuenta de que tenían razón y que yo nunca lograría gozar de su favor.

Cuando la llevé de regreso a Módena mamá dijo a mi cuñada:

–Yo encontré la solución, pero Giulia no quiso.

Lo dijo sin resentimiento, resignada.

Livia propuso contratar a una mujer que estaba dispuesta a venir por las tardes, la cual se encargaría de hacer las compras y las camas. El experimento no tuvo éxito, ignoro si porque la mujer era verdaderamente antipática o porque los gastos le parecían excesivos e inútiles. En cuanto al problema del gasóleo mi cuñada dijo que no era sino un pretexto, ya que la instalación de radiadores era inseparable y que por tanto había que elegir entre calentar la casa entera o dejar que también ella se helara. Luego aclaró que mientras la empresa había estado bajo la dirección familiar los gastos del gasóleo no se cargaban, pero que cuando el tipo de administración cambió ello ya no fue posible.

Nunca me había permitido investigar acerca de la situacion económica de mi madre, pero llegado a este punto me creía en la obligación de hacerlo. Tomé papel y lápiz y le rogué que me hiciera una relación de sus entradas; descubrí que desde que mi sobrino la había apartado de la contabilidad de la empresa no le pasaba ya la mensualidad que mi padre había establecido en el testamento.

–¿Y por qué no has protestado?

–Las empresas están en crisis, fui yo quien le dijo que lo dejara estar.

–¿Y por qué no has dicho nada? Lea y yo tenemos el derecho de saber, estaba en juego la voluntad de nuestro padre.

–No quería tener problemas, ya que he de vivir con ellos.

Para mí fue la ocasión de ver claro por primera vez en los gastos y en las economías de mi madre. Yo que, por lo que a mí se refiere, no era especialmente mirada en esto levanté la voz ante el director del banco donde tenía depositados sus ahorros a intereses ridículos, acusándole poco menos que de abusar de la buena fe de una señora anciana. Volví a Milán más tranquila por haber constatado que mamá no iba a morirse de hambre, pero también indignada al considerar que hasta sus porteros se habían aprovechado de ella ocupando de modo gratuito el piso que les fuera asignado a cambio de unos trabajos que no cumplían desde hacía años.

Recibí de mamá una carta apesadumbrada en la que me decía que había aceptado regresar a Módena porque así lo había querido yo, que no me guardaba rencor aunque se sentía triste. Terminaba preguntándome si creía que era posible que ella estuviera contenta de acabar sus días tan sola y sobre todo lejos de las personas que quería.

Había resultado duro reunir las fuerzas suficientes para rechazarla y ahora me remordía la conciencia de haber desilusionado a una persona mayor que contaba conmigo. Recomenzaba el tormento interior, sus razones contra las mías, la certeza de que su vida significaría mi muerte y viceversa; no había alternativa. Me estaba debatiendo en estos pensamientos cuando sonó el teléfono; era Anna, una de mis amigas. Quería saber cómo estaba.

–Estoy desesperada, ¿qué puedo decirle a mi madre, qué puedo hacer?

Más tarde me pregunté qué feliz inspiración la habría llevado a telefonearme y justamente en aquel momento. Me dijo que la suegra de una colega suya, que no deseaba quedarse más con los hijos y nietos en una casa que se había vuelto demasiado ruidosa para su gusto, se había retirado a vivir a una residencia regentada por dos monjas francesas, donde se había encontrado muy bien y quedado hasta el final de sus días.

–Me parece que la residencia estaba precisamente en tu zona; trataré de enterarme de la dirección y te llamo.

Sabiendo lo difícil que era encontrar un sitio decente para una persona mayor me preparé para una respuesta negativa, pero inesperadamente la superiora me invitó a tener una conversación.

El lugar estaba a pocos minutos en coche de casa y se podía llegar asimismo en metro. Una bonita casa de los años veinte, de dos plantas, rodeada de un minúsculo jardín. La superiora me gustó: era una mujer madura, de aspecto fuerte y entrada en carnes. Al enseñarme la habitación me dijo que estaba libre por casualidad: la señora que se alojaba en ella tenía un carácter difícil y le había creado muchos problemas, de modo que antes de aceptar a otra quería estar bien segura de que la cosa no se repetiría.

–Me gusta ser clara: ¿está convencida su madre de instalarse aquí? Pongo por delante que aceptamos sólo a personas que se valen por sí mismas; las residentes que se vienen con nosotras, si no pasa nada, se quedan hasta que el Señor las llama.

Le expliqué que mamá vivía en otra ciudad y que deseaba estar cerca de sus hijas que, sin embargo, no estaban en condiciones de alojarla: yo porque vivía sola y mi trabajo me obligaba a viajar y mi hermana porque no tenía una casa lo bastante grande. Mamá no sabía todavía nada de ello, pero traté de contratar enseguida la habitación con el compromiso de pagarla hasta que tomara una decisión.

Fuera de allí, aliviada y agitada al mismo tiempo por la idea de la lucha que tendría que sostener, fui a casa de una amiga socióloga para que me aconsejase.

–Si crees que no hay otra solución tienes que mostrarte decidida: nada de titubeos ni debilidades.

Mientras conducía hacia Módena me sentía peor que si tuviera que enfrentarme a un examen; no había anticipado nada ni por escrito ni por teléfono; como por una necesidad de lealtad o para pechar con lo que me tocaba, prefería hacer frente a mamá directamente. No quería tenderle una trampa, sino convencerla, por lo que me preparé los argumentos, previendo su resistencia.

–Oh no, no me veo encerrada.

–Mamá, no es una cárcel, serás muy libre de entrar y salir, de volver aquí, de dejarlo cuando quieras, de ir a mi casa y a la de Lea.

–¡No, no, no quiero dejar mi casa!

–Ya la has dejado para venirte conmigo, y en cualquier caso no te pido que la dejes, siempre será tuya. Sólo te pido que lo pruebes.

Ella callaba torturándose las uñas, con una mueca de dolor en el rostro.

–Mamá, ya he contratado la habitación; la tendrán a tu disposición hasta que quieras, no hay prisa. Sólo te pido que pruebes, si no te gusta te volveré a traer aquí. Sin embargo me escribiste una carta y si es cierto que no puedes estar contenta lejos de nosotras entonces tienes al menos que hacer un intento.

Levantó la cabeza de golpe, resignada:

–Está bien, si ya has pagado es inútil dejarlo para mañana, vamos.

Quiso llevarse consigo un mínimo de equipaje; las sábanas y toallas se las tendría que proporcionar yo, pues no quería que se sintiese engatusada.

Durante el viaje le describí la pequeña casa con el saloncito en la planta baja donde recibía la superiora, la pequeña enfermería, el ascensor frente a la puerta que daba a las habitaciones de las hermanas con la capilla donde se celebraba la misa. No había comedor, las comidas se servían en las habitaciones; un lavandero se encargaba de retirar y traer semanalmente la ropa blanca. En cada una de las dos plantas había cinco habitaciones con agua corriente y un servicio común al fondo del pasillo. Me desagradaba que no hubiera servicio en cada habitación; pensaba que yo no me habría adaptado, pero mamá dijo que no era un problema, pues también ella en vacaciones, desde que papá ya no estaba, cogía una habitación con lavabo y bidé para no gastar demasiado.

La superiora había hecho encalar las paredes y sacudir el colchón, y había revisado que todo estuviera listo. Mientras recorría la avenida que conducía a la residencia vi un puesto de flores y me detuve para comprar dos tiestos de jacintos: uno para mamá y el otro para la hermana; quería que el encuentro fuera positivo, como si los papeles estuvieran invertidos: yo era la madre que incitaba a la hija a hacerse querer.

De ese momento que señalaba un giro importante me ha quedado una imagen de ella misteriosamente llena de gracia: su figura diminuta envuelta en el largo abrigo de piel de gato persa con el casquete, el bolso rígidamente colgado del brazo y entre las manos enguantadas el tiesto de jacintos azul turquí, estaba apoyada en la verja de hierro, con el rostro enojado y la mirada en el suelo, parada en espera de que la alcanzase.

Tenía muy presente el consejo de la amiga socióloga: «Muéstrate decidida», pero no quería crear una situación insostenible; por ello me había preocupado de dejar lo más claro posible cuáles eran las reglas; las respuestas me habían tranquilizado: se podía ir a verla en cualquier momento, preferiblemente de día, y ella era libre de salir cuando se le antojara. Sólo en el caso de que decidiese comer o dormir fuera estaba obligada a avisar. Estaban admitidos también largos periodos de ausencia, en cuyo caso se descontaba una parte proporcional de la pensión, de por sí módica.

Sabiendo lo importante que era para mi madre contar con puntos de referencia, crearse hábitos, dije a la hermana que los domingos por la noche mamá cenaría y dormiría en mi casa y que la llevaría de nuevo los lunes por la mañana.

Para animarla, Lea y yo nos comprometimos a ir a verla con frecuencia; dado que tenía teléfono en la habitación le rogué que llamara si se sentía sola y se decidía a salir y quería que la acompañara.

La comida supuso un punto a favor: dijo que la carne era un poco fibrosa pero que el pan era muy bueno y la ensalada tan fresca y crujiente «que resultaba apetitosa». Sabía que mi madre había vivido durante años alimentándose a mediodía con un huevo pasado por agua que se hacía en la estufa de la escuela mientras los alumnos se tomaban la comida que se habían traído de casa; nunca había tomado pues en consideración el hecho de que diera importancia a la mesa. Y sin embargo debería haber recordado sus misivas del veraneo: nunca dejaba de decir si la comida era abundante o escasa, buena u ordinaria.

Transcurrido el primer mes la superiora me llamó para que confirmara el interés por la habitación. Sabía que sería un momento difícil, pero conté para ello con el apoyo de Lea y de Eliana. Mamá acabó por consentir. Había, sin embargo, que ir a Módena a buscar otra indumentaria necesaria para el cambio de estación. Mi cuñada, advertida de nuestra llegada, aireó la casa y le quitó el polvo.

Mamá me pareció triste, incluso afligida durante todo el tiempo que nos quedamos; contestó de manera negativa a las preguntas de Livia; de las otras residentes dijo que una era una ignorante, la otra una altanera y la tercera una beata, y así sucesivamente. Yo guardaba silencio, afligida a mi vez; finalmente repliqué que no tenía por qué sentirse obligada, que podíamos discutir todas las soluciones descartadas con anterioridad; pero ella continuó diciendo que no, que las cosas ya estaban hechas.

En el momento de regresar quise que metiera en la maleta al menos las fotografías de mi padre y de mi hermano, que guardaba en la mesilla de noche, y luego rogué a mi cuñada que me ayudara a cargar en el coche el televisor grande, que me parecía una tontería dejar inutilizado obligando a mamá a forzar la vista en el pequeño portátil. Ella se puso a patalear como una niña:

–¡No quiero llevarme nada, no quiero!

–Te repito que no estás obligada a quedarte, mamá; si quieres volver aquí lo traeremos de nuevo.

La oía sonarse la nariz y me repetí que debía mostrarme decidida. Al levantar el pesado aparato Livia me susurró:

–Has estado muy bien convenciéndola; no habría creído que fueras a conseguirlo. Pero procura no quedarte con el remordimiento, es una mala cosa.

Éste fue el peor momento: mamá nos esperaba junto al coche llorando y sonándose la nariz. Frágil contra el cuerpo sólido de la nuera sollozaba:

–Mi casa... mi casa, que construimos juntos...

Yo estaba petrificada como si no viera y no sintiera, el corazón en un puño resistiendo, desolada por aquel dolor que compartía y del que me sentía única responsable. Me veía a través de sus ojos: dura, indiferente, como me había juzgado siempre. «Una niña con el corazón duro como una piedra.»

No era ése el momento para airear los episodios de mi adolescencia de la que había sacado aquella convicción: pensaba sólo en el esfuerzo que le había exigido al obligarla a mudarse de una casa grande y bonita –los recuerdos de toda una vida– a una pequeña habitación sin servicio y sin la ilusión de una proximidad afectuosa que quién sabe cómo íbamos a satisfacer. Traté de darle una alegría diciéndole que podría repartir su tiempo entre Módena y Milán de manera que no se sintiera lejos del pasado y disfrutase del presente. Pero ella, todavía llorosa, contestó que no quería volver nunca más a casa; le había producido demasiada tristeza verla tan abandonada, con los muebles cubiertos de polvo...

En la residencia se cenaba a las seis y media. El domingo, hacia las tres, mamá me llamaba por teléfono preguntando: «¿No vas a venir?». Al principio me tomé la cosa con filosofía, pero con el tiempo esa especie de acreedora con el ojo puesto en el reloj comenzó a resultarme una pesadez. Lea decía que el error era mío, que no había que crearse hábitos porque luego se vuelve imposible liberarse de ellos.

Pensé en enseñar a mamá a usar el metro cuyas estaciones estaban muy cerca tanto de mi casa como de la residencia. Me sentiría menos ligada a sus horarios y ella podría venir cuando le viniese en gana. A la primera oportunidad puse en práctica el plan pero tuve que reconocer la lentitud con que caminaba, la inseguridad y el temor con que bajaba las escaleras que conducían a los trenes, la desconfianza con que apoyaba el pie en las escaleras mecánicas a pesar de que yo la guiase cogida del brazo. Al comienzo de ese primer y único viaje, las puertas del tren se cerraron tan rápidamente mientras entraba que quedó atrapado su abrigo aprisionándola hasta la parada siguiente. Su reacción no dejó de sorprenderme: se rió, más divertida que asustada.

A lo largo del trayecto de la estación del metro a casa caminábamos de bracete, o mejor dicho, ella se me cogía y yo la arrastraba entablando una especie de lucha.

–¿No te fías? –preguntaba riendo yo de modo provocador mientras ella iba mirando los baches de la acera.

–No es que no me fíe, pero ¿por qué tiras así?

–Yo no tiro, eres tú la que haces resistencia.

Para luchar contra el renovado aburrimiento de las largas tardes de domingo la llevé al cine. Daban *Tootsie*, una película que ya había visto y que pensé que le divertiría, pero no se sumó a las carcajadas generales; me di cuenta de que tal vez no veía o bien no comprendía el cine actual, habituada como estaba a historias contadas de modo didáctico.

A la salida se abalanzó sobre nosotras, como una muralla móvil, una gran multitud que estaba esperando entrar. En ese momento vi a mi madre tal como era verdaderamente: una anciana tambaleante sobre sus piernas, impedida, destinada a ser zarandeada de aquí para allá como una hoja al viento de no haberla sujetado y guiado. Había aparcado el coche no muy lejos y habíamos iniciado la acostumbrada lucha; le abrí la puerta esperando que se sentara para cerrarla. Fui tan rápida que, en mi ímpetu, le cogí los dedos entre las hojas de la puerta. Lanzó un pequeño grito y a continuación se encogió sobre sí misma. Esto era algo que siempre me asombraba en mi madre: que sus quejas por cosas sin ninguna importancia cediesen a una especie de grandeza interior, de generosidad que no daba ocasión a las recriminaciones.

En urgencias me dijeron que tenían que cortarle el anillo para no impedir la circulación cuando el dedo se le hinchase y para no entorpecer el cosido de la herida. Ella miró al médico con aire desafiante y él le dijo en tono de broma:

–Elija usted: ¿qué quiere que le cortemos, el anillo o el dedo?

Se quedó un momento indecisa mientras sopesaba seriamente la alternativa; tan sólo cedió una vez que le hube asegurado que mi joyero haría una soldadura que no se notase.

Haber creído de veras que mi madre podía estar un poco en la residencia y un poco en Módena significaba no conocerla y sobre todo no saber nada de la vejez. Hasta ese momento la había visto y creído activa, independiente; ella misma rechazaba que la llamaran vieja:

–Soy una señora mayor, no una anciana.

Y sin embargo su necesidad de refugio, de un nido, era el signo de una inseguridad que sólo más tarde reconocí que no carecía de motivo. Al principio pensé en una desidia de la que trataba de sacarla, y me habría gustado que hubiera seguido cultivando esos pocos intereses que la habían mantenido despierta hasta entonces. Pero desde que la había hecho dejar su casa no quería ya ni siquiera trabajar haciendo ganchillo; el ovillo de hilo que Lea le regaló acabó en un cajón y allí se quedó.

Mi madre había hecho siempre crucigramas, jeroglíficos y acertijos, por lo que la suscribí a la *Settimana Enigmistica*, pero me dijo que no lograba concentrarse. Le llevé algunas novelas para que leyese, pero la mayoría de las veces se quejó de que la letra era demasiado pequeña, pues su vista estaba cada vez más débil.

Tenía que dejarle tiempo para que se ambientase, incitarla a hacer alguna amistad; pero, tal como le había dicho a mi cuñada, ninguna de las restantes huéspedes le inspiraba simpatía. Me di cuenta de que su soledad no dependía más que de ella: creaba los motivos de aburrimiento reproduciendo en todas partes la misma situación y luego se quejaba: la puerta de su habitación estaba siempre cerrada, una barrera para cualquiera que hubiese sentido la tentación de intercambiar dos palabras con ella. Cuando se lo hice notar me contestó que su vecina había llegado a poner en la puerta un cartelito que decía *Visitas breves*; afirmó que no tenía nada en común con ninguna de ellas, en su mayoría unas grandes beatas que no hacían otra cosa que decir oraciones. Reí al recordarle lo mucho que me había reprochado el que no fuera a la iglesia. Me contestó que ni siquiera su madre, que había sido educada por un tío sacerdote, era una beata: a misa los domingos y las fiestas de guardar, confesarse y comulgar por Pascua. El único precepto fuera de éstos era el del mes de María, al que su madre la llevaba consigo. Era muy bonito todo, con las procesiones, las hachas, los cánticos, el perfume del incienso y de las rosas...

Con ocasión de una fiesta parroquial las huéspedes de la residencia fueron invitadas a una comida a la que debían contribuir con tres mil liras; con una sonrisa escéptica mamá me anunció que se había apuntado. Una vez terminada la fiesta me hizo un resumen de las horas pasadas en la sala ocupada para la ocasión por familias enteras; no sin diversión me dijo que al final de la tarde el párroco había impartido la extremaunción a los ancianos presentes.

–¿Entonces te ha gustado? Podrías volver, me he enterado de que una vez por semana hacen reuniones con bebidas calientes y pastel.

Ella torció el gesto:

–No quiero volver. No conozco a nadie allí.

Los únicos instrumentos de comunicación con las vecinas de habitación eran el teléfono y el televisor grande; el primero demostró ser útil el día que una de las huéspedes tenía que telefonear y trajo a una pequeña delegación a la habitación de mi madre, que tenía que marcar el número mientras una de las acompañantes se lo dictaba y una tercera le prestaba las gafas. El sábado por la noche se reunían para ver *Fantástico*. La noticia de que tres viejecitas estuvieran apasionadas por un programa de variedades y lo supieran todo de la vida y amores de Carolina de Mónaco y de Pippo Baudo me divirtió.

La casa de las hermanas tenía una pequeña cancela de hierro que se abría eléctricamente desde el interior. Se subían dos escalones y uno era recibido por la puerta acristalada por una hermana. Un día me recibió la superiora mientras me escudriñaba severamente.

–Su señora madre no se encuentra nada bien, está noche se ha caído de la cama. Está muy asustada.

La encontré como siempre en su habitación: estaba sentada en una silla plegable, con las manos cogidas a los brazos de ésta, la mirada apagada. Me contó que se había despertado como de costumbre a las tres para ir al servicio y que se había resbalado sin conseguir levantarse porque se le había doblado un brazo tras la espalda. Se quedó en el suelo, a pesar de los esfuerzos, hasta las siete de la mañana, momento en que subió la camarera a traerle el desayuno.

La superiora me hizo otra observación: había advertido que mamá dormía sin camisón. No era una buena costumbre, pues, aunque la casa tenía buena calefacción, podía coger frío. Añadió que estaría bien que nos encargásemos nosotras de darle un baño para no arriesgarse a otra caída.

Yo también había advertido que mi madre no se ponía ya el camisón aunque seguía llevándolo consigo cada domingo. Sucedía que nos encontrábamos mientras yo salía de un servicio y ella entraba en el otro, yo en quimono y ella en ropa interior blanca y ventrera negra. Nunca le pregunté por las razones de esa extraña vestimenta, que le daba un tono vagamente deportivo que chocaba con su vejez; pensé que sería desidia o bien un recurso para ahorrarse el dinero de la lavandería.

En cuanto a la propuesta de encargarnos nosotras de darle un baño la notaba en el ambiente desde hacía un cierto tiempo.

Desde que mamá se cayó ya no se volvió a recuperar: comía poquísimo y siempre tenía un aspecto deprimido; su combatividad parecía haberse apagado de golpe, no tenía ya ganas de nada. Me temí que se hubiera iniciado el declive, pero me parecía absurdo por un infortunio que no le había dejado siquiera un moretón. Decidí ocuparme de su salud, de la que hasta ese momento me había desinteresado porque me parecía que se preocupaba ella por sí sola: no olvidaba nunca las pastillas para dormir, las gotas para reducir la presión y los diferentes colirios para sus ojos, amenazados desde siempre por un glaucoma del que la habían operado unos treinta años antes y por unas cataratas en avanzado estado que, según su médico de Módena, no habían *madurado* todavía.

Conocía a un médico a la antigua que la sometió a una visita minuciosa, le recetó un tratamiento a base de reconstituyentes y me aconsejó que la llevara a un oculista de su confianza. Mamá sacudió la cabeza:

–¡Oh, otra operación en los ojos no! Ya no me veo con fuerzas, y además para qué...

El médico repuso afectuosamente:

–Por poco o mucho que nos quede de vida tenemos que hacerlo en las mejores condiciones. ¿Por qué renunciar al placer de leer o de ver una película? Significaría adelantar la muerte y nadie quiere eso, ¿no es cierto?

Cuando el tratamiento comenzó a surtir efecto decidió complementarlo con algún paseo, pues la residencia no estaba muy lejos de la plaza Lotto.

¡Qué agotador resultaba ese breve recorrido mientras trataba de acompasar mi paso a sus pasitos cortos e inseguros! Desde entonces, cada vez que me cruzaba con una pareja madre-hija o padre-hija, porque estas tareas siempre han estado encomendadas a las mujeres, he sentido pena por ambos, pero sobre todo por la hija a la que imagino presa, como yo entonces, de sentimientos encontrados: piedad por un ser que se te apoya y espera de ti un resto de vida y una terrible impaciencia por la forzosa disminución de toda actividad en el momento en que una querría ganar una carrera de obstáculos.

A pesar de andar muy lentamente sentía su respiración

acezante. Cuando nos sentamos en un banco se encontraba extenuada. No muy lejos había un vendedor de helados ambulante, a quien compré un cucurucho que se comió con desgana, como para darme gusto.

Había imaginado que disfrutaríamos juntas del verdor y me veía obligada a contemplar un mundo insoportablemente triste: el terreno polvoriento sobre el que estaba instalado el banco, los niños que jugaban a perseguirse alrededor del carrito de helados, el pálido sol que aparecía y desaparecía entre las nubes.

La primera a quien le tocó darle un baño a mamá fue a mi hermana porque tuve que ausentarme durante varios días. Nunca habría imaginado, dijo, que lavar a una persona mayor resultase tan fatigoso:

–Tal como tengo la espalda corro el riesgo de quedarme paralizada en cualquier momento. No sé cuánto podré durar.

Cuando me llegó el turno a mí no tuve más remedio que darle la razón: era increíble que un cuerpo tan ligero pudiera presentar tanta resistencia. Salí de aquella prueba, aparte de agotada, descompuesta: ¡qué crueldad tener que verse reflejada en el propio futuro! Sí, porque en ese cuerpo ya deformado por la artrosis y por los años podía reconstruir nuestra semejanza, saber sin posibles ilusiones en qué me convertiría. Pero no era eso todo: de improviso, yo que sentía horror por la decrepitud, me encontré ante una anciana hasta ese momento desconocida, ya que mi madre no se había dejado ver nunca desnuda en toda su vida, ni siquiera cuando era joven y hermosa.

Y ahora tenía que enjabonarla, frotarla, enjuagarla, secarla, ayudarla a ponerse la ventrera que no conseguía atarse sobre la piel desnuda, ver esos pies que tras la mutilación trataba de apartar de mi vista. Mi madre parecía encontrar todo esto natural, mientras que yo trataba de tranquilizarme estableciendo un paralelo entre yo y mi hija, que contrariamente conocía mi cuerpo, que me había visto desnuda en la playa y semidesnuda en el gimnasio, que había visto pasar los años dejándome su huella. Pero, más allá de su conocimiento y de su costumbre, pensé que nunca le habría pedido lo que, por tradición, se considera natural que una hija debe hacer.

Cuando mamá se recuperó le pedí hora para el médico de la sección de oftalmología: me explicaron que para estar seguros de no acabar en manos de un practicante cualquiera convenía someterse a una visita privada con el médico que escogiéramos, el cual se preocuparía de hacer un seguimiento personal del paciente. La cuenta se correspondió con su fama, pero a partir de ese momento mamá iba a disfrutar de la asistencia de la mutua sin ulteriores desembolsos. Sin embargo debíamos estar preparados para el análisis y darnos prisa en ocupar la cama del hospital apenas recibiéramos la llamada, que no siempre coincidía con el día anterior a la intervención: era importante ocupar la cama.

Metieron a mi madre en una gran habitación con otras cuatro pacientes; yo no me habría adaptado, pero acaso para ella era una ventaja, pues iba a tener a alguien con quien hablar. La espera se prolongó una semana durante la cual mi hermana y yo nos alternamos a la hora de las visitas, pero sin que ello supusiera un compromiso pesado ya que mamá se levantaba y se encontraba bien. Por Lea supe que nos fue achacada una falta nuestra:

–Las hijas de la señora de aquí al lado vienen todos los días, dos veces por día.

Al contármelo Lea comentó:

–Para ella somos unas malas hijas, pero nunca nos pregunta si estamos cansadas, si tenemos algún problema o compromiso. Nos hace sentir siempre culpables. Incluso durante la hora de las visitas se está callada; luego, cuando estoy a punto de irme, me mira con reproche: «¿Ya te vas?».

De improviso nos advirtieron que la intervención estaba fijada para el día siguiente; dada la edad, la operación sería con anestesia local. Me estremecí. El médico explicó que no se podían correr riesgos, y además hacía ya calor, y metabolizar una anestesia general en esas condiciones no resultaría fácil.

También esta vez dijo mamá: «¡Tengo un canguelo!», pero sin ningún destello de diversión en la mirada, y añadió que, si no recordaba mal, ser operada en estado consciente y viéndolo no resultaba en absoluto agradable. Sugerí que yo en su lugar habría insistido en la anestesia general.

–Estupendo, así quizá no me despierte ya más.

–¿Qué muerte mejor? Uno no se da cuenta de nada y se va al otro barrio.

Ella se picó:

–¡Gracias! ¡Buena suerte me deseas!

Me reí:

–No es buena suerte, lo pienso de veras. Si me tuviese que tocar a mí...

Salió de la sala de operaciones con un parche de gasa en el ojo. No había aceptado que le operaran los dos; el terror a la ceguera era demasiado grande. Durante el día mi hermana y yo nos turnamos a la cabecera. Todas las veces que mamá pedía orinar tocaba el timbre. Al anochecer Lea preguntó qué teníamos que hacer durante la noche; naturalmente, las hijas de la señora de al lado iban a pasarla sentadas en una silla para alcanzarle el orinal y las gasas. ¿Y nosotras? Nosotras éramos unas malas hijas y lo demostrábamos pidiendo una enfermera de pago; encontraba desagradable los rituales que se creaban en torno a las camas de hospital: un ir y venir con bolsas de plástico que contenían las mudas de ropa interior, jabones, naranjas y rollos de papel higiénico como si se tratase de pasar allí la vida entera en vez de unos pocos días.

Mamá pasó la convalecencia en mi casa; tenía que habituarse a soportar una lente esmerilada en el ojo operado. El periodo de adaptación fue más bien largo; dijo que la había obligado a una operación inútil y que en cualquier caso no pensaba sufrir ninguna más. Poco a poco volvió a andar por sí sola, a hojear alguna revista con la ayuda de una lupa que apoyaba en la página; por último volvió a mirar la televisión y a leer a ratos novelitas de amor que le proporcionaba mi hermana. Más tarde consideré con satisfacción que con mi insistencia la había ayudado a vivir menos mal.

Para el baño semanal Lea y yo pensamos que uniendo nuestras fuerzas nos repartiríamos los esfuerzos. Muy por el contrario, cada una de nosotras transmitió a la otra su propia tensión de modo que al final sentí pena por esa pobre mujer zarandeada por dos Erinias. Tiempo antes había preguntado a Silvia cómo resolvía ella esos mismos problemas con su madre. Me contestó:

–De la manera más vulgar, pagando.

Dije a Lea que, igual que había convencido a mamá para que le viera los pies un pedicuro, también le haría aceptar una especialista que se encargase de darle el baño.

–¡Con dos hijas, tener que quitarme la ropa delante de una extraña!

–Eso no son más que tonterías, ¿no te la quitas delante del médico?

No obstante su resistencia inicial tuve la confirmación de haber tomado la decisión adecuada al ver la dulzura con que la enfermera la manejaba. Ella se acostumbró tan deprisa que no tuvo más remedio que constatar sorprendida:

–¡Mira tú dónde ha ido a parar mi pudor! ¡Ya no me importa nada!

Una vez terminada la convalecencia la llevé de nuevo a la residencia y reanudamos la acostumbrada rutina: un par de visitas a la semana que nos repartíamos entre Lea y yo, alguna llamada de teléfono, el domingo por la tarde en mi casa hasta el lunes por la mañana, que ella conseguía que fuera un tormento, porque tan pronto demostraba grandes ansias de venirse conmigo, como parecía tener grandes ganas de volver con las hermanas. En vano le decía yo que no se preocupase, que la acompañaría a tiempo para la comida que servían a las once y media: ella permanecía al acecho observando cada uno de mis movimientos, mirando sin cesar el reloj para inducirme a apresurarme. Yo la provocaba:

–Tantas prisas para luego aburrirte.

Ella chasqueaba la lengua, picada en su amor propio:

–¡Total!

Vinieron los nietos de Módena junto con los hijos para hacerle una visita, y más adelante también mi cuñada que se trajo a la mujer del jefe de la oficina, una señora de nuestra edad que sentía por mi madre una vieja veneración. Antes de partir de regreso Livia vino a saludarme:

–¡Qué tristeza me ha causado mamá! Me ha parecido que estuviera sentada esperando la muerte. El lugar no es feo, podría vivir bien, hacer alguna amistad. En cambio se está con la puerta cerrada. ¡Y no tiene jamás un detalle! Cuando trajeron la comida se puso a comer y ni siquiera nos dijo que nos sentáramos... ¡Qué le vamos a hacer! Está hecha así. A mí me da igual; el viaje ha sido para mí como unas vacaciones; compré mortadela y pan, y he comido de pie. Cuando bajábamos he mirado a su ventana; yo en su lugar habría estado detrás de los cristales para saludar...

Se acercaban las Navidades y me empezaba a dominar la angustia sólo de pensar en esos días a solas con mi madre, porque mis hijos, cada uno por su cuenta, habían decidido aprovechar las fiestas para hacer un viaje.

Me deprimía el recuerdo del año precedente, la comida en la *trattoria* con mi marido y la cena nosotras dos solas, mi incapacidad para alegrarla, su dificultad para comunicarse.

Antes que pasar otras Navidades como aquéllas, le dije a Lea que me iría a Baggina en busca de algún viejecillo abandonado para traérmelo a casa. Ellos al menos estarían contentos. Mi hermana me hizo observar que a mamá no le gustaban los viejos.

–Ven a cenar, por el contrario, con nosotros. Este año no iremos a la montaña, tenemos averiada la calefacción y nos moriríamos de frío.

Gracias a su invitación pasamos algunas horas en una atmósfera que en parte hubiera podido recordar los tiempos en que estaba todavía nuestro padre.

Para San Esteban mi madre propuso hacer una visita a una prima, precisamente el tipo de pasatiempo que detestaba desde niña cuando me llevaban recomendándome que me portase bien y hablase sólo si me preguntaban. Le dije que la podía acompañar y volver a buscarla. Ella torció el gesto:

–¡Vaya un gusto! Entonces no voy ni yo.

–Y ¿por qué? A ti te gustará, yo me quedo en casa con mucho gusto.

–¿Salir sólo para llevarme a mí? No, gracias.

–¿Te llamo un taxi?

–No. Sois unas desagradecidas.

Nos quedamos las dos, yo planchando la ropa y ella royéndose las uñas mientras se torturaba los pellejos hasta hacerlos sangrar, una costumbre que había adquirido desde que no hacía ganchillo. De vez en cuando explotaba:

–Mamá, ¡te estás estropeando las manos!

Ella las escondía en el regazo justificándose con aire de descontento:

–Es el aburrimiento, el nerviosismo...

Para Fin de Año Giovanna nos invitó a comer, pues ella se encontraba también sola. Después de haber comido me mostró unos viejos vestidos que quería reformar: le propuse ajustar uno y nos pusimos manos a la obra: yo cortaba y Giovanna embastaba. Durante unos momentos mamá se quedó observándonos, luego comenzó a bostezar. La convencimos de que se echase un sueñecito.

–Hace tanto que no duermo.

Se adormiló durante una media hora, luego aceptó un café. Estábamos en la segunda prueba del vestido a la que asistió curiosa; al fin miró el reloj.

–¿Nos vamos? Se hace tarde.

–¿Tarde para qué? ¿Para ir a aburrirnos a casa? ¡Hemos comenzado un trabajo y déjanos acabar!

Se quedó observándonos mientras seguía cada gesto; luego preguntó por qué nos habíamos puesto a trabajar precisamente el día de Fin de Año. Giovanna contestó sonriendo que quería explotarme.

–Querida señora, desgraciadamente sigo engordando y no tengo ningún vestido que me siente bien. Y como espero siempre adelgazar no me resigno a comprarme vestidos nuevos.

Al escuchar tan sencilla y clara explicación, que fue dicha con voz amable, me di cuenta de que yo hubiera contestado: «Me he puesto a trabajar porque de lo contrario me habría pegado un tiro». Ahora, cuando me encontraba a solas con mi madre, en vez de hablar gruñía.

–Y usted, señora –le preguntaba Giovanna–, ¿ya no hace esas bonitas labores de ganchillo?

–No. Ya no tengo ganas. He hecho tantas... Me canso.

–Tiene usted razón: ha trabajado toda su vida y hace muy bien en descansar. Debe mirar la televisión, leer muchos libros bonitos.

–¡Qué va! Soy una mujer de otros tiempos, me gustan las historias con final feliz. Hoy en las películas hay demasiado sexo y todos se matan como si nada. Y, además, están hechas de una manera que no entiendo nada. Lea me trae novelitas..., el otro día vino el cura a saludarme a la habitación y me preguntó cómo pasaría las fiestas. Sobre la cama vio uno de esos libros, uno me parece de la colección Harmony. ¡Lo tiró con un gesto tan grosero! En su opinión, a mi edad hay que leer sólo libros de rezos.

Naturalmente estaba en contra de ese cura entrometido y sin embargo apareció ante mis ojos como un flash la escena de muchos años antes: mi madre escupiendo sobre el retrato de Stalin que Daniele mostraba con orgullo. Tal vez la vida se encarga de devolvernos lo que nos merecemos. Pero ¿con qué fin?

Por lo que respecta a las lecturas de mamá su regresión cultural me irritaba; había hablado también de ello con Lea. Ella se encogió de hombros:

–¿Qué puede importarte a ti? Siempre te metes en camisa de once varas.

Probablemente hubiera tenido que importarme un rábano, pero me aburría su queja recurrente:

–Para la vida que hago más me valdría estar muerta.

En los momentos de buen humor la provocaba:

–¿Qué vida querrías hacer? ¿Cruceros, casinos, vacaciones en Kenia?

Ella se encogía de hombros:

–¡Qué tonta eres!

El motivo principal salía a relucir cuando estaba presente Lea y mejor aún Giovanna. Entonces me echaba en cara:

–Una vida tan inútil, tan vacía...

Un día, pensando dar en el blanco, le puse como ejemplo la China, unas noticias que saqué de un artículo sobre las actividades de los viejos en ese país donde el anciano ha representado siempre la sabiduría.

–Mira, mamá, en China Popular los ancianos que todavía se desplazan sin problemas se encargan de acompañar y traer de vuelta a los niños de la escuela. Los hay que se molestan por otros que no están en condiciones de salir de casa y que sin embargo enseñan a los jóvenes el arte o el oficio que han desempeñado durante toda su vida. Dicen que cualquier edad tiene su lado bueno, basta con saberlo ver. Yo creo que tu problema está en haber renunciado a las prerrogativas de quien ha vivido mucho: aunque eres lúcida y autosuficiente, quieres que sean los demás quienes piensen y actúen por ti, no quieres transmitir ya nada. A veces se diría que para soportar el aburrimiento de la existencia tienes necesidad de un juglar.

–Siempre eres muy buena criticando, todo lo que hago está mal.

–¿Quieres un ejemplo? Hablo de hechos ocurridos muchas veces: mientras estoy trabajando o hablando por teléfono o bien secándome el pelo, tú me llamas para recordarme que tengo que preparar de comer. Si decido hacer un *risotto,* naturalmente me pongo nerviosa porque me interrumpes. Sigues todos mis pasos, otra cosa que me crispa los nervios. Preparo el sofrito, pongo el caldo al fuego, echo el arroz en la cacerola y en ese momento tú te levantas ofreciéndote a removerlo durante la cocción, te pones delante del fuego impidiéndome cualquier movimiento que haga. Ahora trata de analizar: tú has cocinado siempre muy bien, ¿no sería más lógico y más útil para mí y para nuestras relaciones, y también para luchar contra tu incurable aburrimiento, que el *risotto* lo hicieras de principio a fin?

Durante mi discursito mi madre había torcido el gesto, plegando la comisura hacia un lado, mueca que le veía hacer desde no hacía mucho.

–Deberías haber sido abogado. Tu padre te llamaba doctor Picapleitos con razón. ¿Qué he de hacer para que me comprendas? Ya verás tú cuando envejezcas.

A este otro motivo repetitivo respondía por lo general:

–Espero morirme antes.

De mis maldades me arrepentía apenas conseguía librarme de ella. Habría querido no sentirme agobiada y no sentirme culpable, dos estados de ánimo que se excluían entre sí.

Empujando a mamá a vivir en la residencia conseguí que desaparecieran mis manchas y reduje mis jaquecas, pero no logré eliminar de nuestras relaciones la desazón y el cansancio. Me había hecho muchos buenos propósitos, que ella reducía a nada tanto por falta de psicología como porque con sus ansias conseguía adelantárseme; los domingos, cuando sonaba el teléfono, en vez de contestar que estaba lista y a punto de salir, emitía una especie de gruñido de exasperación.

Un día que la tramontana azotaba las esquinas de las calles cogí una bronquitis. Llamé a mamá por teléfono para decirle que tomase un taxi porque no me veía con fuerzas para salir; me respondió que no importaba, que no vendría. Absurdamente me puse a gritar:

–¡Creía que querías venir aquí!

Furiosa subí al coche y la fui a buscar dejándola luego en la cocina humillada y en silencio. Qué era lo que no funcionaba entre nosotras, lo sabía: yo la entristecía y ella me irritaba, o bien ella se entristecía de irritarme y yo me irritaba de entristecerla; le echaba la culpa a ella cuando estaba presente y a mí no bien nos separábamos. Habría querido ser tierna y consoladora y no lo lograba; habría querido que ella no esperase todo de mí o bien que consiguiera compartir mis intereses. Por el contrario me daba cuenta de que si encendía la televisión para tener al menos un pasatiempo común, ella apartaba la vista de la pantalla para dirigirla a la pared, o peor aún, sobre mí. A veces me sucedía que comparaba su forma de comportarse con la del perro lobo de mi hijo, las muchas veces que lo dejaban en mis manos, años antes: inmóvil y aparentemente adormecido, no me quitaba ojo mientras me movía por el estudio; al cabo de unas horas daba señales de impaciencia, se dirigía a la puerta, a la ventana, gañía. Le decía que fuese bueno, que lo sacaría a la calle. Todas las veces que me ponía a pensar que un perro encerrado en una habitación sin nadie que lo alimente y lo saque a pasear estaba condenado a la muerte, siempre me decía que no podía ya aceptar un ser completamente dependiente de mis atenciones. Esto era lo que no toleraba en mi madre, que me asfixiaba: que se estuviera mirándome en silencio como un perro, aparentemente sin pretender nada, pero, en realidad, esperándolo todo de mí.

Me planteaba una pregunta: ¿cómo era posible que tras una vida que sabía intensa, con momentos incluso dramáticos, no tuviera nada que decir? Decidí hacerla hablar de su pasado; esta idea que utilicé como antídoto se reveló un remedio infalible: a cada encuentro, tanto si iba a visitarla, como si venía ella a mi casa, metía un casette en el magnetófono reservándome el escucharla, sin saber aún cuándo ni para qué. No todo lo que contaba me resultaba nuevo: había episodios que conocía palabra por palabra porque una característica suya era recordar su propio relato más que lo acontecido, repetirlo por consiguiente de forma exacta con sus comas, puntos y comentarios incluso a la distancia de años. Hasta entonces me había limitado a soportar esas viejas historias de familia, quizá porque no tenía nunca tiempo, ni ganas, ni necesidad de valorarlas en su significado global, y sin embargo comencé ahora a escucharlas críticamente respecto a mí y a mi padre terminando por corregir mi punto de vista acerca de la importancia que mamá había tenido en nuestra familia. Durante las muchas horas pasadas inmersa con ella en el pasado me sentí embargada por los sentimientos más diversos: piedad, comprensión, admiración, diversión, ternura, irritación, indignación, pesar, dolor, un dolor que a menudo, de un modo torpe, manifesté bajo forma de rabia, con agresiones verbales y reproches porque me resultaba difícil superponer la imagen de la mujer descontenta, ansiosa, meticulosa, rutinaria, a la que emergía de la narración y que a su vez evocaba otras imágenes y situaciones de las que ella no hablaba, situaciones que parecía haber olvidado, pero que, depositadas en mi memoria, retornaban a la superficie junto con el recuerdo confuso de episodios oídos susurrar en casa cuando era niña y posteriormente negados o revalorizados, aunque todos juntos servían para completar el mosaico.

SEGUNDA PARTE

Mi abuela materna se quedó huérfana a los dos años, pues sus padres murieron durante una epidemia de tifus. La crió un tío cura con la ayuda de su ama. Vivían en Galliate, en una gran casa de tres plantas; en la planta baja estaba la oficina postal que llevaban los primos de la abuela; el primer piso estaba habitado por el tío, y todo el resto ocupado por los parientes, que tenían la costumbre de reunirse en un gran salón de la planta baja donde tocaban música y bailaban. Había quien tocaba el violín, quien el piano, quien la guitarra o la flauta.

Al contar la vida de joven de la abuela, mi madre empleaba un tono de fábula:

–¡Le gustaba mucho bailar! En Novara mi padre era socio del Círculo de Empleados, donde por carnaval daban grandes fiestas; él, en una salita aparte, jugaba al póquer y ella bailaba, ¡le gustaba tanto bailar! Me llevaban también a mí; mamá quería enseñarme pero yo decía ¡que no, que no y que no! Nunca he sentido pasión y además me daba vergüenza. Me gustaba mirarla, tenía unos vestidos hermosísimos: recuerdo sus faldas largas y muy amplias con blusa. Tenía una de organdí, de forro blanco o gris, con dobladillo, a listas blancas y grises, con unas mangas largas y amplias y los puños altos y estrechos. Muy, muy bonita.

–¿Cuando murió la abuela heredaste sus vestidos?

–Heredé su último abrigo, que llevé cuando me casé, un bonito gabán de paño gris claro con un gran cuello de piel del mismo color. Recuerdo otro abrigo con esclavina, que es una pieza corta sobrepuesta al gabán. Tenía unos bonitos echarpes con el manguito para el invierno y salía siempre con el sombrero porque las señoras de una cierta posición, de clase media digamos, se ponían el sombrero hasta para ir a hacer la compra. Fue después de la Gran Guerra cuando se perdió esta costumbre. Pero mi madre no iba a hacer la compra, sino que mandaba a la sirvienta.

–¿La abuela tuvo sólo al abuelo de pretendiente? ¿No la cortejó nadie más?

–Pues no lo sé. Obligada como estaba a permanecer en casa, ya que salían únicamente para ir a misa o a la bendición del atardecer... no lo creo. Y además era joven: tenía diecinueve años cuando se casó y estaba muy enamorada del marido. A mi padre le gustaban las mujeres y era además un exhibicionista: recuerdo que en una ocasión salió al balcón y llamó a la señora del balcón de al lado, levantándose la pernera del pantalón, ¡para enseñarle sus piernas, que eran blancas y sin pelos, muy bonitas! ¡Aún recuerdo su gesto de subirse los pantalones!

Al contar este episodio mamá se reía con un sonido argentino, casi infantil.

–¿Llevaba cuellos almidonados el abuelo?

–Sí, y se los cambiaba dos veces al día; también se cambiaba dos veces al día de camisa y había que llevarlas a la planchadora porque también tenían los puños almidonados. Llevaban unas varillas hechas a propósito, pequeñitas, con el fondo curvo para poder darle forma al cuello. Nos las traían a docenas a casa, colgadas en un mango de escoba para que no se arrugasen.

–¿Cómo era físicamente la abuela?

–Era alta y esbelta y llevaba un corsé con ballenas, muy ceñido, con unas agujetas de las que hacía tirar a la mujer de servicio. La recuerdo aún, por la mañana, a ella agarrada al respaldo de la cama y a la sirvienta, con un pie apoyado en su cintura, tira que tira... Llevaba el corsé por encima de la camisa, ¡y sus enaguas eran todo un espectáculo!

De nuevo mi madre estalló a reír:

–Las enaguas le llegaban hasta los tobillos y estaban abiertas hasta la cintura y, como la blusa era larga, le salía por la abertura de atrás como una cola. Estaba ridícula; pero, una vez vestida, ¡qué elegancia! Entonces se llevaba el pelo ahuecado con un relleno de crin para darle volumen. Todas las mañanas llegaba la peinadora a casa, pero en verano, cuando íbamos de veraneo a Carona, me tocaba a mí: una lata, porque no era aún más que una cría, pero no lo conseguía y se enfurruñaba. Mi madre tenía un pelo muy bonito, lustroso, recio, porque entonces no se lo lavaban continuamente como ahora: una vez al mes la peinadora le hacía un champú especial con yema de huevo para fortalecerlo y lo dejaban secar solo.

–¿Cómo hacían para sufragar tanta elegancia si el abuelo trabajaba de maestro?

–Mi madre aportó una considerable dote, ¡treinta mil liras en 1890 eran toda una fortuna! Mi padre tenía dos sueldos, de día trabajaba de maestro en la escuela elemental y por la noche enseñaba matemáticas en el Instituto Técnico. Era un excelente profesor y habría podido hacer carrera, llegar a rector; no lo fue nunca por su conducta, pues era conocido por todos como un libertino. Sin embargo era un gran trabajador: por las tardes venía a casa un montón de muchachos que repetían. Recuerdo un tapete que mamá ponía para proteger la mesa del comedor, que estaba lleno de manchas de tinta. Trabajaba, pero el dinero no les llegaba porque llevaban una vida por encima de sus posibilidades: nunca faltaba de comer, siempre había fruta y postre. Y sobre todo vestían bien, con lo cual estaban siempre llenos de deudas: con el zapatero, el mercero, el sastre... Al final de año, cuando sonaba el timbre, me tocaba salir a mí a la puerta y decir que mi padre no estaba y hacer el papelón. ¡Cuando oía llamar me entraban palpitaciones porque sabía que venían a cobrar el dinero! Por suerte era muy apreciado como educador: ¡si hubieras visto la de regalos que le mandaban! En el granero tenía una vieja caponera para los pollos, que llenaba de botellas de vino y damajuanas de aceite. Pero se lo ganaba bien ganado; recuerdo que tenía una pizarra muy grande en la que en una ocasión hizo un dibujo que se llegó incluso a publicar: reprodujo Italia con todos sus ríos y costas. También hacía unos preciosos trabajos manuales: en casa conservamos durante mucho tiempo un pequeño salón en miniatura, tallado y con arabescos, con el canapé acolchado, la mesita, el espejo tocador... y además escribía para los periódicos locales. Era un hombre inteligente y muy guapo. Pero, por desgracia, si mi madre fue tan desgraciada en su matrimonio se debió en parte al hecho de que mi padre gustaba a las mujeres, tenía un montón de amantes. Recuerdo que una vez sonó el timbre, fui a abrir y no encontré a nadie. Nuestra puerta tenía en el centro un pomo de bronce y allí había colgado un paquete de cartas que mi padre le había escrito a su amante, que cuando rompieron, para vengarse, se las entregó a mi madre.

–¿Cómo supo que eran cartas de la amante?

–Mamá tenía muchas cajitas en las que guardaba cabellos, chales, manguitos... Años después de su muerte las encontré en una de esas cajas. En otra ocasión recibimos una carta anónima. Por la noche mamá y yo íbamos a jugar al cuatrillo o al bingo al piso de arriba donde vivía una familia numerosa, de diez o doce personas. En cambio esa noche quiso salir, ella que no salía nunca, y quería llevarme con ella. Yo no era más que una cría, aún no había nacido Tina, pero estaba sobre ascuas, barruntaba ciertas cosas: no quería ir y me planté tiesa, pero no hubo nada que hacer. Total, que seguimos a nuestro padre de lejos y lo vimos entrar en el portal indicado en la carta. Por la noche, cuando regresó a casa, ¡hubo una escena tremenda! Yo todavía dormía en su habitación y cuando ocurrían esas escenas estaba siempre presente. Ella era incapaz de callar y él se ponía hecho una fiera. ¡Cuántos golpes, pero cuántos recibió mi madre...! Yo, que era una niña, me tenía que poner en medio y decirles: «¡Mamá, cállate, mamá, cállate; papá, sé bueno!». Ésta fue mi infancia, todas las veces allí en medio, tratando de separarlos. Teníamos una mujer de servicio, que venía por las mañanas y que se llamaba Marcella. Mi madre le enseñaba los morados y lloraba y Marcella le decía: «¿Cómo puede aguantarlo, señora?». Recuerdo que en cierta ocasión fuimos a casa de un tío notario. Yo me encontraba presente porque mamá me llevaba siempre con ella; se desfogó con el tío y lloraba y él le decía: «¡Sepárate! ¡Es mejor separarse que vivir así!». «¿Cómo voy a separarme si mi dote ya no existe? ¿De qué vivo?» ¡Treinta mil liras de dote, que en aquellos años eran millones y millones de ahora, dilapidados! No quedaron más que los títulos nominativos de las hijas, que recibimos al hacernos mayores, pero que después de la guerra valían bien poco. ¡Bah! ¡Qué infancia tuve! Entre la de tu padre y la mía no sé cuál fue peor. Yo al menos tenía a mamá que me quería, y mi padre también me quería. El día de Santa Lucía, que entonces sustituía al del Niño Jesús, me traía muchos regalos. Pero fue una infancia igualmente poco agradable, ¿sabes cuáles eran mis oraciones?: «Haz que papá vuelva pronto a casa y que no pegue a mamá». Éstas eran mis oraciones. De no haber sido por sus peleas yo habría sido feliz. Mi madre tenía una amiga con dos hijos varones de más o menos mi edad; nos llevaba al parque, jugábamos al diábolo, al corro, a los aros, mientras las señoras bordaban o hacían ganchillo. Con esos dos hermanitos nos intercambiábamos los tebeos, ellos me daban las aventuras de Nat Pinkerton, un tebeo policíaco para chicos. Luego estaban los días de visita, entonces era la costumbre, y según la estación se ofrecía una taza de chocolate o una bebida fresca, algún trozo de tarta... Cada tanto íbamos a ver a las primas de Galliate; había que coger un pequeño tren de carbón que viajaba a paso de tortuga; para hacer ocho kilómetros tardaba no sé cuánto tiempo con ese chuf, chuf, chuf... y todas las veces me sentía mal porque echaba un humo apestoso; llegaba pálida como una muerta. Las primas tenían una devanadera para hilar la lana que, después de haber dado un cierto número de vueltas, emitía un repiqueteo de campanilla; me gustaba siempre oírla y seguía haciéndola girar, pero se enrabiaban. Ésos eran mis momentos felices, cuando estaba con mi mamá y no lo oía pelearse.

–Recuerdo vagamente haber oído decir, no sé a quién, que la abuela murió loca o que se suicidó.

Mi madre se indignó:

–¿Qué cosas se te ocurren? Puede ser que alguna vez, por desesperación, dijera «me tiro por la ventana», pero son cosas que se dicen.

–También he oído decir que murió de parto.

–¡Ni por asomo! Recuerdo muy bien la noche que nació mi hermana: tenía yo trece años y dormía en el comedor. Me trajeron la niña de noche, toda ella envuelta; el parto fue bien, pero al cabo de unas horas hubo que mandar llamar al doctor porque mamá tuvo una hemorragia y desde ese momento ya no se encontró bien, no dormía, sufría de agotamiento nervioso. Entonces no existían los tranquilizantes, tomaba manzanilla, valeriana, pero sin conseguir dormir. Casi todos los meses en vez de la menstruación tenía hemorragias; el doctor me dijo el nombre de la enfermedad pero no lo recuerdo. Sin embargo creo que la culpa fue de las continuas traiciones de tu abuelo: ¡sufrió tanto, la pobre! Murió cuando Tina tenía siete años y no es cierto que muriera de parto. Quizás a consecuencia de ello, eso podría ser...

–Aparte de que le gustase bailar, ¿cómo era tu madre? ¿Le gustaba leer? ¿Ir al teatro?

–Sentía pasión por las flores: el balcón que daba al norte estaba lleno de ciclámenes que traíamos de Carona. Los ciclámenes necesitan sombra. En Carona había una infinidad, así como setas, que yo no encontraba nunca. Una vez fui con las amigas, unas niñas del pueblo, ellas encontraron varias y yo ni siquiera una. Me puse a llorar, querían regalármelas. «¡No las quiero, no las he encontrado yo!» Veía una hoja seca, me parecía una seta y corría... En Carona teníamos una cocina hecha al transformar una terraza, rodeada de una cristalera igual que una galería; cuando había temporales terribles, en esa cocina toda transparente los relámpagos me daban miedo y los truenos todavía más, por lo que me refugiaba en la habitación. El jardín estaba construido formando bancales que ascendían hacia la montaña y en medio había un gran lavadero. Un día pensé en bañar al gato, pero él adivinó mis intenciones y se subió al primer reborde; trepé entonces al plano inclinado, y él salió disparado y me caí en la pila. Luego ese gato se acordó siempre de mí: cuando me veía tensaba la cola y resoplaba con el pelo encrespado, y yo le tenía miedo porque había adivinado mis intenciones. Y, sin embargo, no había logrado bañarlo... Teníamos también un columpio, muy alto y muy bonito, pero nunca fui capaz de subirme a él, porque cuando descendía tan deprisa me faltaba el aliento y sentía que me ahogaba.

–¿También tenías canarios, no es cierto?

–Sí, mi madre tenía una pareja de canarios; unos pocos días después de su muerte los encontré tiesos, porque tenía que marcharme muy pronto por la mañana y siempre me olvidaba de limpiar la jaula o de darles de beber y de comer; ¡no tenía tiempo, yo, para mirar los canarios!

¡Qué poco conocemos a las personas con las que hemos crecido y a cuyo lado se ha estado mucho tiempo! Sólo ahora comprendía su reacción cuando, algunos años después, pensando en darle una sorpresa para su cumpleaños, me presenté con una jaula en la mano envuelta en papel de China. Ella hizo un ademán de repulsa:

–¡No los quiero, no los quiero!

Pensé en una estúpida prevención y la invité a hacer al menos un pequeño agujero en el envoltorio para que los viera, ¡eran tan preciosos! Ella no dio su brazo a torcer:

–¡No, no, no los quiero!

–¿Qué hacía la abuela en casa?

–Se dedicaba a sus labores. Fue educada para ello, era muy buena bordando, haciendo encajes, cocinando.

–¿Y cómo es que tú te pusiste a trabajar? ¿No resulta extraño en una familia burguesa de esa época?

–Mi padre me hizo estudiar para enviarme a trabajar porque el dinero en casa no nos llegaba nunca. Yo quería ser contable, habría sido feliz trabajando en un banco, dejando aparte el hecho de que las empleadas de bancos entonces no podían casarse y yo no tenía ningunas ganas de quedarme soltera. De modo que mi padre me hizo perder un año además de hacerme pasar a Magisterio, que entonces se llamaba la Normal. Comencé a enseñar a los dieciocho años; tenía una bicicleta de hierro colado que compré de segunda mano; el sillín tenía los muelles rotos atados con una cuerda y en aquellos tiempos las carreteras no estaban asfaltadas; había cada piedra, cada agujero, y hacía un daño... ¡Pagué por ella sesenta liras, un mes de sueldo! Entonces enseñaba en Nibbia, a seis kilómetros de Novara; ¡cuántas veces lo he hecho a pie! Mi madre decía: «Con la de zapatos que gastas cuando hace mal tiempo y con la bicicleta se te va el sueldo». Luego me destinaron a Maggiora; allí me encontraba muy bien, hice amistades; estuve un año, pero luego mamá se puso enferma y con gran amargura tuve que volver a Nibbia donde tenía una clase de setenta y cuatro alumnos, mixta. Entonces era obligatorio mandar a los niños a la escuela hasta tercer grado, y más tarde cuando hicieron obligatoria la asistencia hasta el quinto volvieron convencidos de que estaban repitiendo desde hacía seis años. Los padres los mandaban porque estaban obligados, pero no les interesaba nada, ¡y lo mismo les habría dado que fueran usados como cuidadores de ocas y de cerdos! ¡Me tocó llorar tanto esos primeros años! Si decía que había que comprar un cuaderno los padres respondían: «¡No me vengas con cuentos de tu maestra!». Me acuerdo que una vez, pues entonces se usaba la tinta, estaba inclinada para enseñarles a los más pequeños a coger la pluma y ¡sin darme cuenta cogí piojos! Sentía un picor, un picor detrás donde tenía la castaña; habían anidado todos allí. Fui a la farmacia y no sabía cómo decirlo; la mujer del farmacéutico era maestra y comprendió al instante; me dio un líquido que mataba aquellos bichitos, pero los huevos quedaban aplastados entre las uñas. ¡Me costó mucho tiempo quitármelos! Mandé llamar a la madre del niño que me los había pegado y le dije que por favor no lo trajera más mientras no andase limpio. Y ella me contestó: «¡Mi hijo no tiene piojos, debe de ser usted la que los tiene!». Era un día de lluvia, la clase estaba en la planta baja y tenía cinco ventanas; reaccionó tan mal que, al salir, golpeó con el paraguas en las ventanas. En aquellos tiempos era duro enseñar; teníamos clases de cincuenta, cincuenta y tres alumnos, algunos de ellos retrasados mentales. Hoy las maestras tienen dieciséis, diecisiete niños, máximo veinte, y calefacción y bedeles... Entonces teníamos que hacerlo todo nosotras.

–¿Cuántos años tenías cuando murió tu madre?

–Hacía poco que había cumplido veinte años. Tina tenía siete. Enseñaba en Casalbeltrame, a catorce kilómetros de ida y otros tantos de vuelta, todos los días en bicicleta. Yo estaba en la escuela cuando murió, me enteré al volver.

–¿Te lo imaginabas?

–En ese entonces... ¡ya no comía! En el entierro no recuerdo haber visto a mi padre. El cementerio estaba muy lejos y no había tranvías para volver a la ciudad; ¡hice todo el camino a pie junto con Tina, cogidas de la mano y llorando! En el funeral estaban los primos de Galliate, que nos esperaban en casa; habían preparado un cocido y no paraban de repetirme: «¡Ida, come algo, Ida, come algo!». Pero yo tenía el estómago encogido y no conseguí hacer pasar nada. ¡Ah! ¡Qué vida me tocó después de la muerte de mi madre! Por la mañana bajar las escaleras bicicleta en mano y luego todos esos kilómetros para llegar a la escuela, vestida de negro de la cabeza a los pies, con el crespón de luto hasta en verano por esos caminos de tierra batida. No te imaginas el calor... Entonces se llevaba luto dos años, el primero era muy riguroso, luego gris, morado, un poco de blanco... Por la mañana teníamos a la mujer de hacer faenas que llevaba a la escuela a mi hermana. Yo volvía casi a las cuatro, hacía la compra y la comida, porque tras la muerte de mamá siempre tuve que hacer yo la comida para todos. Recuerdo el primer verano que volvimos a Carona sin ella: en esa cocina totalmente acristalada había una estufa cilíndrica de hierro colado, para cocinar, de ésas con la boca arriba. Se me ocurrió la desafortunada idea de cocer una lengua, pero no sabía que había que quitarle la piel: no acababa de cocerse nunca y yo me rompía los cuernos como una loca para que el fuego no se apagara, seguía y seguía metiendo leña... El año siguiente fuimos a otra casa, que tenía un parquet lleno de pulgas. No conseguía dormir, tenía las piernas y los brazos cubiertos de costras de tanto rascarme. Por la mañana, para hacer las faenas de la casa, llevaba un par de zapatillas blancas sin medias, pues los zapatos estaban negros de pulgas; y mi padre decía que eran historias porque él no las sentía, no le picaban; apestoso como era se ve que no les hacía mucha gracia.

Mi madre rió divertida al hacer esta valoración del abuelo.

–¿Viviste siempre en Novara con tus padres?

–Sí, y en la misma casa. Estábamos en el tercer piso, pero entonces los techos eran altísimos y no había ascensor. La portera no permitía que dejásemos la bicicleta en el patio y por tanto todas las tardes y mañanas teníamos que subirla y bajarla por sesenta y ocho escalones. Fui a vivir allí cuando tenía dos años y mi padre se quedó hasta que se jubiló. Tenía una vista muy bonita, y en los días claros se veían los Alpes y el Monte Rosa. Había un jardín y un huerto que cultivaba la portera, quien luego vendía la fruta y la verdura, pues debía de tener un acuerdo con los dueños. Al lado había una villa con un jardín muy grande, con caballeriza y todo; por la tarde iba a buscar la leche recién ordeñada y pasaba cerca de un grosellero, y cuando las grosellas estaban maduras robaba siempre un puñadito, pues me gustaban tanto...

–Tras la muerte de la abuela, ¿quién se ocupó de tu hermana?

–¡Yo! ¡Cuántos malos ratos he tenido que pasar por ella! ¡Una vez vino el doctor a visitarla porque esta niña no comía, no comía! «Está desnutrida, hay que hacerla comer.» ¡Cuántas veces lloré... le daba de comer y ella lo devolvía, me lo escupía! ¡Era peor que la peste, cuántas me ha hecho pasar! Recuerdo un verano que estábamos en la montaña y habíamos organizado una excursión con unos amigos. A mi padre Tina le importaba un comino y me la cargaba siempre a mí, por lo que tuve que llevarla conmigo. Después de caminar un poco, se plantó y dijo: «No sigo». «¿Por qué no vienes?» «Porque no.» Al final uno de los chicos le preguntó: «¿Se puede saber qué te pasa?». «Y un rábano», contestó. Tuve que renunciar a la excursión. Fue egoísta desde niña y no ha cambiado jamás.

–¿Tu madre os dio de mamar?

–No, tuvimos una nodriza; entonces era la costumbre; las mujeres de clase media mandaban a los hijos a la nodriza. Luego estaban las muy ricas, que tenían nodriza con uniforme, la cual sacaba a los niños a pasear en cochecito, pero no era más que una entre tantas. Recuerdo que en cierta ocasión mi madre y yo fuimos a ver a Tina: vivíamos en Corso Torino y la nodriza estaba en el campo; había un buen trecho de camino que hacer a pie, pues no había tranvía; se llegaba hasta Madonna del Bosco, donde había una pequeña capilla en recuerdo de los muertos en la batalla de Novara. La encontramos como momificada; ésa era la costumbre entonces, pues creían que servía para mantenerle rectas las piernas; de tanto menearse se le habían salido las manitas de los pañales... ¡Ah! ¡Entonces no nos podíamos imaginar en qué demonio se iba a convertir!

–¿Quién se ocupó de ella cuanto tú te casaste?

–Mi padre tomó una mujer de hacer faenas, la grande y gorda Rinon, que era una compañera mía de la escuela elemental. Tina tenía nueve años, iba a la escuela pero no tenía ganas de estudiar. Si se lo decía a mi padre me respondía: «Arréglatelas». No le importaba nada, siempre hizo su vida, regresando pasada la medianoche, porque enseñaba matemáticas, contabilidad y taquigrafía en la escuela de Comercio donde era también director, y después de la escuela se iba a jugar al póquer y la niña se quedaba sola porque de noche no tenía a la mujer. ¡Lo único que él quería era que lo dejaran en paz, pues esta hija había nacido por una equivocación, por desgracia! Y entonces, cosa comprensible, viéndose abandonada de ese modo comenzó a salir con chicas mayores que ella, compañías poco recomendables. Quizá se había vuelto viejo, no tenía ganas de discutir y ya no había nada que hacer. En Novara era conocida como *la guapa Tina.* Yo siempre le tuve a mi padre un terror sagrado y a ella en cambio le importaba un rábano, lo trataba como si fuera un imbécil, le daba pellizquitos en las mejillas diciéndole: «¡Mira, qué mono!».

–¿Es cierto que conociste a papá por medio de un anuncio de la prensa?

–Sí, lo puse con una colega cuando enseñaba en Nibbia. Luego nos repartíamos la respuestas a medias, tal como venían. ¡Había cada una! Mal escritas, para tirarlas a la papelera, de analfabetos.

Al recordarlo reía de manera un tanto despectiva.

–¿Lo hicisteis en broma o en serio?

–Para ver qué pasaba; contesté a dos o tres, uno era periodista...

–¿Y cómo fue que elegiste a papá?

–Cuando lo vi por primera vez no me gustó nada: iba con sombrero de paja y bastón. Tenía que presentarse para un trabajo y lo acompañé; yo me quedé esperándolo fuera y lo vi cómo se limpiaba los zapatos en el felpudo de una manera tan divertida... –se interrumpió presa de la risa–, y levantaba las piernas hasta las nalgas; estaba ridículo...

–¿Cuál era la señal de reconocimiento? ¿Un periódico en la mano, un clavel rojo en el ojal?

–No, un clavel no... no lo recuerdo, no recuerdo siquiera dónde nos encontramos. La primera vez fuimos de paseo a los bastiones y la segunda lo hice subir a la cúpula de San Gaudencio. Yo todavía estaba de luto y llevaba un vestido negro con las mangas de seda, transparentes; mientras subíamos escaleras arriba, él iba detrás de mí y... y... me tocó el brazo.

En este momento mamá estalló de nuevo a reír.

–Pero él, ¿por qué respondió al anuncio?

–¡Vaya una pregunta! Tenía veintiocho años y en ese momento quería formar una familia, pues hasta los veinticuatro había servido en África. Cuando regresó a casa no se llevaba bien con su madre. Tuvo una novia que murió tísica, la pobre; llevó siempre su fotografía en la cartera y cuando él murió no la tiré sino que la guardé en el álbum de familia.

–¿Decidisteis casaros después de sólo dos encuentros?

–Me llevó a Bérgamo para que conociera a los suyos, luego vino a verme a Lesa durante las vacaciones.

–¿Cómo fue el encuentro con el abuelo?

–Ese día él no estaba, había ido a cobrar el sueldo. Bueno, ésa era la excusa, pero a donde iba de verdad era a casa de su amante que estaba de vacaciones en un pueblo de aquellos contornos.

–Entonces, ¿el abuelo no sabía nada?

–Lo sabía porque en Lesa había una mesa redonda en la antesala donde el cartero depositaba la correspondencia. Una mañana encontró una carta, la abrió y acto seguido vino a restregármela por las narices con desprecio, diciéndome: «¡Pse! ¡Puaf! Hay un error de ortografía. ¡Nunca permitiré que te cases con este muerto de hambre!».

–¿De qué trabajaba papá?
–Era obrero en un taller de transformadores eléctricos de Bérgamo.
–¿Y cómo fue el encuentro con el abuelo? ¿Vino papá a pedir tu mano?
–Creo que lo vio por primera vez el día que nos casamos.
–¿No os casasteis por la Iglesia?
–¡No teníamos un céntimo, éramos dos pobres pelagatos! Cuando mi padre descubrió la carta yo cerré la boca, todas las mañanas sin embargo sacaba del baúl de mi ajuar un poco de ropa blanca y me la llevaba a Nibbia; cuando el baúl quedó vacío no volví ya más a casa; encima de la escuela estaban las habitaciones para las maestras y la mía estaba amueblada con mi cama de muchacha para cuando hacía un día feo, lluvioso; ¡no había tren para volver a Novara! Encima de la tapa del baúl le dejé una nota dándole las gracias y adiós muy buenas. Cuando comprendió que todo estaba decidido envío a tía Adele para decirme que regresase, y para salvar así al menos las apariencias.
–Fue un gesto muy atrevido para tu época y para tu ambiente.
–¡Fue un gesto de rebeldía! Era mayor de edad, él no quería que me casara porque le resultaba útil en casa. ¡Pero yo no me veía llevando una vida de sacrificios sin ninguna compensación por servirles a él y a Tina, que era peor que la peste! ¡No me veía, la verdad!

A mamá la oí decir siempre que mi padre de joven era de carácter antojadizo. A los pocos días de la boda discutió con el ingeniero para quien trabajaba en Bérgamo y lo dejó. Hojeando los anuncios leyó que en Cerdeña estaba en fase de construcción la presa de Tirso y que necesitaban electricistas. Le dijo a mi madre simplemente:
–He firmado contrato y tengo que irme. ¿Nos casamos enseguida o esperamos?

–Casémonos enseguida –respondió ella.

Pasaron quince días de luna de miel en Nibbia, durante las vacaciones navideñas, en la habitación de encima de las aulas de la escuela. Así se inició esa aventura que fue su matrimonio, una asociación que duró casi medio siglo, en la cual, siempre en palabras de mi madre, fueron más los años de tristeza que los buenos.

–En Nibbia hacía la comida él. ¡Mmm! ¡Un potaje que era una delicia! Teníamos una estufa cilíndrica, de ésas con unas arandelas encima para cocinar. El Ayuntamiento nos proporcionaba leña en abundancia para calentar la escuela y papá hizo con ella una pila a la que una noche se prendió fuego. Nos despertamos al notar un fuerte calor... ¡había hecho calentarse tanto la estufa que la leña que había junto a ella se incendió!

–¿Al cabo de cuánto tiempo te reuniste con él en Cerdeña?

–Al cierre de las escuelas. Estaba embarazada de cinco meses; fui al ginecólogo para saber si podía hacer el viaje y me dijo que podía marcharme tranquila, que todo estaba debidamente.

–¿Papá no vino nunca a verte?

–Querida mía, ¡no teníamos dinero! Apenas llegó a Cerdeña recibió una carta de su madre en la que naturalmente pedía dinero; ¡y sin embargo sabía en qué condiciones se había ido! Me pidió si podía enviarle algo y yo le remití todo mi sueldo. ¿Se debieron dar cuenta de que el giro procedía de Nibbia y no de Cerdeña? Ni siquiera me contestaron para darme las gracias y yo me quedé durante todo el mes sin un cuarto.

–¿Cómo te las arreglaste para vivir?

–Iba a tomarme una sopa o una ración de polenta por la noche a una *trattoria* donde me fiaban. Todos los días escribía a mi marido y el dinero para los sellos me lo prestaba una colega mía, ésa con la que había puesto el anuncio.

–¡Extraordinario! Conociste a ese hombre a través de un

anuncio de la prensa; prácticamente no sabías quién era; a los pocos días de la boda se queda sin trabajo por un capricho suyo, encuentra un enganche, se casa contigo y se va dejándote embarazada. Y al poco te pide que le mandes dinero a su madre. ¿Ni siquiera se te pasó por la cabeza que podía ser un caradura? ¿Te fiaste de él ciegamente?

Mi madre se encogió de hombros torciendo el gesto y repuso, picada:

–¡Se ve que era confiada!

Al término del curso escolar tuvo que afrontar un largo viaje en tren hasta Civitavecchia y luego la travesía en barco. Llegaron a Ghilarza en la motocicleta con que mi padre había ido a esperarla; había alquilado dos habitaciones amuebladas, sin luz eléctrica y con el retrete en el patio, situadas debajo de una terraza y tan calurosas que la sopa se pasaba a las pocas horas y las velas se doblaban. No obstante, mi madre era feliz y cantaba:

> Han vuelto a florecer las rosas
> con la dulce caricia del sol;
> las mariposas alegres se persiguen
> con trémulo vuelo en el azul...

mientras la propietaria comentaba desde arriba: «¡El pájaro en la jaula si no canta de amor canta de rabia!».

Tan pronto les fue posible se trasladaron a otras dos habitaciones alquiladas y compraron dos somieres, dos colchones, una cómoda, una mesa, dos sillas y un aparador. La cocina era muy grande, nueva, con los hornillos de carbonilla para cocinar; las dueñas de la casa, dos ancianas solteronas, eran muy amables. En el patio tenían una máquina de moler grano con un burrito atado que la hacía girar. En las proximidades no había tiendas y las dos hermanas hacían de intérpretes entre mi madre y las mujeres que pasaban con cestas a la cabeza llenas de verdura para vender. Cuando se le empezó a notar el embarazo, mamá tuvo que superar el aprieto de que le ofrecieran, en premio a su estado, fruta, verdura, pan y dulces. Tuvo que acostumbrarse a que se refirieran a ella con una frase susurrada con respetuoso asombro: «¡Esta peninsular!».

En esa casa nació mi hermano Michele con la ayuda de una comadrona que recién empezaba, a la que mi padre subió casi a viva fuerza en la motocicleta que crujía y que le servía para los desplazamientos. Tres principiantes, cada cual más asustado que el otro, a la espera de un niño que parecía no tener grandes prisas por nacer.

–Se asfixia, se asfixia, se asfixia –repetía obsesivamente la comadrona, hasta que el chillido de Michele vino a contradecirla.

Unos momentos antes mi padre había abandonado la habitación. El hombre duro que en África había enterrado a su perro, que de niño asustaba a las lavanderas colgándose cabeza abajo del puente sobre el río, que era sostenido de los tobillos por sus compañeros, se refugió en el pequeño retrete maloliente al fondo del patio y sin querer rezaba, sin saber siquiera a quién, para que no les pasara nada a su mujer y a su niño.

Puesto que en aquellos años las maestras no tenían derecho a un permiso de ausencia en el empleo por maternidad, mi madre habría tenido que retomar la enseñanza en Nibbia a primeros de octubre. Con el parto aún reciente presentó un certificado médico solicitando una suspensión temporal por motivos familiares. Tras un estéril intercambio de preguntas y respuestas en papel sellado, recurrió y volvió a recurrir, y la burocracia ministerial la obligó a darse de baja borrándola del escalafón.

Para el bautismo de Michele llegó de la península una pareja de primos en viaje de bodas y el abuelo materno que venía a conocer a su primer nieto. Con el suegro mi padre se comportó fríamente; en cambio con Ferdinando, un hombrachón de aspecto encarnado y manos enormes, inició una amistad que duró años, compitiendo en comprobar quién bebía más vino chupándolo con un canutillo de apio.

Mi padre iba y venía del trabajo recorriendo en motocicleta una carretera llena de baches y de piedras. Las tardes de mal tiempo permanecía en el taller; con mamá se quedaba a dormir una chiquilla que le traía todos los días agua de la fuente y a la que enseñaba a hablar italiano. Ella le pasó los piojos sin darse cuenta, porque la niña, como todas las muchachas de la isla, llevaba un pañuelo fuertemente atado a la cabeza. Mi padre creyó que se los quitaría espolvoreándole azufre en el pelo y peinándoselo mechón a mechón todos los días con un peine de púas muy juntas.

Me resulta difícil imaginármelo pendiente de este modesto y engorroso problema, él tan arrogante, una característica que también en Cerdeña le granjeó enemigos. Entre las distintas historias que oía contar de niña estaba también la de un atentado: una noche, al regresar a casa ya oscurecido, mientras atravesaba el bosque estalló una tormenta. Un relámpago hizo brillar un hilo de acero tendido entre dos árboles a más de un metro del suelo. Instintivamente, mi padre se dobló sobre el manillar, salvándose así de morir decapitado. Dado que nadie más hacía el recorrido, dedujo que la trampa estaba destinada a él. ¿Quién podía querer matarlo? ¿El obrero a quien había dado dos bofetones porque le resultaba antipático o el jefe a quien había gritado: «¡Portera!», porque les contaba a todos el episodio?

Durante los siete años de África mi padre olvidó casi todo lo que había aprendido en la escuela elemental. En Cerdeña se inscribió en una escuela por correspondencia que mi madre complementaba con lecciones de gramática y sintaxis, y sobre todo enseñándole las proporciones, las fracciones y la extracción de la raíz cuadrada.

Antes del invierno se trasladaron con Michele y los pocos

muebles a una casita apartada, al pie de la presa, cuyas obras habían sido ya acabadas; una vez desmantelados los barracones de los obreros, el comedor, el economato, desaparecidas las hermanas en cuyas manos había estado la organización, mi madre tuvo que pasar los días a solas con el niño en un prado descendente donde un pastor hacía pastar su ganado; de vez en cuando los míos compraban un corderito o un cabrito para asar a la parrilla, lo hacían matar y desollar y clavaban su piel en la puerta de casa para secarla como habían visto hacer a la gente del lugar. Mi madre pensaba hacer con ella un abrigo de piel para Michele, idea que acabó en nada debido a un perro que mi padre encontró por la calle y adoptó, y que se lo iba comiendo poco a poco.

Era una vida primitiva y solitaria: a excepción de algún pastor de paso y de un hombre que al alba subía a traer el pan y la leche, mamá no veía nunca a nadie; cuando llegaba el buen tiempo se sentaba en el prado delante de casa, con las piernas al descubierto, los pies calzados con un par de sandalias y con Michele en el regazo. Los domingos recorrían la isla en un sidecar que mi padre había comprado para pasear a la familia.

En lo alto, dominando el panorama y casi amenazante, estaba la presa, una enorme construcción de cemento y acero. Un día de primavera, mientras mi madre estaba tomando el sol con el niño, oyó un enorme estruendo. Una avalancha de agua salió de la compuerta arrastrando consigo los árboles que encontraba a su paso; la casita de un pastor situada a media altura fue embestida deshaciéndose como si fuera de cartón. Ella se quedó inmóvil, paralizada del susto: hacía pocos días habían llegado noticias de que una gran presa había cedido en la provincia de Bérgamo: varios pueblos habían sido arrastrados por la riada y había habido muchas víctimas. Mi madre vio dispersarse poco a poco la enorme masa en mil riachuelos y desaparecer absorbida por el terreno gorgoteante. Nadie había pensado en avisarla de que abrirían las compuertas para reducir el nivel del lago.

A la inauguración de la presa asistió la reina Margarita. Hubo una gran fiesta en la que participaron todos los sardos, ataviados con los trajes tradicionales: hombres y mujeres, marido y mujer montados en el mismo caballo, viejos y niños en pequeños asnos. Los festejos duraron hasta el amanecer con bailes y canciones en medio del humo y el calor de los espetones en que se asaban los lechones y cabritos; los dulces de almendra, altos y espléndidos como catedrales góticas, habían costado semanas de trabajo. Una ceremonia entre religiosa y pagana que mi madre vivió con ojos de asombro por la maravilla, como una niña, y que señaló el final de su estancia en Cerdeña.

El ingeniero le escribió a mi padre desde Bérgamo diciéndole que quería volver a contratarlo tan pronto regresara. Este hombre, del que guardo un vago recuerdo por haberlo visto algunas veces años después, sentía una gran estima y simpatía por el rebelde que no toleraba a sus jefes, y sé que en el curso del tiempo su relación se transformó en una amistad a menudo interrumpida por escandalosas rupturas y divertidas reconciliaciones.

Michele tenía seis meses cuando mis padres regresaron a Bérgamo yéndose a vivir a un piso fuera de la ciudad, a una casa con balaustrada. La malaria, que perdonó a mi padre, afectó en cambio a mi madre y al pequeño haciendo brusca aparición tras una larga incubación; mamá no consiguió liberarse de ella antes de un año; día sí día no tenía ataques de fiebre altísima que se manifestaba cada vez con dos horas de anticipación. Se la curaron con dosis masivas de quinina que Michele ingería a través de la leche materna.

Mi hermano fue destetado a los catorce meses; debido a esta prolongada lactancia mi madre no se dio cuenta de que estaba encinta y a causa de la quinina abortó.

Tras un año de fiebre terciana adelgazó, agotadísima; cuando se dio cuenta de que estaba embarazada por tercera vez sintió que no deseaba en absoluto otro hijo, al menos no tan pronto. Dado que la quinina se había revelado un abortivo eficaz podía utilizarlo. Pero el fármaco no produjo el resultado esperado; entonces recurrió a los pediluvios de agua caliente a base de polvo de mostaza, a las carreras en bicicleta por caminos en mal estado, trató de saltar de la mesa a pie juntillas sobre el suelo; pero esta vez el feto estaba bien aferrado y no pensaba soltar su presa.

Ese feto era yo, Giulia. El hecho de que a los cincuenta años cumplidos tuviera conocimiento de esos ingenuos intentos de liberarse de mí me hizo sentir ternura hacia una mujer obligada a soportar un embarazo no deseado. El relato, unido al de mi nacimiento, sirvió para iluminarme sobre la difícil relación que siempre tuve con mi madre.

De la casa con balaustrada, incómoda y demasiado alejada del lugar de trabajo, los míos se trasladaron a un semisótano gracioso pero muy húmedo donde una noche a mi madre, por sorpresa, le cogieron los dolores del parto, tan de sorpresa que confundió las contracciones con una indigestión y se levantó a encender la estufa para hacerse una manzanilla. Luego vino mi padre: tuvo que vestirse de nuevo y salir corriendo en busca de una comadrona. El cochero que lo acompañaba dijo una frase en dialecto que me frotaron, bondadosamente, por las narices toda la vida cada vez que mostraba mi inclinación por la noche y mis problemas para levantarme pronto por la mañana: «¡Los niños que nacen de noche rondan de noche!».

Mi madre, sola en medio del silencio de la casa, consultaba asustada el reloj: el intervalo entre un dolor agudo y otro se volvía cada vez más breve. Cuando comenzaron los impulsos de la expulsión, más que secundarlos se resistía a ellos; una cosa viscosa resbaló por entre sus muslos; instintivamente la sujetó sosteniendo el cuerpecito. Mi padre llegó con la comadrona veinte minutos más tarde.

Silenciosa y tranquila, con los piececitos aún en el útero materno y tres vueltas de cordón umbilical alrededor del cuello, yo me estaba chupando ansiosamente cuatro dedos de una mano.

Como hasta ese momento no había lanzado siquiera un chillido mi madre creyó que estaba muerta. Por el contrario, la comadrona dijo en tono de admiración y de alivio:

–¿Sabe que al impedirle salir del todo ha salvado a su hija y se ha salvado a sí misma? Porque a la pequeña la hubiera estrangulado el cordón umbilical y usted hubiera muerto desangrada en todo este tiempo.

–El instinto maternal –dijo categóricamente mi padre.

–Tal vez –repuso mi madre–, tal vez.

Pero no conseguía olvidar la invencible repugnancia sentida en lo más íntimo, el escurridizo y silencioso contacto, y más aún a la vista de una niña que chupaba con tanto gusto su sucia manita.

A mi padre le hizo feliz que fuese una niña aunque, a la primera mirada, exclamó:

–¡Oh! ¡Es igualita a tu hermana Tina!

Yo era menudita, con los ojos oscuros y almendrados y el cabello negro formando una coleta en la nuca. Mamá me lo cortó porque sobresalía de la pequeña cofia; lo envolvió en una hojita de papel de China junto con el mechón amarillo dorado de Michele.

Al contrario de mi hermano yo comía muy poco y no me sujetaba a los horarios en que me tocaba mamar, cosa que irritaba a mi madre, convencida como estaba de la necesidad de seguir reglas precisas en cada ocasión de la vida. De repente se manifestó nuestro antagonismo: ella me negaba el pecho cuando yo lloraba de hambre, y yo me negaba a mamar cuando ella me lo ofrecía, lo cual provocaba su enfado:

–Pero ¿cómo es posible tanta obstinación en una niña tan

pequeña? Aprieta los labios y vuelve la cabeza del otro lado porque no he cedido a su capricho.

Mi padre me tomaba en brazos, me hacía bailotear sobre sus rodillas y me llamaba «mi chinita». Con Michele había sido distinto, pues quizá entonces no estaba preparado para la paternidad: hasta que el pequeño no empezó a sonreír, a farfullar alguna palabra, raramente lo hacía digno de su atención y esas pocas veces sacudía la cabeza diciendo:

–¿Sabes que es *muy* feo? –luego repetía convencido–: ¡Pero que muy feo!

Mi madre se ponía enferma, lo encontraba injusto: el niño era guapísimo, perfecto; y sobre todo encontraba absurdo que su marido se molestase por verlo tan a menudo pegado a su pecho.

El apetito de Michele hizo doloroso su destete; conmigo no hubo problemas de este tipo: la leche se le retiró al cabo de unos meses, poquito a poco, dulcemente.

–Tu padre llevó siempre metida en la cabeza la idea de ser jefe.

Ésta era una de las frases que mamá terminaba con un suspiro.

Apenas se le presentó la ocasión de comprar un pequeño taller de reparaciones dejó al ingeniero.

Cerdeña había significado la aventura, el amor y el nacimiento de una familia; Bérgamo significó durante algunos años la estabilidad. Pero el regreso al lugar de origen amplió la red del núcleo familiar: mi padre se reencontró con sus viejos amigos, con quienes tomaba el aperitivo en el bar, iba a los partidos de fútbol y a jugar algunas veces a las cartas. Pequeños cambios a los que mamá trató de adaptarse acompañándolo al estadio de fútbol cuando los suegros se ofrecían a cuidar los niños; pero todo aquel griterío y excitación por un puñado de jugadores que corrían detrás de una pelota la aburría y la cansaba. Entonces le dijo que mientras él estuviera viendo el partido ella iría al cine; pero cuando la cosa se repitió él mostró un tono de fastidio:

–¿No te parece que exageras? ¡Fuiste ya el domingo pasado!

Una injusticia ante la cual no tuvo el valor de rebelarse. Tras escapar de un padre autoritario se había casado con un hombre también autoritario que, aunque con aire de decir una gracia, afirmaba que a las mujeres, como a los caballos, no hay que aflojarles nunca la rienda, o mejor dicho, de vez en cuando conviene hacerles morder el freno.

Mi madre limitó sus salidas de los domingos reservándolas para cuando pasaban una película de Mary Pickford, su actriz favorita. En dichas ocasiones sucedía que a veces la seguían desconocidos por la calle que le decían piropos, uno de los cuales entró a formar parte de la historia familiar por las veces que lo oíamos citar: «¡Señorita, tiene usted unos tobillos de potranca de raza!».

En el edificio de la oficina vivíamos en el segundo piso. El principal estaba ocupado por dos muchachas del Sur cuyo padre no paraba en casa. Mamá hizo amistad con ellas, en especial con Santina que, durante muchos años, aunque con largos intervalos, formó parte de nuestra familia. Recuerdo exactamente su voz y su sonrisa que, aparte de sus dientes pequeños y separados, mostraba sus encías; era pequeña y bonita, llevaba las trenzas de color castaño y de su piel blanquísima emanaba un olor que siempre me recordó las campánulas trepadoras, silvestres. Era de carácter alegre y se divertía con mamá observando a una señora que vivía en la casa de enfrente y que acababa de dar a luz: no paraba de colgar en la terraza una gran cantidad de pañales que cambiaba una y otra vez de lado para que se secasen más deprisa. Las dos amigas se hacían también bromas la una a la otra: un día que mi madre estaba cortando unos callos para hacer un guiso, le salió una tira larga y fina como un tallarín, ligeramente rizada y elástica. La descolgó por la ventana haciéndola bailar delante de la de Santina.

Yo no tuve ocasión de conocer este aspecto juguetón de su carácter, pues, en los dos o tres años siguientes, se fue cargando una tempestad que no le dio muchos motivos para reír. Sin embargo, aún le quedó tiempo de disfrutar por un momento de la juventud que no había vivido con anterioridad, de dejarse tentar por la coquetería y por la moda. Tenía veintiséis años, la piel lisa y firme, unos ojos castaños de párpados saltones bajo la frente despejada, la boca grande con el labio inferior pronunciado, y la nariz prominente, de la que se avergonzaba llamándola «meona».

La recuerdo en una fotografía de cuerpo entero, niña de siete u ocho años con unos bucles rubios, el vestido hasta los tobillos, los botines y el parasol, una verdadera Shirley Temple sin hoyuelos.

Había llevado siempre el pelo largo, atado en trenza los días de escuela y suelto a la espalda los domingos «porque era totalmente ondulado». De adolescente se hacía dos coletas; a los veinte años lo llevaba ahuecado en torno a la frente y recogido en moño en la nuca.

A su vuelta de Cerdeña se dejó tentar por la moda del pelo *à la garçonne* y pidió permiso a su marido para cortárselo.

–Vino el peluquero a casa –contaba– y me lo cortó y lavó; tenía todo el pelo ondulado de forma natural; papá, al verme, me dijo que nunca habría imaginado que tuviera el pelo tan bonito. Lo llevaba con la raya a un lado y unos reflejos en la nuca. Dejé al peluquero y durante mucho tiempo fui a uno para hombres que me hacía sólo un corte muy sencillo, me lo lavaba y secaba con el secador, sin ondulármelo, dejándomelo natural.

Así la recordaba yo de una fotografía de la época: el cabello al viento, cortado por debajo de la oreja, sentada en los escalones de casa conmigo en brazos, niña yo de dos o tres años con carita redonda y flequillo.

–En cierta ocasión –seguía contando– el peluquero me convenció para que me dejara medio flequillo; papá se quedó horrorizado: «¿Cómo se te ha podido ocurrir? ¡Pareces una *cocotte*!». Tuve que ponerme una horquilla hasta que me creció. Otra vez vino Tina a verme y me prestó un colorete; me lo fui poniendo tan poquito a poco que apenas si se notaba. Salimos juntos y tomamos el tranvía; yo permanecía con la cabeza vuelta del otro lado por miedo a que él se diera cuenta. Había armado tanto jaleo por ese medio flequillo...

La crisis económica que a finales de los años veinte puso en una situación difícil a las pequeñas y grandes empresas condujo al cierre del taller de mi padre. El desastre no se produjo de un día para otro sino de forma paulatina, como la lenta crecida de un río cuando la lluvia comienza a caer con un ritmo parejo e incesante y el agua asciende y se espera que no supere el nivel de seguridad; pero luego –lo que parece que suceda de súbito– los diques se rompen y la corriente fangosa lo arrastra todo.

Cuando comenzó a escasear el trabajo mi madre creyó que era posible hacer frente a lo peor uniendo las fuerzas para resistir; estaba dispuesta a escatimar hasta el último céntimo, a hacer muchas renuncias. Desde un principio su fuerza positiva actuó también sobre mi padre: por la mañana revisaban juntos la lista de los gastos y le preguntaba:

–¿No se puede prescindir de esto? ¿De esto no podemos pasar?

Pero mi padre aborrecía la idea de salvar lo salvable y a partir de un determinado momento en vez de hacer frente al desastre lo ignoró abandonándose a una rabia destructiva que lo empujaba a mandarlo todo al diablo. Se volvió irascible, colérico, dejó casa y taller refugiándose en los bares donde jugaba a las cartas.

Una vez desaparecido el último cliente, y gastado el último céntimo, no quedó otra posibilidad que dirigirse al Monte de Piedad. Día a día se produjo el desmantelamiento de todo cuanto habían construido en esos años; empeñaron la máquina de escribir, la radio, las pocas joyas y por último el anillo de boda. Santina ayudaba a mi madre a preparar las bolsas con los objetos que había que empeñar para sobrevivir.

Los muchos libros adquiridos a plazos y todavía no acabados de pagar tuvieron que ser devueltos. Quedaba de un cierto valor la *Enciclopedia infantil*, comprada con apasionada anticipación para Michele y por tanto intonsa. Entre los parientes de mi padre, a quienes mamá se dirigió en petición de ayuda, hubo quien aprovechó su desgracia mostrándose tal como era, usurero y estafador: la enciclopedia fue adquirida por un tío por veinte liras y revendida por ciento cincuenta; las pólizas con las que habían solicitado un préstamo fueron pagadas y los objetos vendidos al mejor postor.

Una vez superado el dolor de tener que deshacerse de los recuerdos más personales y queridos, como el anillo de boda y las sábanas de lino bordadas para el ajuar, a mi madre no le quedaba casi nada y estaba de nuevo encinta. ¿Inconsciencia, fatalismo o cansancio de mi padre durante uno de los ya muy raros momentos de intimidad cuya fecha ella señalaba con un círculo en el calendario?

Asustada, pero con una tenaz voluntad de resistir, metía cada mañana en la bolsa unos pocos libros y los vendía en el quiosco del barrio para sufragar las necesidades del día.

Cuando fui lo bastante mayor para comprender a mi madre me habló de ello en uno de esos que ella llamaba desahogos, durante los cuales tenía palabras de excusa para su marido mientras que no perdonaba jamás a la suegra:

–Cuando estábamos ya al borde de la ruina vino la abuela como siempre a pedir dinero. El abuelo ganaba poco y, si tenían que pagar la leña o el carbón, venían a llamar a nuestra puerta; sin embargo no se privaban de nada, y en diciembre en su mesa no faltaban nunca la uva y las espinacas. Papá tenía una letra vencida, y para que no se la protestasen se recorrió media ciudad buscando quien le prestara el dinero. Su madre se presentó en casa precisamente en ese momento y no atendía a razones: cuando quería el dinero lo quería y él acabó por dárselo. Fue la única vez que no conseguí contenerme y me fui de la lengua... «Estúpido –le dije–, eres un estúpido.» Él estaba poniéndose una camisa y se puso tan furioso que la rasgó en dos. Él reaccionaba así.

La rabia de ver desvanecerse toda esperanza le hizo encerrarse en sí mismo y estallar al mínimo roce: durante una discusión rompió de un puñetazo un cristal del aparador; un chorro de sangre le salpicó el hombro. Mi madre, embarazada de cuatro meses, se desmayó.

«Él reaccionaba así.» Nunca advertí en esta constatación la menor acusación, sino tan sólo sufrimiento: ella lo perdonaba y él le estuvo siempre agradecido; una vez pasada la tempestad le reconoció que se habían salvado sólo gracias a su paciente silencio y a su solidaridad, de lo contrario habría cedido a la tentación de autodestruirse. Muchas veces, desde que tuve uso de razón, le oí repetir precisamente la expresión: «¡Que arda Troya!». Y todas las veces mi pensamiento volvía a ese periodo al que nunca se hacía referencia en su presencia. Me parecía comprender su confusión de entonces, sus ganas de llevárselo todo por delante hasta tocar fondo, quizá para encontrar así la fuerza necesaria para remontar la situación. Afirmaba que cuando un hombre no está en condiciones de mantener una familia no es digno de ese nombre.

Lea nació a los pocos días de precintar el taller; debido al desconsuelo, al que se unieron los esfuerzos de un parto difícil, mi madre se desvaneció. Santina corrió a buscar a mi padre de un bar a otro, en los lugares a los que acostumbraba ir. De nuevo me remontaba a ese tiempo imaginando que sus ansias de perderse entre gente desconocida quizás eran una huida de la mirada de su mujer para no tener que mostrar la vergüenza con la que tenía que cargar y que había de alcanzar su punto álgido y despertarlo, como un cubo de agua lanzado en plena cara, cuando lo llevaron ante el oficial de justicia que vino para el embargo.

–Se llevaron todo –recordaba mi madre–, lo único que logré salvar fue la camita donde dormisteis vosotros: esto no quise perderlo. Los escasos objetos que quedaron papá los regaló a un amigo, el único que nos ayudó un poco; no quería ver a su alrededor ya nada de ese periodo. Yo tuve que agachar la cabeza, pedir hospitalidad a mi padre que, al enterarse del nacimiento de Lea, me escribió: «¡Inconscientes! ¡Mira que traer al mundo otra desgraciada en vuestra situación!». Rompí al instante la carta; me habría desagradado que papá la viese.

Abandonaron la ciudad igual que unos ladrones porque no tenían dinero siquiera para pagar a la comadrona y al panadero. En Italia no había trabajo y mi padre decidió probar suerte en París. Nos acompañó a Novara a casa del abuelo y se fue a la ventura con tan sólo un billete de tren en el bolsillo. Esa última noche mamá y él la pasaron en la estación, ella sin parar de llorar. A su regreso, por la mañana, el abuelo la recibió con un pronóstico:

–Ahora tu marido te deja con los tres hijos sobre tus espaldas; corta por lo sano y desaparece.

En casa de su padre mamá vivió orgullosamente como una prófuga, sin aceptar más que la hospitalidad a cambio de la cual cocinaba y hacía la limpieza. Para mantenernos, en tanto no llegara el dinero de Francia, compraba a crédito en los comercios mediante «las cartillas», es decir, unas pequeñas libretas en las que cada proveedor anotaba las compras que se pagaban a fines de mes. En lo sucesivo consiguió resistir economizando el poco dinero que mi padre enviaba de París, donde había encontrado trabajo como obrero en una fábrica de transformadores en la que hacía un poco de todo: cargaba, descargaba, embalaba, hacía reparaciones.

Por la noche, al meternos en la cama, nos hacía decir una oración por papá que se había ido a trabajar lejos. Nos enseñaba una fotografía de su época de noviazgo hecha en un estudio: él de perfil, con el rostro orgulloso en el que destacaban sus ojos claros, el pelo liso peinado hacia atrás, casi enflaquecido dentro de una chaqueta cruzada cuyo bolsillo superior exhibía un pañuelo blanco que despertaba mi curiosidad; me preguntaba si dentro de dicho pañuelo habría confites y si papá vendría pronto para traérmelos.

Volver a la casa que había abandonado nueve años antes para casarse con «ese muerto de hambre» fue para mi madre mucho más humillante puesto que los hechos parecían confirmar las peores previsiones; además Tina, que por entonces tenía diecisiete años y había crecido sin ningún control ni fastidios y estaba acostumbrada a no tener que privarse de nada, le hacía pesada la hospitalidad.

En las tardes de verano mamá nos llevaba a los jardines públicos; como no le había quedado ni un vestido decente escondía la bata debajo de un sobretodo casi de invierno. Sucedió que un día el abuelo, al pasar casualmente por casa con un colega, no pudo evitar que fueran presentados; y se lo tomó como una mancha a su dignidad, a su fama de hombre impecable, siempre a la última moda. En casa le montó una escena a Tina:

–Hay que vestir a esta hija; con toda la ropa que tú tienes, ¡dale algo que ponerse!

En sus desahogos mamá recordaba con frecuencia e ironía el estallido de ira del abuelo, y con amargura la frase que Tina le había dicho entre gritos:

–¡Cuando tú y tu caterva de gitanos os vayáis, ya será demasiado tarde!

–Tina no pensaba más que en sí misma –a pesar del tiempo transcurrido en su relato persistía la amargura–. Estuvimos durante un año sin comer carne ni fruta. Nos sentábamos a la misma mesa ¡y nunca tuvo el menor detalle hacia vosotros, que erais niños! Se atiborraba de dulces y a vosotros, nada. En una ocasión os llevé a ver la feria, y me encontré un monedero muy pequeño con unas pocas monedas dentro. ¡Me sentí tan dichosa, pero tan dichosa! Os compré algo para vosotros y ella no paraba de insistir para que le comprara un collar. Y sin embargo estaba hecha ya una mujer...

En estos últimos años me he preguntado si mi desamor o falta de amor o difícil entendimiento con mi madre y la casi inexistente relación con los restantes miembros de mi familia de origen no habrán dependido de los sentimientos que mis padres, quizás inconscientemente, me transmitieron desde mi nacimiento. Es cierto que desde el momento que los hijos dejamos la casa paterna no nos comportamos ya como componentes de una misma familia.

A los seis meses de su partida, vencido el permiso de residencia, mi padre regresó a Italia. El propietario de la empresa en la que trabajaba le ofreció el puesto de jefe de taller; había que preparar los documentos para trasladarnos todos a París, quizá de modo definitivo. Mientras tanto, sin embargo, mamá había presentado una demanda al Ministerio para volver a la enseñanza; el abuelo, a través de un conocido, consiguió encontrar un puesto para papá en una empresa de Novara dedicada a empalmes de cables de alta tensión. La reciente derrota lo había empujado quizás a la elección menos aventurada, pues el recuerdo del fracaso todavía le escocía demasiado. Se trataba sin embargo de un trabajo peligroso: durante una instalación mi padre perdió el equilibrio y resbaló por la vertiente del tejado; para no caerse desde esa altura se agarró al canal del tejado y se cortó las arterias.

Fui yo a abrir cuando sonó el timbre a una hora desacostumbrada. Y vi a mi padre en el umbral con el rostro completamente pálido y los labios exangües, el abrigo echado sobre el hombro y las muñecas vendadas sostenidas en cabestrillo con un fular. Recuerdo el desmayo de mamá y el malestar me hizo refugiarme en la alta cama de matrimonio, sola, hasta que vinieron a buscarme.

El Ministerio aceptó la demanda de mi madre, que fue destinada a Carcegna, agregado de un pueblecito a orillas del lago de Orta. Mi padre se quedó en Novara trabajando peligrosamente y nosotros tres partimos con mamá; Santina dejó la casa donde prestaba servicio y se reunió con nosotros; a cambio de la manutención se encargaba de hacer la compra y de cocinar y se ocupaba de mi hermana, todavía demasiado pequeña también para ir al parvulario. Santina no tenía muchas exigencias, estaba dispuesta a compartir con naturalidad estrecheces e incomodidades. A mí me gustaba su carácter indolente y relajado, nada dado a peleas y gritos. Le gustaba por encima de todo leer. La recuerdo claramente, sentada ante la estufa con las piernas una encima de la otra, el pecho caído y abundante, y una novela en las manos que apoyaba en las rodillas: leía con voracidad mientras mecía despacito la silla adelante y atrás. Vivíamos en una casa con una enorme cocina que daba a un patio común, gélido; para calentarla y cocinar había una estufa cilíndrica a la que Santina y mamá se acercaban tanto que les salieron unas rojeces que les duraron algunos años antes de desaparecer por completo. Para llegar a los dormitorios había que atravesar el patio y subir al primer piso, y recorrer a continuación una larga galería; los dormitorios no estaban caldeados, los colchones estaban rellenos de hojas de panoja a través de las cuales oíamos gotear el pipí que Lea se hacía mientras dormía.

Papá llegaba los fines de semana, ya oscurecido y cuando nosotros ya dormíamos; mamá iba a esperarlo al tren y, mientras, se comía a mordiscos una pequeña manzana, de las que tenía una reserva en los anaqueles de un armario de su habitación, que se había impregnado toda de su aroma. Para llegar a la estación había que atravesar un largo trecho de bosque; ella lo afrontaba impávida rodeada por la oscuridad, a pesar del sobresalto que le producían las ramas al rozarle de improviso las mejillas como manos furtivas.

Durante esos domingos la figura de mi padre, saliendo definitivamente del mudo portarretratos, adquirió cuerpo, voz y sonrisa. La gran cocina tenía en la parte trasera un pequeño patio cerrado por una cerca de muros de huerto y de casas; en el centro había una mesa de piedra, gris y manchada por la humedad, en cuyo borde me mecía. Vuelvo a ver delante de la mesa a mi padre; alto, con un jersey de lana sin mangas encima de la camisa de cuello abierto, los pies calzados con unas zapatillas de tenis, escondiendo las manos tras la espalda.

–Si adivinas qué hay aquí dentro –decía enseñándome en un abrir y cerrar de ojos un bocadillo– te lo doy.

No lo adiviné pero lo conseguí igual; me pareció que nunca había comido nada más exquisito que ese salchichón untado con una capa de mantequilla, sabor que se añadía al olor de nicotina de esas manos que me alzaban, me acariciaban.

–Quiero mimitos, mímame –le decía. Y el olor de la nicotina me penetraba en las narices, lo aspiraba voluptuosamente.

La crisis económica persistía. En la empresa de Novara los últimos en ser aceptados fueron los primeros en ser despedidos tan pronto se hizo necesaria una reducción de personal. La elección que había parecido prudente se reveló equivocada, y a los seis meses de su entrada mi padre estaba de nuevo en paro; le tocó a él ocuparse de Lea, que empezaba a dar sus primeros pasos. Santina se fue a servir con una familia, pues era imposible mantener a una persona más con un solo sueldo.

Desde comienzos de curso Michele y yo fuimos a la escuela con mamá, única maestra para los tres primeros cursos que se impartían simultáneamente. El alumnado, aparte de una media docena de niños del lugar, estaba compuesto por las niñas desamparadas de una institución de beneficencia: huérfanas, hijas de presos y de gente recluida en hospitales psiquiátricos; niñas habituadas a ser duramente castigadas por cualquier falta. Tratadas con piadosa indulgencia por mi madre que –como decían las monjas– no sabía mantener la disciplina, le tomaron afecto hasta el punto de que, habiendo besado un día a una de ellas, tuvo que besarlas siempre a todas como en un ritual al final de las clases. Setenta y cinco niñas procedentes de todas partes de Italia, quien con piojos, quien retrasada, quien incapaz de expresarse y de entender el italiano.

En mis recuerdos de esa época comienza a perfilarse una irritación de mi madre hacia mí: me llevaba con ella para no cansar a Santina, pero todavía no tenía la edad para ser aceptada en la escuela; mis notas, que antes me las ponía bajas para no suscitar envidias, no aparecían en el registro. Yo era una abusona, y de rabia escupía en los cuadernos de mis compañeras de pupitre y lanzaba salpicaduras de tinta usando la pluma a modo de arma contra todos aquellos que podía alcanzar. Los pescozones me llovían sin esperarlos, secos, haciéndome golpear y sangrar la nariz, lo que aumentaba la exasperación de mamá como si fuera un ulterior desaire dirigido contra ella. No tenía más que cinco años y era imposible que me diera cuenta de los muchos motivos que le impedían mantener la calma y ser tolerante, entre otros el hecho de que no hubiera sido readmitida en el escalafón y por consiguiente no tenía derecho a sueldo durante el verano.

–¡No teníamos dinero para comer, no teníamos dinero!

¡Cuántas veces le oír repetir esta frase en sus desahogos! Solicitó y obtuvo un puesto de asistente en una colonia de Val Formazza, donde, no bien llegó, vio que estaban terminando los trabajos de construcción de una presa. Corrió a informarse de si había posibilidades de trabajo para su marido y le mandó un telegrama para que se presentara de inmediato. Él no tenía dinero para el viaje y tuvo que pedírselo prestado al párroco del pueblo.

Fue aceptado y permaneció en Val Formazza por espacio de dos años, hasta el término de los trabajos de instalación de los empalmes eléctricos.

Ese verano Michele lo pasó con la tía Adele, la hermana soltera del abuelo que vivía en una casa grande de un pueblucho de la provincia de Milán. Mi hermana y yo fuimos confiadas a las monjas del orfelinato.

Desde la reanudación del año escolar hasta febrero, momento en que fue destinada como titular de enseñanza a la región de Biella, mi madre se las arregló con una pequeña suplencia en Novara donde nos quedamos, huéspedes nuevamente del abuelo, esos pocos meses. A mí me inscribieron en la escuela elemental, cosa que consideré una gran injusticia porque la había frecuentado regularmente en Carcegna: me detenía ante los escaparates fantaseando con los objetos expuestos o bien me encantaba jugar saltando arriba y abajo los escalones de la entrada de casa. Un día me senté en el zaguán de un edificio y me quedé allí por espacio de horas mientras me contaba fábulas de mi invención, ignorando el paso del tiempo. Cuando regresé encontré a mamá y al abuelo con un gran nerviosismo, pues me habían estado buscando a lo largo de todo el recorrido, varias veces, imaginando que me había ocurrido una desgracia. Me zurraron de lo lindo y saboreé quizá por primera vez en mi propia piel la dureza nerviosa de las manos de mi madre.

Carcegna y Pralungo, el pueblecito al que nos trasladamos, se juntan y confunden en mi memoria con una sola diferencia: el primero despierta en mí imágenes de piedras y de musgo, el segundo me hace pensar en una campiña llana y verdeante. Las pocas cosas que sé las supe por los relatos de mi madre:

–En Pralungo no tenía a Santina para ayudarme; vivíamos en el último piso de una casa con la bomba de agua en el patio y cada vez había que bajar con el cubo. Cuando llegué allí no tenía dinero, de modo que me presenté en la cooperativa y dije que era la nueva maestra, que si podían fiarme hasta finales de mes. Por la mañana temprano me levantaba, hacía las camas, os vestía y os llevaba conmigo a la escuela donde encendía la estufa, pues era un trabajo que correspondía a la maestra. A las nueve llevaba a Lea al parvulario, pero ella no quería ir y todas las veces lloraba: «¡No quiero ir al parulario, no quiero ir al parulario!». Era chiquitina y no sabía decir «parvulario». El edificio se encontraba apenas doblar la esquina y se abría a las nueve, y me la llevaba a pesar de los lloros. El parvulario lo dirigían unas monjas que eran muy estrictas y la mujer del maestro me había advertido: «¡No se te ocurra ponerles jamón los viernes en la bolsa porque te lo quitarán y no les darán nada más!». La maestra de quinto grado era una monja; estaba sentada a la mesa del profesor con una palmeta en la mano que llegaba hasta el fondo de la clase y con ella dirigía, es decir, daba palmetazos a todo aquel que no se estaba quieto y callado. No se movía nunca de su sitio, tenía un número de alumnos enorme, ¡y lograba que guardasen silencio! A mí me decía que no sabía mantener la disciplina porque era demasiado buena. Pero yo era madre de familia y no me gustaba maltratar a las niñas. Lea enfermó con el frío, y el médico decía que podía ser meningitis, o bien tifus. Le mandé decir al abuelo que se os llevase; papá se encontraba demasiado lejos, trabajaba aún en Val Formazza. Pedí permiso a la directora para quedarme en casa y cuidar de la niña, pero no me lo concedieron; tuve que confiar en Michele, que entonces iba a quinto grado: era muy sensato, le tomaba la temperatura y la anotaba a las horas justas; al regresar yo a casa me hacía un informe. De todos modos, Lea se repuso; el doctor me dio un susto por nada, pues no era más que una bronquitis.

Durante el verano, mi madre consiguió otro turno como asistente de una colonia; a Michele y a mí nos enviaron con la tía Adele, de quien oía decir en casa que era una solterona agria, beata y avara. Había tenido que renunciar al matrimonio para cuidar de una hermana paralítica y más tarde, por el mismo motivo, al deseo de hacerse monja. De ella recuerdo sus cabellos recogidos en un pequeño moño del que caían unos ricitos en torno a su rostro rollizo.

Por la mañana, como desayuno, nos daba un tazón de leche cruda en la que desmenuzaba pan. Mamá decía que lo hacía para ahorrar, importándole muy poco si Michele cogía o no una disentería. Esa leche ligeramente agria en la que iba empapándose el pan me producía un estremecimiento nada desagradable como cuando masticaba en los prados ciertas hojas pulposas, veteadas de rojo y divididas en su parte central por una nervadura en relieve.

Como los trabajos de la presa habían ya concluido vino nuestro padre a recogernos para llevarnos a casa. Mi hermano y yo estábamos jugando en un pequeño patio delimitado por una tela metálica a través de la cual lo vi avanzar. En esos dos años había tenido tan pocas ocasiones de verlo que no lo reconocí. Hoy pienso que estaba emocionado, pero entonces me pareció un extraño de rostro adusto bajo el ala de su sombrero de fieltro gris. Tenía la impresión de que éramos como dos seres enjaulados y él el amo que venía a sacarnos de allí; y como me pareció no conocerlo creí, echándome atrás atemorizada, cosa que luego le dije para excusarme, que era «el amo de Michele». Cuando le oí repetir la frase a mamá comprendí que lo había herido. Ella trató de consolarlo:

–No te lo tomes a mal; los niños olvidan enseguida y ella es tan distraída...

Ignoro si fue éste uno de los motivos que lo empujaron a rechazar la propuesta del ingeniero que dirigía los trabajos de la presa: quería llevárselo con él al extranjero, lo habría ascendido y habría conseguido un buen contrato, pero se trataba de permanecer nuevamente lejos de la familia por un largo periodo.

Mamá había solicitado el traslado a Novara pero no había plazas disponibles; la mandaron a Santa Cristina, un suburbio de Borgomanero, un villorrio atravesado por un torrente.

Nos fuimos a vivir en tres habitaciones situadas encima del horno de un panadero; el piso estaba siempre invadido de cucarachas que trepaban por las paredes y anidaban detrás del mueble librería. La cocina, que hacía las veces de entrada y de comedor, daba a una terraza en cuyo fondo había un pequeño retrete a la turca.

Mi padre estaba de nuevo sin trabajo; la inactividad lo ponía enfermo, se volvía irascible. Hojeaba los anuncios económicos, preparaba el currículum, se presentaba. Terminó como de costumbre por encontrar un puesto en otra ciudad, esta vez en Arzignano. A pesar de que dijera que era un fatalista y que creyese firmemente que cada uno nace con un destino, sostenía también lo contrario: que cada uno se crea su propio destino. Era supersticioso hasta el punto de creer verdaderamente que romper un espejo traía siete años de infortunio; pero así como creía en la mala suerte también creía en la buena: cada año compraba billetes de distintas loterías aun cuando no le tocase nunca; le bastaron pequeños aciertos para no perder la fe en toda su vida. Aquel invierno, dado que tenían que comprar los muebles para la casa, no había dinero para los regalos de Navidad. Michele y yo podíamos comprender que «en esa época el Niño Jesús era muy pobre»; pero Lea era demasiado pequeña para comprenderlo.

Imagino a mi padre, tal como me lo contaron, dando vueltas en medio del frío de esa noche de vigilia entre los tenderetes de la feria y deteniéndose al reclamo de un vendedor de boletos que estaba reuniendo gente para una rifa. Llevaba en el bolsillo lo justo para un boleto, lo compró y ganó la muñeca más bonita de las que estaban puestas en juego.

De una cosa le estaré eternamente agradecida a mis padres: de no habernos infundido esa sensación que produce la pobreza crónica que envilece y destruye. Quizás estaba en su naturaleza creer que a los periodos negros seguirían otros mejores; lo cierto es que a pesar de haber sido nosotros, durante mucho tiempo, niños pobres, no nos consideramos nunca verdaderamente como tales.

Haber sido autodidacta fue para mi padre desde un principio motivo de rabia y más tarde de orgullo: el título de ingeniero con que fue conocido a partir de determinado momento de su vida le desagradaba, pero en el fondo creía que se le debía: los trabajadores de las empresas que había dirigido lo apreciaban porque no desconocía ninguna de las fases del trabajo, pues los jóvenes ingenieros que cumplían sus órdenes sabían a menudo menos que él. Al haber entrado en el juego con cartas sin ningún valor otorgaba importancia a las propias cualidades y a los medios que le permitieron finalmente ganar la partida: la voluntad, la tenacidad, la inteligencia, el coraje de arriesgar, las ganas de aprender, las escuelas nocturnas y por correspondencia y, sobre todo, los libros. Después de cualquier contratiempo, el primer dinero se lo gastaba en papel impreso: nuestra casa rebosaba de diccionarios, enciclopedias, manuales de todo tipo que él, maestro de sí mismo, consultaba sin cesar. De las lecturas nacían pasiones pasajeras y otras duraderas: lo recuerdo en Borgomanero, en la época de «cómo construir un aparato de radio»; el tablero de la mesa estaba totalmente repleto de objetos extraños que teníamos prohibido tocar mientras él estaba ocupado con una barrita de estaño que hacía fundir con el soldador eléctrico; las gotas, redondas como el mercurio de un termómetro roto, se desprendían entre chirridos. Cuando el aparato estuvo en condiciones de funcionar comenzó la fase del ruido; el objeto informe, con hilos y válvulas a la vista, era sacudido por silbidos y rugidos, fragmentos de música, descargas. Hizo también el intento de completar la obra construyendo la caja; a este fin compró el manual del perfecto entallador y se puso al trabajo con una pequeña sierra y aglomerado. Mas ésta no fue sino una pasión pasajera, pues lo que de verdad le interesaba era la electricidad en todas sus posibles aplicaciones: construyó lámparas de noche en cobre y cristal opalino, de líneas puras y luz suave, que funcionaban a la perfección y eran indestructibles; inventó pequeños objetos que por impaciencia e ingenuidad no hizo patentar: un cepillo de dientes eléctrico con el chorro de agua que salía por entre las púas lo usamos nosotros durante cierto tiempo. Sólo muchos años después, socio ya de una empresa de la que era también director, puso a punto una patente que finalmente le proporcionó bastante dinero.

Para ir a enseñar a Santa Cristina, a cuatro kilómetros de Borgomanero, mamá salía de casa poco después de las siete de la mañana y regresaba por la tarde. Franqueaba el portal con la bicicleta cogida del manillar en el que llevaba colgadas la bolsa de la compra y la cartera con los cuadernos de los deberes que tenía que corregir en casa; subía la rampa de las escaleras alzando el vehículo por el tubo, cruzaba la galería y resoplando se libraba de la carga. Lavaba, remendaba, limpiaba la casa y preparaba la comida de la noche, separando dos partes destinadas a Michele y a mí para el día siguiente; Lea comía en el parvulario. Para calentar aquellos potajes de verduras y arroz que detestaba y que a menudo echaba por el retrete, mi hermano tenía el encargo de hacer funcionar un hornillo de petróleo. De la bombona salía un pistón al que había que imprimir un movimiento enérgico y regularlo para hacer subir el líquido; luego, con un mechero se prendía una bonita llama azulada. Este pequeño hornillo y mi carácter vivaracho poblaban de pesadillas las jornadas de mamá a la que recuerdo siempre preocupada por miedo a que en su ausencia nos pasase algo.

El sábado por la tarde, antes de que mi padre regresara de Arzignano, nos lavaba, uno después de otro, en un lebrillo de cinc donde nos poníamos de pie o sentados según la estatura, lebrillo que ella llenaba de agua que calentaba en la estufa económica.

Me conmueve pensar en su vida llena de fatigas: tantos kilómetros en bicicleta, tantas horas de trabajo, un huevo pasado por agua que se hacía en la estufa de la escuela durante el descanso del mediodía.

Se remonta a ese periodo el descubrimiento de mi pasión por la goma: el padre de una compañera de clase tenía una tienda de objetos de goma en la manzana de al lado de la nuestra; íbamos allí a jugar lo más a menudo posible para embriagarnos con el olor de que estaba impregnado el local. Mi deseo más ferviente era naturalmente tener un par de botas Superga, por la mágica sensación que producía su resistencia al agua. Fueron estas botas, que mi padre nos compró a Michele y a mí la tarde de un sábado lluvioso, las causantes de una de las raras broncas entre mis padres y fue una de las pocas veces que oí justificarse a mi padre:

–¡Estaban tan contentos que se pusieron a chapotear en los charcos..., después de todo no han costado tanto!

Mamá estaba al borde de las lágrimas:

–¿Para qué sirve tanta atención, decir siempre que no, crees que resulta fácil hacer el papel de mala? ¡Y luego llegas tú y quedas mejor que nadie! ¡Demasiado cómodo!

Se requiere casi toda una vida para entender la reacción de

mi madre: en ese momento me pareció nada más que una aguafiestas a cuyos reproches, mientras estuvieran dirigidos a nosotros, estaba acostumbrada. Cuando salíamos con ella, al ver alguna cosa atractiva en un escaparate, nuestro primer impulso era preguntar:

–Mamá, ¿nos lo compras? ¿Nos lo compras?

Ella respondía invariablemente:

–¡Comprar, comprar! ¡Buenos sois vosotros a la hora de conjugar el verbo comprar! No sabéis hacer otra cosa, os pensáis que esto es Jauja. ¿Os creéis que el dinero se lo encuentra uno por la calle?

Ahora que estaba nuevamente ejerciendo mi madre recibía el sueldo también en los tres meses de verano; no obstante, aceptó el encargo de asistente en la colonia de helioterapia durante el mes de agosto. Michele y yo nos fuimos con ella hasta el lugar de recogida, del que se partía a continuación en largas filas a cuya cabeza iban las maestras, todos vestidos de blanco y con un sombrero de piqué almidonado; recorríamos un largo trecho de camino de tierra apisonada cuyos matojos, a los lados, estaban cubiertos de polvo; durante el día jugábamos y tomábamos el sol repartidos en grupos de acuerdo con el sexo y la edad en un claro lleno de hierba que, junto con unos cobertizos, constituía la colonia; a las cuatro de la tarde nos daban de merendar: un panecillo con miel o mermelada de cerezas, roja y jugosa. Nosotras las niñas habíamos adquirido la costumbre de sentarnos unos minutos sobre el panecillo, de manera que el peso y el calor mezclasen los sabores. Antes de la puesta del sol nos ponían de nuevo en fila y hacíamos el camino de regreso hasta el pueblo donde, en el lugar de recogida, los padres estaban esperando para llevarse a sus hijos.

Sólo cuando tuve un trabajo y una familia comprendí los esfuerzos que le costaron a mi madre el traslado y el cuidado de tres criaturas de las que era siempre enteramente responsable, a pesar de tener que arreglárselas para trabajar fuera de casa. Al no poder permitirse unas vacaciones con nosotros se las ingeniaba para hacernos cambiar de aires de vez en cuando. Michele pasó un mes con el abuelo Francesco en Luino, y yo fui huésped varias veces en Intra de las primas de mamá; fui también a Vallombrosa, a una colonia para hijos de maestros. Era una niña sociable aunque según mamá demasiado vivaracha e indisciplinada. Tal vez debido precisamente a sus reproches no sufría por su ausencia, lo cual la hería.

«¡Una niña tan educada y afectuosa –escribían las primas de Intra–, déjala aquí unos días más!» Hablaban de mi buen apetito y de que no creaba problemas, me diesen lo que me diesen a hacer o de comer. Cuando nos veíamos mano a mano mamá comentaba enojada:

–¡Y pensar que en tu casa te haces siempre la remilgada! ¡Que si las judías verdes tienen hilo, que si la leche hervida tiene una nata que hace vomitar, que si la col en la sopa da asco... y en cambio en casa de los otros todo es maravilloso, exquisito! ¡Y no se te pasa ni por el forro volver!

Desde este punto de vista Lea era exactamente lo contrario a mí. Es cierto que la atmósfera familiar antes y después de su nacimiento influyó en ella negativamente, pero de esto, entonces, no podía darme cuenta, pues para mí no era más que una chiquilla llorona que apenas la alejaban un poco, aunque no fuera más que por unas pocas horas, no hacía otra cosa que llamar a mamá entre sollozos.

Como mi padre no regresaba hasta el sábado, Santina se vino a vivir con nosotros trayéndose al hijo que había tenido mientras tanto y cuyo padre no había dado señales de vida. Geppe era gordito y pendenciero, y gritaba todo el santo día golpeando con la cuchara el tablero del tacataca al cual imprimía un movimiento ondulatorio que terminaba por provocar su caída. Aunque los gritos se salían de tono Santina seguía imperturbable devorando novelas. La radio construida por papá funcionaba a todo volumen dando por capítulos *Los tres mosqueteros* con Nunzio Filogamo en el papel de Aramis. En casa había un gran guirigay de niños y un montón de trueques; hacíamos intercambio de cromos para completar los álbumes y cada uno de nosotros esperaba echarle el guante al inencontrable Saladino el Feroz.

Nos toleraban esa algazara porque mamá no regresaba hasta la tarde: la placidez diríase que oriental de Santina hacía de elemento equilibrador permitiendo asimismo las risotadas que tanto habíamos echado a faltar en años anteriores.

Cuando Geppe empezó a caminar adquirí la costumbre de llevármelo a un caminito de detrás de casa donde lo subía a un poyo para que estuviéramos a la misma altura y acto seguido lo conducía como en unas barras de equilibrio cogiéndolo de las manitas. La mayoría de las veces el paseo acababa en un batacazo; lo arrastraba a casa entre alaridos mientras le salían grandes chichones a uno y otro lado de la frente. Aún recuerdo a mamá mientras le aplicaba un antídoto que consideraba eficaz: un paño empapado en vinagre sobre la protuberancia que apretaba con una moneda de plata. No dejaba de ser algo desacostumbrado que mi madre riera y, sin embargo, recuerdo algunas de sus risitas de satisfacción durante la cura; creo que lo que debía de suscitar su hilaridad eran las atrocidades del niño y la continua repetición de sus caídas a las que Santina no concedía mayor importancia mientras seguía en la radio *El país de las campanillas* o *La viuda alegre.*

Conservo muy pocos recuerdos del buen humor de mi madre, pero si trato de recordar su voz mientras cantaba:

Han vuelto a florecer las rosas
con la dulce caricia del sol;
las mariposas alegres se persiguen
con trémulo vuelo en el azul...

no puedo dejar de pensar en ese periodo en el que la presencia de Santina le ahorraba la angustia de sabernos abandonados a nuestra suerte, al tiempo que la juventud la ayudaba a encontrar un mínimo de optimismo.

Los inconvenientes de vivir encima del horno de una panadería no consistían solamente en la invasión de cucarachas y en el calor que, agradable en invierno, se hacía insoportable en verano; lo más grave, que sometió a dura prueba los nervios de mi madre, fue el ruido durante la noche: el panadero, a las dos y media, ayudado por su hijo y el mozo, ponían en marcha la amasadora: con su zumbido monótono mamá habría retomado el sueño, pero las risotadas y llamadas que se intercambiaban los tres durante todo el tiempo que empleaban en la elaboración del pan se lo impedían. Y esto durante tres años, noche tras noche, a pesar de los golpes que daba en el suelo con el mango de la escoba en los momentos de exasperación. Si a ello añadimos la dificultad y las angustias del periodo recién transcurrido comprendo por qué a mis ojos mamá aparece como una mujer nerviosa, fácilmente irritable.

El caminito de detrás de casa era mi campo de experiencias: fue allí donde capturé una gata sin dueño, de color blanco, con un ojo azul y otro amarillo; fue allí también donde aprendí a ir en bicicleta usando la de mamá. Nadie me sostuvo el sillín al que aún no llegaba: me lancé cuesta abajo a la brava, cayéndome una y otra vez, hasta que dejé de caerme. Cada vez que volvía a casa con las rodillas y los codos ensangrentados ella me preguntaba con ansiedad: «¿Has roto mi bicicleta?». Me daba rabia que en lugar de preocuparse por mí lo único que le importara fuese la suerte corrida por su medio de transporte.

El hijo de una colega suya me esperaba todas las mañanas a lo largo del camino para tirarme de las trenzas; era un modo infantil de demostrarme interés, pero yo me cansé de hacerle el juego y me volví golpeándole con mi cartera de fibra; alrededor de nosotros se formaron dos grupos de compañeros que tomaron parte por una o por otro; la reyerta duró hasta que yo le gané. En casa tuve que aguantar la acusación de mi madre, que hubo de soportar las quejas de su colega. Antes que tratar de justificarme preferí encogerme de hombros despreciativamente:

–¡Cagueta! ¡Es mayor que yo y se va a llorar a casa de su madre! ¡He hecho bien en darle un escarmiento!

Pero ella no estaba dispuesta a tolerar mis intemperancias: como *hija de la maestra* cuando era su alumna y como hija de *una* maestra debería en adelante, en todo momento, dar buen ejemplo, mostrarme disciplinada y respetuosa con las reglas.

Una vecina de casa le contó que me había visto cruzar el puente sobre el río Agogna llevando cuatro niños en la bicicleta: dos en los portaequipajes delantero y trasero, uno en el manillar y otro en el sillín. Como siempre yo pedaleaba de pie.

A cada fechoría mía los reproches de mamá llegaban a su punto álgido. La dejaba hablar limitándome a estar en guardia, a prevenir sus guantazos fulminantes, a prepararme una línea de defensa para cualquier eventualidad; adquirí sobre todo la costumbre de no contarle nada para evitar de ese modo sus parrafadas moralistas; me tuve así que aguantar una cistitis que me obligaba a refugiarme en los portales al regresar de la escuela con el pipí que irresistiblemente se me escapaba por las piernas y más tarde a no decir ni palabra de una conjuntivitis que me producía dolor de ojos al menor soplo de viento.

Ese año recibí mi primera nota de mala conducta escrita en tinta roja en el cuaderno y que debía devolver firmada «por el padre o por quien hiciese las veces del mismo». Papá no regresaba hasta el sábado, por lo que no quedaba sino mamá. La reprimenda fue tal que me ejercité en falsificar su firma hasta que conseguí imitarla a la perfección. Las notas aflojaban pero no era ya un problema; llegué al descaro de pegar una tirita de papel con la firma imitada encima de otra que no me había salido bien. Un día ocurrió que, mientras jugaba al escondite en una gruesa pilastra exterior al pretil del puente, se me cayó la cartera al agua y fue recuperada por unas lavanderas que estaban aclarando su ropa a orillas del torrente. Antes de que mi madre regresara puse los cuadernos empapados en agua a secar en la terraza; pero un ligero vientecillo, agitando las hojas, puso al descubierto una gran cantidad de notitas en tinta roja debajo de las cuales mamá, pálida, vio una firma que se asemejaba muchísimo a la suya.

Mi padre se encontró por casualidad al hombre a quien en casa llamábamos simplemente «el ingeniero» y que, a partir de ese momento, personificó la figura del genio protector. El ingeniero lo contrató primero como jefe del taller técnico de una empresa de la que formaba parte en Milán y a continuación lo propuso como director de una industria de transformadores eléctricos de Legnano a donde nos trasladaríamos en septiembre. Con esta perspectiva, mamá renunció ese verano a hacer de asistente de la colonia y se matriculó en un curso de corte y confección; para preparar los patrones tenía que usar un sistema basado en el desarrollo del círculo. Se devanaba los sesos y hubiérase dicho que no iba a lograrlo, pero finalmente la vi ocupada en coser un traje de seda color burdeos con flores. Una tarde, después de haber jugado en el establecimiento del gomista, no la encontré en casa; Santina, levantando un momento los ojos de la novela que tenía entre el pulgar y el índice, dijo que había ido a hacer una visita a una colega. Fui corriendo a buscarla; la vi venir hacia mí desde el fondo de una calleja, enfundada en su traje nuevo, con una chorrera ligeramente agitada por el viento. Me impresionó su belleza a la que nunca había prestado atención; o mejor dicho, me impresionó la conciencia que emanaba de ella de ser bella, el placer de sentirse nueva, distinta. No recuerdo si corrí a abrazarla, si se lo dije. Sé que ese verano se manifestó y fue bruscamente atropellado mi amor por ella. Sucedió un día que la vi sentada, absorta, silenciosa, con las piernas al sol que entraba por la puerta; sobre la mesa, junto a ella, estaba el montón de ropa blanca que había que remendar. Me sentí presa de un ímpetu como cuando la vi surgir de la sombra de la calle; me arrojé torpemente a abrazarla. Estaba enhebrando la aguja, el dedal brillaba como si fuese de oro. Me apartó con malos modos, empujándome con las dos manos cerradas.

–¡Mira si prestas atención! ¡Has hecho que me pinche!

No sabría decir si me había sentido rechazada con anterioridad, pero sin duda ese momento supuso un giro en mis sentimientos y nada consiguió en los años siguientes modificar lo espinoso de nuestras relaciones.

En Legnano fuimos a vivir a una bonita casa, la última en un camino que iba a dar a un sendero del campo. En la parte trasera había un gran huerto en el que se cultivaban frutas y verduras y hasta un gallinero de ladrillo, que se convirtió en el refugio para nuestros juegos. Por primera vez teníamos, aparte de un pequeño retrete, también un cuarto de baño con azulejos blancos y con un calentador de agua a leña que se ponía en funcionamiento los sábados para nosotros y los domingos para nuestro padre. En la cocina había un hornillo de carbón cuyas brasas ardientes aprovechaba mamá para su vieja plancha de hierro consiguiendo así ahorrarse la corriente eléctrica. Los primeros tiempos, mientras no encontraron casa, Geppe y Santina vivieron con nosotros porque mi padre la había cogido como empleada de reparto en la empresa. Mi madre había pedido el traslado y la habían destinado a un suburbio de Busto Arsizio.

Recuerdo todavía a ella y a Santina saliendo por la mañana montadas en sus bicicletas, con los pies calzados con unos botines de *chevreau*, como decían, comprados en una liquidación: zapatos de principios de siglo, que les llegaban casi hasta la pantorrilla, apretados, ceñidos a los tobillos y con el tacón de carrete. Las vi contemplar su compra divertidas y satisfechas, mientras mamá comprobaba su suavidad.

–¡Son como un guante! –exclamaba–. Hoy en día ya no hacen zapatos así.

En los días de lluvia y de nieve la veía enfilar la calle protegida por el paraguas que mantenía en diagonal y cuyo mango sostenía con una sola mano, mientra Santina, que no iba tan lejos, se marchaba a pie.

De las noches de insomnio pasadas encima del horno le quedó a mi madre la costumbre de despertarse a las dos y media sin conseguir retomar el sueño. Por la noche, tras la cena, en la pequeña cocina de al lado del comedor, encendía el hornillo de petróleo para hacerse tisanas de valeriana. Se quejaba del hecho de que todas las mañanas, hacia las diez y media, le entrase una somnolencia invencible. Era la hora del recreo, y los profesores acompañaban a los alumnos al retrete antes de sacarlos al patio; mi madre caminaba dormida mientras un joven colega al que le había hablado de su problema le contaba chistes para mantenerla despierta. Se requirió más de un año para recobrar el ritmo normal y luego le quedó siempre un sueño ligero e inquieto.

Pasar de cuarto de primaria de un pueblo a quinto de una ciudad significó para mí constatar mi retraso respecto al programa: mis compañeras ya habían estudiado los quebrados, yo no; fui suspendida en aritmética, una materia por la que no sentía ninguna inclinación. Mamá dijo que me la enseñaría ella, que *me la metería en esa cabeza dura que tenía.*

Todos los días, durante los tres meses de vacaciones, bostezaba con el repaso y empollaba pasivamente las nociones que ella me insuflaba con entusiasmo. No se trataba más que de una hora pero era suficiente para hacerme sentir como un pájaro enjaulado, envidiosa de mi hermano que jugaba en el terrado del gallinero.

Desgraciadamente no tuve ya ocasión de envidiarlo: con los primeros fríos tuvo que guardar cama, afectado por una dolencia que marcaría su vida e, indirectamente, la de todos nosotros.

A los cambios que se habían producido ese año se añadió otro: la muerte del abuelo paterno y la consiguiente entrada en la familia de la abuela. Antes de decidir si hospitalizar o no a esta madre a la que no quería porque no lo había querido nunca él, papá pidió permiso a mamá, que le objetó:

–¿Nunca habéis estado de acuerdo y ahora quieres traerla aquí?

–Ahora es distinto, en nuestra casa no podrá hacer de dueña.

La abuela Esterina era de porte rígido, arrogante; llevaba corsé, las faldas largas casi hasta los tobillos y el pelo ahuecado anudado en una castaña. Por las mañanas no salía de su habitación antes de haberse acicalado perfectamente y peinado, y de haberse espolvoreado toda la cara con polvos de arroz, lo cual le confería una palidez de máscara teatral.

Mis padres decidieron dejar la pequeña casa, difícil de calentar y demasiado alejada de la escuela, y trasladarse al centro, al piso del dueño de una vieja casa en cuyo patio había alojados obreros, pequeños artesanos con sus tiendas y una pareja de viejecitos enamorados como adolescentes. Por primera vez pude comprobar nuestro cambio económico y social: dado que la escalera, que desde la entrada llevaba al primer piso en el que se extendía el amplio apartamento, era demasiado estrecha, hubo que descargar las estufas y los muebles de más bulto en el patio para poderlos alzar con unas cuerdas hasta la terraza. A la operación asistió todo el vecindario, que se puso a contar y a clasificar las cinco estufas: tres de barro refractario, dos de hierro colado y una cocina económica. Gran sensación causó el calentador de agua.

Se contrató a una mujer por horas, tanto para aliviar a mamá como para que la abuela no pensase que «se la hospedaba para tener que hacer de criada». Ella tenía reservada la tarea de hacer la compra y cocinar. Era de temperamento suspicaz: vigilaba el baúl y los cajones de su habitación para convencerse de que nadie había ido a curiosear allí, señalaba el nivel del aceite en la botella, del azúcar y del café en los tarros, el número de fundas de almohada y de servilletas en los armarios y hasta en el arcón donde guardaba la ropa lavada pendiente de planchar. Su carácter acabó por interferir en las relaciones familiares. Un día que estaba escuchando detrás de las persianas de la terraza, sorprendió a mi madre y a Santina hablando de ella y de su carácter desconfiado y cicatero. Se les encaró de un modo tan hostil y provocador que mamá le dio un sopapo, y luego, desesperada de haberse excedido, salió y se pasó horas vagando de una iglesia a otra sin decidirse a regresar a casa. Mi padre se había encerrado en la habitación con la abuela, y nosotros los niños esperábamos en el comedor, por una vez sin armar jaleo, pendientes de las voces que de vez en cuando subían de tono. Mamá regresó a las nueve de la noche y se encerró a su vez para hablar con papá.

Cuando al fin nos sentamos a la mesa la atmósfera era tal que yo estallé a llorar. Al día siguiente la abuela hizo las maletas y mi padre la acompañó a Bérgamo; le encontró una plaza en una residencia de jubilados donde la mantuvo mientras vivió. Cuando le anunciaron su muerte, algunos años después, no quiso ir a su entierro; en representación suya mandó a mamá.

Tuve la primera menstruación inmediatamente después del inicio de la escuela media, en una época en que, una vez se hubo marchado la abuela, mamá tenía el pensamiento puesto tan sólo en mi hermano cuya enfermedad, oscilando entre mejoras y recaídas, la mantenía continuamente ansiosa.

Tenía once años; no le hablé a nadie de la sangre a la que no encontré ninguna explicación, así que durante días fue secándose en mis bragas. Mi padre, que vino a darme una sorpresa a la cama mientras estaba leyendo un libro que me había llevado conmigo, como de costumbre, escondido debajo de la camiseta, se dio cuenta de ello. En el torpe intento de ocultarlo entre las sábanas abrí las piernas. Vi enmudecer a mi padre, leí en su rostro emoción, ternura. Desde el comedor al que se había precipitado le oí decir en tono de reproche:

–¿Qué madre eres tú? ¡Tu hija se ha desarrollado y tú sin enterarte!

Vuelvo a ver a mi madre junto a la cama para enseñarme cómo usar las compresas y los sujetadores, igual que actualmente una azafata enseña el uso del chaleco salvavidas para el caso de un accidente aéreo; su embarazo era muy distinto, tan evidente como para hacerme sentir mal. No deseaba sino que se marchase. Quizás había llegado a ese momento sin preparación por lo que se refiere a mí y la excuso hoy que conozco su vida, pero igualmente me digo que debía de ser una persona muy distraída para no haber notado en mí ningún signo premonitorio.

Mujer precisa y metódica como era escribió en el calendario la fecha de esa primera menstruación; cuando, algunos meses después, se me retrasó la regla, se dejó dominar por el pánico. Ese día, que recuerdo como uno de los más desagradables de mi vida, la oí discutir con Santina; acto seguido, con voz excitada, me ordenó:

–Ven inmediatamente.

Su tono me puso a la defensiva y me apoyé en la pared junto al calendario que ella me enseñaba en tono acusador:

–¡No has tenido la menstruación!

Me encogí de hombros.

–Pues mejor así, es un engorro.

Y ella, insistente, replicó:

–No te hagas la desentendida, ¿qué has hecho?

Me veo aún, mocosa de rodillas repeladas, con la espalda contra la pared, sospechosa de algo que no comprendía y cuya existencia ignoraba; justamente por eso la acusación me resultaba ofensiva. Como siempre que me gritaban sin motivo adopté un tono arrogante:

–¡No he hecho nada!

Santina se había levantado para defenderme:

–¡Déjala estar, es una niña! ¿No ves que ni siquiera sabe de qué le estás hablando?

Mi madre todavía se alteró más:

–Ha comprendido pero que muy bien, por eso es tan insolente.

Estaba inclinada encima de mí con la mirada llena de furia y a la vez de desesperación; me pareció que buscaba las palabras y al fin consiguió articular:

–¿Has estado... con... un hombre?

Había esquivado siempre con desdén los grupitos que se formaban en los rincones del patio de la escuela durante el recreo, las risitas excitadas, las frases entrecortadas y susurradas, todo aquello que de morboso intuía que había en las conversaciones de mis compañeras, como si una dignidad instintiva me hiciera rechazar ese intercambio furtivo de información. Acerca de ese misterio que los adultos trataban de ocultar, también yo me hacía hipótesis de vez en cuando, pero tan alejadas de la realidad que la pregunta de mi madre me dejó sin habla. Ella me sacudía insistiendo con una voz que se había vuelto gutural por la ansiedad, pero yo permanecía con la boca cerrada, cada vez más ofendida.

–Llamaré ahora mismo a un médico para que te visite.

El médico me pareció una figura oscuramente amenazante; sin quitarse el abrigo ni el sombrero me obligó a tumbarme en la cama y a estirar las piernas. Bajo sus manos frías y rudas, y el sombrero de fieltro oscuro que ocultaba su rostro, sentía una violencia que me oprimía en una rebelión sin posible salida. Oí que le decía a mamá:

–Tranquilícese, es virgen. No hay por qué dramatizar, en esta primera fase del desarrollo el retraso de la regla es frecuente.

Debido al susto mi madre tuvo un cólico que la obligó a guardar cama durante tres días. Yo, cerrada en un mutismo rencoroso, no me interesé en ningún momento por su estado. En un intento de mediación mi padre me mandó que le llevara una taza de caldo, que puse sobre la mesilla sin dignarme a dirigirle a mamá ni una palabra ni una mirada. Fue entonces cuando le oí decir por primera vez:

–Esta niña tiene el corazón de piedra. Me he puesto mala por su culpa y ni siquiera me habla.

Desde entonces ha pasado casi toda una vida pero no he conseguido nunca enterrar el recuerdo de ese episodio ni verlo con ironía y distanciamiento. Aún hoy sigue sorprendiéndome su ignorancia de entonces y sobre todo su insensibilidad hacia la niña que yo era. Nunca hablé de ello con ella: no sé por tanto si se dio cuenta de que me había herido tratándome de improviso y después de tantos misterios como a una mujer experimentada y falsa, echándome de piernas abiertas en manos de un desconocido que no tuvo conmigo ni siquiera una palabra amable.

Los tres años durante los cuales frecuenté la escuela media permanecen en mi memoria como los más angustiosos de mi vida en familia: menudeaban las prohibiciones sin otra explicación que un vago: «Fuera de casa existen muchos peligros para una muchacha». Tal vez el hecho de que físicamente me pareciera a la hermana de mamá hacía suponer que fuese proclive a la misma libertad de costumbres de que la acusaban a ella. Pensaba con nostalgia en el comercio del gomista y en las carreras en bicicleta por el puente de Agogna, en los periodos pasados en casa de las primas de Intra.

Pienso que mi propia convivencia con los problemas que esto comportaba representaba en la vida de mi madre un fastidio que la apartaba del problema principal: la enfermedad de Michele, al cual dedicaba todos sus pensamientos y todas sus energías; pese a recorrer kilómetros y kilómetros en bicicleta se levantaba todas las mañanas a las cinco para asistir a la primera misa manteniendo así un voto que debía de devolverle la salud; renunció a ir al cine y durante el mes de María seguía también los oficios vespertinos. Al volver de la iglesia antes de las siete subía a casa para despertarnos a Lea y a mí: cogía las mantas y las echaba hacia atrás gritándome que me diera prisa, pues de lo contrario se haría tarde como de costumbre. Tan pronto abandonaba ella el cuarto volvía a recoger las mantas, me ovillaba con el propósito de estarme solamente un momentito y me dejaba dominar por la pereza; luego corría al baño para lavarme, como decía mamá, «la cara como los gatos». Me alisaba el cabello sin pasarle el peine y me arreglaba por encima las trenzas mientras volaba hacia la escuela con la cartera bajo el brazo, preparándome ya para colarme a gatas por delante del puesto de guardia del bedel jefe.

Un día mi padre descubrió que tenía los oídos sucios y una placa de mugre en la nuca, alrededor del cuero cabelludo. Lo recuerdo mientras me metía la cabeza en el lavabo y me frotaba con fuerza; mamá asistía comentando con una carcajada vindicativa:

–¡En buen lugar me dejas, asquerosa! ¡La hija de la maestra!

La infancia nos marca para siempre: mi madre no tuvo nunca tiempo de enseñarme, como en cambio la madre de Giovanna, que no salía nunca de casa sin antes haber hecho pipí y cogido un pañuelo limpio; y aunque no tengo ya necesidad de sonarme la nariz en una hoja de papel del cuaderno me sorprendo sin embargo todavía, con rabia, usando las servilletas de papel que encuentro en las mesas de los bares por haber olvidado el pañuelo en casa.

Nosotros los hijos no nos dimos cuenta inmediatamente del hecho de que nuestro padre había ascendido de repente en la escala social, quizá porque la diferencia entre el pasado reciente y el presente nos parecía que consistía únicamente en el hecho de vivir todos juntos en la misma ciudad donde él trabajaba. El único indicio, al principio, de que nuestra situación económica había cambiado fue vivir en una bonita casa con huerto y jardín; durante bastante tiempo continuaron llegando paquetes enviados por las primas de Intra llenos de vestidos usados que estaban destinados a mí, señal –creía yo– de que todavía éramos pobres. Estaba tan convencida de ello que no hacía preguntas de ningún tipo prefiriendo los reproches de la maestra, cuando me presentaba en la escuela sin el cañamazo y los hilos de bordar, a riesgo de tener que oír en casa: «¡No hay dinero!». Miraba con desaprobación a Lea, que lloriqueaba si no eran satisfechas inmediatamente las exigencias de la educadora. Estaba creciendo, y después de tantos años difíciles no me sorprendía que la diaria presencia de mi padre hubiese puesto en marcha un ritual desagradable: todos los días mamá le pedía el dinero para los gastos de la jornada; él, arrugando el entrecejo con aire de fastidio, exclamaba:

–¿Ya se te ha acabado el dinero? ¡Pero si te di ayer!

Ella se irritaba:

–¿Qué crees? ¿Que lo he tirado por la ventana?

Hubieron de transcurrir más de cuarenta años para que sintiera la necesidad de saber cuál había sido verdaderamente su relación y cuál nuestra situación en ese particular momento; particular para mí que salía de la infancia, particular para la familia que salía de casi una década de indigencia. Volví a escuchar las cintas en las que había grabado las conversaciones con mi madre, en pos de un rastro que me ayudara a comprender, de una vez por todas, algo que todavía se me escapaba, y al escucharlas me quedé sorprendida de la creciente agresividad con que la interrogaba.

–¿Qué estaba haciendo exactamente papá cuando nos fuimos a vivir a Legnano?

–Proyectaba transformadores para las centrales hidroeléctricas y para las empresas.

–Sé que lo llamaban «señor director»; por tanto era un directivo. ¿De qué grado? ¿Quién estaba por encima de él?

–Era el director técnico; a su nivel estaba el director administrativo. Y por encima de él sólo tenía al propietario de la sociedad.

–¡Por tanto tenía una posición! Entonces, ¿por qué os veía siempre discutir de dinero?

Mi madre hizo chasquear la lengua contra los dientes:

–¡Bendita paciencia! Pues porque después de años de miseria nos habíamos quedado sin nada: mi ajuar había ido a parar al Monte de Piedad, nos faltaban zapatos, abrigos... Por eso le pedí permiso para guardarme mi sueldo para los gastos extra. Era una lata tener que pedirle siempre el dinero a él. Y él me dijo que no, que caja no había más que una. Pudimos tirar un mes así, con la caja única, pero él gastaba mucho, y cuando el dinero se acababa se quedaba maravillado. De modo que le propuse que me diera tanto por día y me daba veinticinco liras. Entonces el sustento era barato, bastaba... pero no podía, claro está, hacer gastos extra... veinticinco liras apenas si bastaban, los gastos extra los hacía luego él. Porque quería ser el amo: «El amo soy yo», decía. ¡Ah! Nunca pude meter mano como ciertas mujeres que compran ellas, tienen las llaves de los armarios y deciden...

Nunca pensé que en los años difíciles, cuando éramos demasiado pequeños para darnos cuenta, mamá nos mantuvo con su trabajo; esta revelación, si bien no oscurecía la imagen de mi padre, me obligaba a ver a mi madre de manera distinta, con una mezcla de admiración y de rabia.

–Después de todo lo que hiciste, ¿te dejaste arrebatar el dinero de las manos? No comprendo por qué cuando él empezó a ganar tuviste que pedirle permiso para tener un dinero que siempre habías guardado.

–¡Bah! ¡Me lo guardaba a la fuerza, pues él no me enviaba nada! Cuando trabajaba en Arzignano le escribí que necesitaba dinero para comprar el vestido de la confirmación a Michele, ¡y él ni se molestó en responderme!

–Pero, entonces, ¿era un ser dominante? ¿Un egoísta?

Mi madre se indignó:

–No trates ahora de criticar a papá.

–Sólo trato de comprender, de sacar conclusiones: el hecho de que pidieras permiso para guardarte tu sueldo significa que te consideraba una sometida, una esclava.

–Nunca me sentí una esclava sino que para que estuviéramos de acuerdo tenía que hacer lo que él quería.

–¿Por qué no discutiste, protestaste al menos? Cuando viste que no funcionaba, ¿no volviste a sacar la conversación?

–No, no –repuso suspirando, con embarazo.

–Y así te dejaste quitar de las manos ese poco de poder que tenías y te lo dejaste quitar para siempre. En mi opinión en ese momento cometiste un error.

–¡Bah, cometí un error! ¡Para ti he cometido tantos!

–¿Según tú, no?

Sentía rabia por ella y contra ella por no haber concedido nunca antes pleno valor a sus esfuerzos, a los sufrimientos, al amor, a las injusticias; y creía que en la vida todos teníamos dos o tres momentos en los que podíamos decidir sobre nuestro destino, momentos en los que es suficiente un mínimo desplazamiento a derecha o a izquierda, una duda, un desfallecimiento de voluntad, un segundo de miedo o de cobardía, para meternos en un callejón sin salida antes que por el buen camino.

–Según tú, ¿tu matrimonio fue un matrimonio feliz?

–Sí, sí, nos queríamos mucho.

–Pero mamá, yo no consigo hacer casar la personalidad de una muchacha que en 1920 contrae matrimonio a través de un anuncio de la prensa contra la voluntad de su padre y la de la mujer que está completamente anulada sometiéndose a un hombre. Tenías un padre autoritario y elegiste un marido autoritario.

Mi madre repuso picada:

–Sí, elegí un hombre autoritario. Me sometí sencillamente porque lo quería. Había que hacer lo que él decía, de lo contrario no hubiéramos estado nunca de acuerdo, hubiéramos reñido...

–También querías a tu padre y sin embargo le plantaste cara.

–Era un caso distinto. Con papá tuve hijos, una familia, una casa mía, satisfacciones que de lo contrario no habría tenido... Eso es: cuando me casé me juré a mí misma que no haría la vida de mi madre, que fue desgraciada en su matrimonio. Yo traté de estar de acuerdo con mi marido a cualquier precio...

La interrumpí:

–¿Por tanto terminaste por desaprobar la rebelión de tu madre? ¿Le atribuiste a ella la causa del fracaso matrimonial más que a las traiciones de él?

Mientras mamá gritaba: «¡No, no!», proseguía yo:

–Evidentemente, el trauma que sufriste de niña fue tan grande que te hizo pensar que cualquier cosa sería mejor que una pelea.

Ella respondió en voz baja, casi humillada:

–Puede ser...

En junio de 1940 Italia entró en guerra; las escuelas cerraron sin exámenes, yo estaba terminando tercero de enseñanza media, siendo la primera de la clase en aplicación y la última en conducta.

Nos fuimos para pasar dos meses en el mar, unas vacaciones que confirmaban el bienestar alcanzado. Recuerdo el larguísimo viaje de noche, todos nosotros adormecidos en el compartimiento a oscuras; el olor del carbón cuyas chispas entraban por las ventanillas abiertas impregnaba nuestros vestidos.

En el hotel de Numana nos dieron dos habitaciones que se comunicaban entre sí, de las cuales sólo a la de matrimonio se podía entrar por el pasillo; la otra, destinada a nosotros los niños, tenía una ventana que daba a la plaza, punto de encuentro de un nutrido grupo de jóvenes que jugaban y reían desde comienzos de la tarde a la noche sentados en el bar o en el sillín de la bicicleta.

Llevaba trenzas desde que tenía ocho años y quería cortármelas; conseguí convencer a mamá para que me acompañase al peluquero, a pesar de que me recriminara:

–¡Papá la tomará conmigo!

De repente parecí más adulta, en bañador aparentaba dieciocho años; los chicos comenzaron a rondarme; un día fui invitada a subir en una barca de vela por un estudiante que tenía ya veintiséis años; en alta mar trató de besarme, y yo me arriesgué a caer al agua para defenderme. En la playa vi a mi padre y a mi hermano, indignados y amenazadores. La atmósfera empeoró en los días siguientes: cada uno de ellos le había dicho a mamá que me había visto salir de noche del hotel para encontrarme con un chico. Ella se me enfrentó con la cara de las grandes tempestades. Le pregunté cómo habría podido arreglármelas para salir y entrar sin despertarla, puesto que tenía que pasar por su habitación. Me contestó que podía haber salido por la ventana. Me eché a reír:

–¿Desde el primer piso? ¿Y cómo? ¿Deslizándome por el canalón?

A pesar de lo absurdo de la acusación no me creyó; decidió que dormiría en la cama de matrimonio hasta que llegara papá; luego me las tendría que ver con él.

Aquel otoño Lea, que estaba terminando la primaria, fue la única en volver a la escuela; la enfermedad le impedía a Michele una asistencia regular con gran desilusión de mi padre que había soñado para su hijo varón el título de ingeniero como redención de su propio pasado. Tuvieron que rebajarse a las escuelas por correspondencia y a los exámenes con profesores particulares que mi hermano superó siempre con las máximas notas. Por lo que a mí respecta se decidió que me quedaría en casa, porque «la hija del director» no tenía necesidad de trabajar y ni siquiera de continuar los estudios. Ignoro qué les indujo a esta elección a pesar de la perorata de la directora que vino a casa con la intención de hacerles cambiar de idea.

Ante mis protestas y mis lágrimas, mi padre repuso:

–Mamá está cansada, debes ayudarla.

Acabábamos de trasladarnos a una casa que mi padre había comprado con un préstamo avalado por la empresa. Era grande, dispuesta en dos plantas, con jardín, remozada, servicios dobles y calefacción a base de radiadores.

Mi madre había logrado finalmente el traslado a Legnano, no tenía que hacer tantos kilómetros para ir a la escuela aunque seguía desplazándose en bicicleta; una mujer venía todas las mañanas para hacer las faenas de casa y un hombre cuidaba del jardín.

Me di cuenta casi enseguida de que mi ayuda no era en absoluto indispensable. Me permitieron asistir a un curso de cerámica, luego a otro de bordado, y por último quise ir como aprendiza de nuestra modista. Comencé a confeccionar algún traje para mí y para Lea, batas y faldas para mamá. Me divertía cortar, pero a menudo después de la primera prueba me aburría y tiraba el vestido lleno de agujas dentro de un arcón junto con otros no terminados. Sentía mi vida como desperdiciada, me preguntaba el porqué de un destino decidido sin consultarme. Pasaron dos años en una profunda apatía; a veces mamá me pedía que fuera con ella a hacer una visita a un colega. Imaginaba ya el aburrimiento de ese par de horas en que tendría que «comportarme bien». Ante mi negativa decía ella amargada:

–No tengo nunca el placer de salir con mi hija.

Yo resoplaba:

–No veo qué placer puedes sacar de mostrar a una hija de la que no tienes más que motivos de queja.

En aquellos años opacos la guerra tomó importancia haciendo menos doloroso el estancamiento al que me habían obligado: no era la única persona en espera de que sucediese algo, que cambiara cualquier cosa, que pudiéramos volver a comenzar a vivir.

Los bombardeos sobre Milán se hicieron más frecuentes y destructivos; desde el pequeño sótano en que nos refugiábamos cuando sonaban las alarmas, apretujándonos en el reducido espacio entre la carbonera y la caldera de la calefacción, oíamos el estruendo.

Mi padre compró una pequeña casa en la campiña novaresa donde ponernos a resguardo; mamá pidió una excedencia por motivos de salud que posteriormente tuvo que cambiar por una excedencia por motivos de familia, y por tanto no retribuida. No quería retirarse para no perder el derecho a la pensión después de tantos años de esfuerzos. En la casa de Legnano dejamos a la mujer que se cuidaba durante la semana de las necesidades de mi padre, el cual se reunía con nosotros los viernes por la noche. Llegaba en el coche de la empresa, un gran automóvil negro con guardabarros, como es de rigor, pintados de blanco, conducido por un chófer que venía a recogerlo los lunes por la mañana. Más tarde, a causa de las restricciones impuestas por la prolongación de la guerra, volvió a desplazarse en motocicleta y luego nuevamente en bicicleta. Mi madre cumplió entonces cuarenta y cinco años; así como había desafiado durante tantos inviernos los caminos helados siguió haciéndolo de igual modo: a menudo iba a Legnano para estarse un par de días con mi padre. Regresaban juntos en bicicleta, ochenta kilómetros entre ida y vuelta como si se tratara de un paseo.

El hecho de que estuviéramos en guerra y que ésta se estrechase en torno a nosotros fue para mí un elemento positivo: la supervivencia de cada uno se volvió demasiado importante para que mis padres pudieran tenerme bajo vigilancia, pues mi colaboración era necesaria, tenía que ir a comprar leche, sal, azúcar, harina, patatas a casa de los campesinos. Nos las teníamos que arreglar como podíamos, mamá hacía el jabón empleando sosa cáustica y manteca de cerdo, preparaba el pan con una mezcla de patatas hervidas y harina de arroz; yo la ayudaba, tostábamos el tragacanto que sustituía el café, criábamos gallinas, conejos y un par de ocas; yo lavaba la ropa en la acequia que señalaba el límite de nuestra pequeña casa, como las lavanderas del Agogna que habían conseguido salvar mi cartera; la colgaba bajo cubierto en la leñera y la recogía antes de que el hielo la pusiese rígida. Por la noche, cuando todo el mundo dormía, me quedaba en el comedor al calor de la estufa y hojeaba hasta entrada la noche una colección de revistas de cine que quién sabe cómo había llegado a casa. A continuación bajaba a la cerca a soltar a los perros y a contemplar el cielo estrellado que en la ciudad no recordaba haber visto nunca.

Cuando conocí a Alberto, el muchacho que habría de convertirse en mi marido, mis movimientos se habían vuelto ya incontrolables y la gravedad de la situación tal, que no hubo que esforzarse mucho para recortarme las horas que debía pasar con él. Bajo la ocupación de los alemanes y con los fascistas en el país y los ataques de los partisanos que desencadenaban represalias, nuestra vida estaba en peligro y mi virtud pasaba a un segundo plano.

Después de cuatro años de inercia me parecía revivir: incitada por Alberto decidí que tenía que retomar los estudios. Mi proyecto no encontró ni excesiva oposición ni grandes entusiasmos. Me dejaron hacer con tal de que continuara ayudando en casa como había hecho hasta ese momento.

Los años de la pubertad habían sido los más tristes, en cambio éstos fueron los más bonitos: una vez conquistado ese mínimo de libertad que me era indispensable para vivir, roto el hechizo maléfico de un destino sin perspectivas, también la relación con mi madre se me hizo más llevadera. Recuerdo hasta sus carcajadas, el día que conseguimos hacernos con medio quintal de arroz: desde la parte trasera de la casa teníamos que subir por el tramo de escalera el saco hasta el comedor. Mamá había cogido el saco de arpillera por la boca que estaba atada con una doble vuelta de cuerda y subía de espaldas, arrastrándolo, yo lo levantaba por debajo de las puntas y lo empujaba. A los pocos escalones me eché a reír y me desinflé sin conseguir dar un paso. Al principio ella estiraba mientras me exhortaba: «No hagas la estúpida, muévete»; pero mis carcajadas acabaron por contagiarla y también se dejó caer sobre los escalones riendo hasta las lágrimas.

Entre los conejos que criábamos había uno que era el preferido de mi madre; lo llamaba *Nerón* debido a su pelo negro y brillante y a lo gordo que estaba. Lo tomaba en brazos y él apoyaba el hocico en su hombro haciéndole cosquillas en el cuello con sus largas orejas. Nunca hubiera consentido en matarlo.

En ese periodo en que los alemanes incendiaban las casas y estábamos permanentemente en estado de emergencia ocurría a menudo que llegaban del bosque perros abandonados que se quedaban algunos días y luego desaparecían. Recuerdo un alano manchado, joven y muy bonito, habituado a vivir en casa, que cuando estábamos en la mesa metía el hocico en los platos devorándolo todo en un santiamén; como era imposible alimentarlo, lo regalamos al parvulario infantil donde jugaba con los niños y se comía hasta la última migaja de los restos de comida. Luego fue el turno de un perro lobo ya mayor, claramente habituado a una vida vagabunda. A mi padre le gustaban los perros lobos y decidió mantenerlo junto al par de pastores bergamascos dentro de la cerca. Sucedió que una noche el perro lobo saltó la red y penetró en el gallinero matando gallinas y conejos. Cuando mi madre descubrió la matanza y vio a *Nerón* con el pescuezo desgarrado se puso a llorar como una niña desconsolada. Mi padre fue a coger el fusil; muy pálido miró a la cabeza del perro mientras disparaba, a pesar de que yo grité que no lo hiciera. Con un solo disparo preciso en la sien el perro fue abatido; cayó de costado estirando la pata.

Pensé que quizá se había sentido presa de la misma ira blanca –como la llamaba– que había llevado verdaderamente a mi padre a enterrar en el desierto muchos años antes al perrito que había osado desobedecerlo. Había rabia en su mirada, pero también dolor y un impulso vengativo hacia el animal que había hecho llorar a su mujer.

Tras la Liberación mi padre puso en venta la pequeña casa; con una pequeña furgoneta de alquiler volvimos a traer a Legnano, en varios viajes, los muebles que tres años antes los transportistas de la Gondrand descargaron en las cinco bonitas dependencias que daban al campo.

Mi madre retomó la enseñanza y yo me quedé en casa a pesar de haber superado el examen de admisión en una escuela de arte a la que debía asistir en Milán; tenía diecinueve años y los míos temían la libertad que ello comportaba y el ambiente «inadecuado para una chica bien».

Tal era el argumento de mi padre, que añadía:

–¿De qué te va a servir elegir este camino? Si te fuesen a dar un diploma de docente lo entendería, pero sólo para dedicarte al arte...

Por otro lado mi madre contraponía el matrimonio como meta: ¿para qué comenzar en una escuela que me tendría fuera años cuando ya tenía novio y había de preparar el ajuar?

Por lo que toca a Alberto estaba demasiado ocupado en dejar a sus espaldas una guerra que desde el ocho de septiembre se cernía sobre su cabeza como una espada de Damocles: había vivido el conflicto de un pacifista que no quiere combatir ni en un bando ni en otro y no quería sino olvidar.

Nadie me maltrató, ni sufrí amenazas o imposiciones, sólo pequeños empujones como los que el perro pastor da en los costados a los ovejas para hacer entrar al rebaño en el redil. Tampoco entonces ni más tarde culpé a mis padres de haberme puesto trabas, pues se limitaron a empujarme hacia lo que consideraban más acertado. Nunca he comprendido cómo podían estar seguros a pesar de la vida que tenían tras de sí y no me parecía importante saberlo. Los culpables éramos nosotros, la joven pareja que tenía que defender su propio futuro: él, el muchacho que había constituido para mí el estímulo para retomar los estudios, que me había devuelto la confianza y la esperanza y que no tenía el valor de admitir que no se sentía preparado para estrechar un vínculo definitivo y por tanto de dejarme libre. Pero la mayor culpable era yo que pese a ver con claridad el futuro quería cultivar la ilusión de un matrimonio que otorgaría pleno significado a mi vida tal como había ocurrido con mi madre.

Pese a no ser oveja me dejé empujar al rebaño. Una vez eliminadas las tensiones y las esperanzas retomé la vida de inerte espera que había vivido desde los catorce a los diecisiete años. Me sentía confusa, desdichada, consciente de no haber sabido luchar por mí misma, de haberme dejado atrapar en una red de falsas razones y falsas promesas, pero incapaz de liberarme de ella.

Sólo ahora que mi madre no puede ya responderme me pregunto por qué precisamente ella, que había podido comprobar la importancia de un oficio y de la consiguiente autonomía económica, ella que gracias a ésta pudo rebelarse contra su padre y decidir sobre su propia vida, ella que, al ceder al marido cuando éste le había quitado la posibilidad de gastar el dinero que ganaba, no pudo hacer otra cosa que rendirse ante sus decisiones, ¿por qué ella no me ayudó a ver claro? ¿Quiso ahorrarme una vida de penalidades y responsabilidades como la suya en la ilusión de que el matrimonio satisfaría todas mis necesidades? ¿O simplemente no se había preocupado de saber quién era yo y de qué tenía necesidad?

La guerra nos había dejado a todos más pobres y nos las teníamos que ingeniar de mil maneras para vestir decentemente. Recuerdo el continuo teñir lanas recuperadas de viejos corpiños de punto y telas de vestidos usados que había que reutilizar aproximando los colores y los muchos frasquitos de charol que mi madre y yo usábamos para devolver nuevo lustre a zapatos y sombreros que a cada mano se volvían más pesados. Un viejo canotier teñido y reteñido se había vuelto pesado como plomo hasta el punto de que dejaba un pequeño cerco rojo en la frente de mamá cuando se lo ponía para ir a misa.

En primavera Michele se casó; había la crisis de la vivienda, y mi cuñada se vino a vivir con nosotros; el único cambio fue la sustitución de los muebles del cuarto de mi hermano por los de la nueva habitación de matrimonio.

También ahora que la familia había aumentado mamá quiso seguir ocupándose de la cocina y de la compra. Por las tardes la veía cruzar el jardín empujando la bicicleta en cuyo manillar llevaba colgadas las bolsas rebosantes de verdura que colocaba encima de la mesa del comedor para comprobar la cuenta, cosa a la que no habría renunciado por nada del mundo. En un cuaderno apuntaba en columnas las cifras y las confrontaba con los tickets de los proveedores, vaciaba el monedero, contaba una y otra vez las monedas, y las sumas tenían que cuadrarle hasta el último céntimo. Durante la operación permanecía concentrada dirigiendo a ratos hacia mí una mirada fija que se detenía en mi rostro sin verlo. Yo la provocaba:

–¿Por qué me miras?

Ella me pedía que me callara con un pequeño gesto mientras hacía chasquear ligeramente la lengua contra los dientes. El veintisiete del mes, día que cobraba el sueldo, sacaba de su bolso junto con el monedero un sobrecito blanco: veinte gramos de anisete con que se regalaba chupándolos de dos en dos o de tres en tres por vez. Esos pequeños rombos de licor son hoy para mí un símbolo muy tierno de la cicatería que gobernó toda su vida.

Tres meses después del matrimonio de Michele también yo alcancé la meta de la boda, pero más bien como un caballo reventado que corre más por obstinación que con esperanzas de ganar. Fuimos muchos quienes nos casamos muy jóvenes en la inmediata posguerra: muchachas de dieciocho, veinte años con muchachos de veintidós, veinticuatro, que acababan de dejar la Resistencia o salidos de las filas de la República de Salò o de un largo y duro ocultamiento. Qué era lo que nos impulsaba, lo ignoro, quizá una ilusoria carrera hacia una felicidad a la que sabíamos teníamos derecho. Nunca he comprendido cómo pudo suceder que una generación como la nuestra, que vio cara a cara la muerte y la injusticia, y que casi adolescente supo discernir, decidir de qué bando estar y por qué combatir, se dejase luego tentar tan fácilmente por los cargos, sin encontrar la fuerza necesaria para un gesto de rebelión, convencida de las razones de los padres.

Desde la boda hasta diciembre seguimos viviendo todos juntos: Lea dormía ahora en un cuartito separado del mío por un tramo de escalera. En la que había sido mi habitación colocaron los muebles nuevos y en la cochera fueron amontonados las pequeñas camas y los armarios de cuando éramos niños.

Las Navidades de 1947 fueron las últimas que pasamos todos juntos en esa casa porque mi padre decidió instalar una industria de transformadores eléctricos en Módena. Durante algunos meses, mientras duró la construcción del edificio, vivió en un hotel regresando a casa el sábado. Pero ahora ya hasta el piso anexo estaba listo. Una vez más vi a mi madre apurada con un traslado que sin embargo no sería el último: ansiosa y metódica comenzó tres meses antes con cestas, cajas de cartón y de madera que le pedía al frutero, papel de China y periódicos. Nerviosa, irritable, atareada, de rodillas delante de los armarios cuyos objetos quitaba uno a uno para embalarlos, rechazaba cualquier ayuda.

Durante las fiestas los hombres de la Gondrand vaciaron la casa; mis padres se fueron en coche con Lea precediendo al camión de mudanzas. Mi hermano había encontrado trabajo en Novara y se fue para traerse los pocos muebles comprados en el momento del matrimonio.

Con la marcha a Módena mamá abandonó la enseñanza. La parte del dueño de la gran casa fue alquilada, y a Alberto y a mí nos asignaron el pequeño apartamento trasero al que se accedía por el jardín.

En los casi veinte años que siguieron viví mi vida sin intromisiones por parte de mi madre. Con una cierta regularidad ella y mi padre vinieron a vernos a Milán donde nos establecimos con los hijos. El mes de julio lo pasamos todos juntos en Riccione hasta que Alberto compró un piso en Alassio donde los míos se reunieron con nosotros para pasar un par de semanas después de las vacaciones en la montaña. En Navidad íbamos nosotros a Módena, a una bonita casa que se hicieron construir más tarde y a donde también mi hermano se fue a vivir con su familia a partir del momento en que decidieron poner en marcha, esta vez juntos, una nueva empresa.

Nunca me preocupé por saber cómo vivió mi madre desde el momento de su marcha a Módena hasta la muerte de mi padre; nos escribía y telefoneaba, y quizá precisamente por la homogeneidad de las noticias que me llegaban me hacía la idea de una rutina inalterable. No me preguntaba si mi madre era feliz, entre otras cosas porque era un término inadecuado para ella; la creía serena, apagada. Imaginaba su vida diaria por el modo como se mostraba durante nuestras visitas pero no encontraba interesante ahondar en ello.

Y precisamente a causa de esta indiferencia seguía aún, a los veinte años de la muerte de mi padre, queriendo esclarecer hechos y situaciones de dicho pasado, acaso con la intención de serenar de una vez por todas la animosidad que caracterizaba todavía mi relación con mamá. Por ello interrogaba, escarbaba:

–Cuando fuisteis a Módena tú tenías cincuenta años. Dejaste la enseñanza para hacer de ama de casa. ¿Por qué?

–De haber estado segura de conseguir una plaza en una ciudad habría seguido hasta llegar al máximo de la jubilación, pero seguramente habría tenido que volver a empezar con la acostumbrada lata, de un lado para otro con la bicicleta. Y, además, no me importaba hacer de ama de casa, pues lo había hecho siempre que enseñaba.

–¿Por tanto lo viste como algo positivo?

–Sí...

–Pero te aburrías.

–No, en esa época había que preparar el ajuar de Lea; y, hasta que se instaló en Módena, la llevaba con dos de sus amigas y las respectivas mamás a bailar el sábado por la noche. En casa había siempre cosas que hacer: lavar, planchar, remendar, hacer la compra, preparar la comida...

–Cuando decidiste dejar la enseñanza hiciste una elección. ¿Qué esperabas de la vida?

Ella, con voz imprevistamente aguda, contestó:

–Nada, ¡qué iba a esperar! ¡No me ponía a pensar en ciertas cosas! ¿Qué quieres que esperase?

–Te lo pregunto para comprender por qué te he visto siempre aburrida, descontenta.

–Eso no es cierto, cuando daba el repaso me lo pasaba bien, todas las tardes iba a ver a la madre de uno de los alumnos; pero luego entró a trabajar en una peletería...

–Entonces, ¿cuándo empezaste a aburrirte?

–Cuando me quedé sola.

–Es decir, ¿cuando murió papá? Pero ¿él no te hacía compañía? ¿Salíais juntos? ¿Cómo era vuestra vida en Módena?

–Algunas veces me acompañaba al cine. Una vez de cuando en cuando, no siempre. Los domingos me llevaba a misa y él se paraba en el bar a tomar un aperitivo; al terminar la misa venía a buscarme. Solo no salía nunca, ni de día ni de noche si no era para ir al taller; le gustaba mucho estar en casa. Leía y fumaba, y cuando leía no quería que lo molestasen. Y los domingos se encerraba en el salón y escuchaba muchos discos. ¡Se sabía todas las óperas de memoria! Cuando comenzaba el partido miraba la televisión. A mí no me interesaba; me pasaba los domingos por la tarde en la cocina cepillando los vestidos, quitándoles las manchas con gasolina y planchándolos...

–¿No tenías mujer de hacer faenas?

–Por las mañanas, para hacer las cosas de la casa, pero no para esos trabajos.

–Pero ¿por qué lo hacías precisamente los domingos?

–¡Total! Era una costumbre que había adquirido cuando enseñaba porque sólo estaba libre los domingos: les limpiaba los zapatos a todos, los vestidos a todos, etcétera.

–¿Y por qué en vez de hacer cosas aburridas no te ibas al cine? ¿Por qué no te buscaste amigas para ir?

–No hice ninguna amiga porque papá no quería gente en casa.

–¡Qué tiene que ver papá que estaba en el taller todo el santo día! ¡Y además no era tan tiránico! Y hace cerca de veinte años que se murió. Sigo preguntándome por qué no te buscaste cosas de interés para tu vejez; hubieras tenido que pensar en ello a tiempo, cuando tenías más o menos mi edad y te viste libre con un hombre al que querías, y que te quería, con una vida acomodada.

Sin darme cuenta levanté la voz. Ella me replicó intimidada:

–Tenía bastante con la compañía de papá.

–¡Sabías que la compañía de papá no iba a durar eternamente! ¡Te comportaste como una cigarra!

Con voz ahogada murmuró que esperaba que hubiese durado más.

–¡Ah, esperabas! Me parece que duró ya bastante, piensa si no en Livia que se quedó viuda a los treinta y cinco años. Tú en realidad tenías casi setenta. ¿Por qué no hiciste nada para tener una relación con los nietos? ¿Por miedo a que te ensuciaran la casa o te la desordenaran?

–No, no...

–¡Siempre te gustó estar con personas más jóvenes que tú, que por fuerza llevaban una vida distinta y tenían intereses distintos! Hubieras tenido que hacer amistad con personas de tu edad.

–No me resultaba fácil, las personas de mi edad si viven en familia tienen nietos jóvenes que cuidar. Después de la muerte de papá yo vivía sola, salía nada más que para comprar un poco en la tienda de enfrente. Nunca he visto a una persona tan sola como yo, nunca he conocido a otra. Cuántas veces he pensado: «¡Me moriré sola, éste será mi destino!».

–Yo creo que tu soledad te la has buscado tú, has de estar convencida de ello.

Durante la discusión mi madre reaccionó con un tono cada vez más deprimido; respondió a mi última frase con voz trémula, casi entre lágrimas:

–Giulia, me estás torturando... me estás torturando porque me echas en cara todos los defectos que creo no tener. Todos... eso es, me estás torturando, no sé... eres todavía mi única tabla de salvación, lo eres. Y ahora...

Esta última frase era la única que nunca hubiera querido oír y por ello la ignoré, pese a sentirme desconsolada. No quería ser su única tabla de salvación, no lo quería; me defendí poniéndome más agresiva:

–¿Que te torturo? ¿Tratar de comprender qué hay de equivocado y qué se puede cambiar significa para ti torturar a una persona? Lo que te estoy diciendo es que cuando existe una soledad pesada como la tuya debe de haber algún motivo y, una vez encontrado éste, se encuentra la solución. En mi opinión tú te viste aislada al ponerte al servicio de un hombre y cuando él murió echaste a faltar cualquier finalidad en la vida, cualquier interés. Así como se afirma que también la vejez tiene su lado positivo, sigo preguntándome por qué tú no le encuentras nada de bonito.

–Muchas veces digo que si tuviera que morirme mañana mismo me sentiría contenta porque estoy muy harta.

–Esto es lo que quisiera yo saber: cómo se llega a no sentir ya amor por nada.

TERCERA PARTE

También al vivir en la residencia mi madre conservó algunas de sus viejas costumbres: todas las noches se lavaba las bragas y las medias que ponía a secar, al no haber un cuarto de baño individual, en la barra cromada de la repisa de encima del lavabo para que estuvieran secas para la mañana siguiente; a pesar de que parecía que no daba importancia a su apariencia física se cuidaba y se arreglaba el pelo para lo que ella llamaba «las ocasiones». Una de ellas era el cumpleaños, para cuya celebración hizo una excepción a la regla yendo una vez más a la peluquería, ritual que normalmente realizaba con periodicidad quincenal.

Estaba cenando cuando recibí una llamada telefónica de la superiora:

–Ha ocurrido un grave accidente, su madre se ha caído y se ha roto el fémur. Iba a arreglarse el pelo, y quizá ha tropezado. Me han avisado y he llamado enseguida a una ambulancia. Como es natural fui con ella pero ningún hospital ha querido aceptarla, pues dicen que no tienen sitio. En realidad prefieren no ocuparse de las personas ancianas. La hemos ingresado en Melzo.

–¿Por qué no me han avisado enseguida? Tengo conocidos y le habría encontrado un sitio.

–Su madre no ha querido, ha dicho que no quería molestar a sus hijas.

No tenía ni idea de dónde se encontraba Melzo. Me puse a buscar en las páginas amarillas y acto seguido llamé a Lea por teléfono pero no contestó nadie. Salté al cinquecento y salí en busca del hospital, en donde pedí hablar con el director médico de la sección de ortopedia; me indicaron a un hombre alto y delgado que venía por el pasillo con una bata blanca flotante. Me presenté y le pregunté si sería posible llevar a mi madre a Milán si encontrábamos sitio en un hospital. Él me contestó agresivo e indignado:

–¡Vaya un egoísmo el suyo! En vez de preocuparse por el futuro de su madre, porque supongo que sabrá lo que significa a su edad romperse un fémur, lo único que le preocupa es su comodidad.

–Usted me malinterpreta, me preocupa el hecho de que el tiempo que tenga que pasar en Melzo no nos permitirá estar cerca de ella como en Milán. Podría sentirse abandonada.

Él no se ablandó.

–Tenemos gente ingresada de Reggio Calabria; y los parientes vienen a verlos cada quince días. Los enfermos están bien asistidos, esto es lo que cuenta.

–De acuerdo, pero no siempre es posible hacer coincidir los horarios de visita con los propios compromisos profesionales.

El médico me aconsejó que me sacase un permiso permanente; y si le iba con el cuento de que alguien no me dejaba entrar pensaría que en la entrada había un portero borracho.

Mamá estaba en la cama muy pachucha mientras me miraba como diciendo: «Esta vez la he armado gorda».

–¿Te duele mucho?

–No, me vi en el suelo y no conseguí ya levantarme, pues la pierna no me sostenía.

–¿Y por qué no dijiste que me avisaran enseguida?

Torció el gesto con un encogimiento de hombros:

–Te causo ya tantas molestias...

Volví a la mañana siguiente con Lea, a quien mandé a hablar con el director médico. Me contó que con ella había estado de lo más amable.

–¿Le has dicho que tu marido es médico?

–Sí, y hemos quedado de acuerdo en que Filippo vendrá

antes de la noche y decidiremos juntos el tipo de intervención. Dada la edad y el estado de mamá, cree que se limitará a lo mínimo indispensable.

La mañana de la operación una enfermera me puso en la mano un envoltorio. Cuando comprendí que se trataba de la prótesis dental hice un ademán de repulsa, pero luego imaginé la humillación, si me hubiera pasado a mí.

En el periodo postoperatorio mamá tuvo reacciones negativas. Las enfermeras la animaban:

–Señora, no se quede así, pues si se queda tan quieta, pegada a la cama, en esa posición no tardarán en salirle llagas y entonces todo serán problemas. Una mujer que pesa tan poco como usted la tenemos que coger entre dos para moverla.

Le enseñaba cómo tenía que hacer la gimnasia circulatoria de los pies y de las manos, pero ella me observaba con la mirada perdida. Se había quitado las gafas, como si no las necesitara ya para contemplar el mundo circundante. No conseguía comer a causa de una inflamación en la boca, una de las muchas secuelas de la anestesia. Por consejo de la enfermera le compré un tarrito de miel rosada con la que masajearle las encías, pero tenía que recordárselo a cada instante para que lo hiciera. De haber tenido yo que mostrar mi decrepitud, sin la menor protección que me proporcionara siquiera la ilusión de conservar aún mi dignidad, habría preferido morirme. Pensaba de nuevo en nuestras discusiones acerca del pudor, cuando había que darle un baño: yo sostenía que el pudor debería ser inversamente proporcional a la juventud y a la belleza, mientras que me parecía que para mi madre era exactamente lo contrario; sucedía que, si mientras la estaba tapando entraba una visita, ella se quedaba tan tranquila tal como la habían dejado las enfermeras después de un lavado, inmutable, con las piernas abiertas.

El encuentro entre mi cuñado y el director médico fue providencial: tras descubrir que habían sido compañeros de universidad se creó un clima cordial, por lo menos hacia mi hermana, en quien delegaba para las conversaciones. Filippo dijo que se trataba de un médico excelente y que su sección era la que funcionaba mejor de todo el hospital.

De nuevo Lea y yo nos alternábamos en las visitas, aunque habría resultado más fácil ir las dos juntas; pero habríamos reducido a la mitad la frecuencia. También nosotras nos íbamos acostumbrando ahora a los rituales: ires y venires con ropa sucia y limpia, esponjas, jabón de Marsella para lavar las llagas, naranjas, *kleenex*, botellas de agua mineral. Observaba con admiración el trabajo de las enfermeras, y mi admiración era tanto mayor cuanto menos disponible me sentía para desarrollar las mismas funciones para con mi madre. Mujeres que desde la mañana a la noche cambiaban mudas, lavaban heridas, atendían a llamadas urgentes, ponían emplastos, limpiaban bandejas. Algunas de ellas tenían en casa una suegra o una madre a la que habían de atender, un padre anciano a quien tenían que prepararle la sémola, hijos a los que tenían que preparar deprisa y corriendo la comida y las camisas limpias. Aceptaron algunas cajas de bombones, una botella de *spumante* que se tomaron juntas durante una pausa, pero rechazaron un sobre con dinero que me pareció justo ofrecerles. Se me ocurrió preguntarles cómo podían vivir siempre entre viejos y enfermos, y me contestaron con un encogimiento de hombros.

–Una se habitúa a todo, nosotras no le hacemos ya el menor caso.

Yo en cambio seguía temblando, apartando la mirada, estremeciéndome; no conseguía acostumbrarme al envejecimiento, luchaba contra la apatía de mi madre, contra su dejarse ir: le lavaba el pelo con un champú seco, le esmaltaba las uñas esperando que no se las royese, la obligaba a comer un poco de fruta hervida, a beber zumos de naranja.

Sus camisones me sorprendieron siempre; ingenuos y al propio tiempo frívolos como los de una adolescente, con florecitas rojas o celestes y hombreras de raso anudadas, le dejaban los brazos al descubierto, aspecto que, demacrada como estaba, no resultaba agradable. Con la excusa de que eran más prácticas le traje unas blusas indias, con cuello y mangas largas.

Desde el día de la intervención mi madre vivía con el terror de mojar la cama; estaba por tanto entre las enfermas que llaman sin cesar a la enfermera y se quejan de que no acudan enseguida.

Pregunté por qué no le ponían una sonda como a su vecina de cama.

La mujer con la sonda era más joven que mi madre, aunque tuviera el cabello completamente blanco y hubiera perdido todos los dientes. A la hora de la comida venía a darle de comer su hija, que me contó que tenía una tienda de comestibles en cierto lugar del interior milanés. Trataba a su madre como a un niño de pocos meses, metiéndole los dedos en la boca para comprobar si se había tragado la comida. Al ver que la observaba dijo:

–No comprende ya mucho y se niega a ponerse la dentadura. Los viejos se vuelven como niños.

–¿Usted es hija única?

–Tengo cuatro hermanos. Pero, sabe, son hombres.

Un día vi que llamaba al timbre con vehemencia, al instante acudió la enfermera y se puso a abofetear a la paciente, que al cabo de unos instantes abrió los ojos.

–¡Vaya unas bromas! ¿Es que quieres asustarnos?

Poco después de la cena se volvió a repetir la escena, pero en esta ocasión la mujer se quedó inmóvil, con la cabeza ligeramente inclinada hacia delante. Enseguida hizo aparición un biombo, se produjo una gran confusión y se oyeron algunas voces ahogadas. Mi madre pareció no darse cuenta de nada, no sabía si estaba encerrada en sí misma o bien rechazaba voluntariamente esa imagen de la muerte. Cuando me iba vi en el pasillo a la hija que lloraba y me acerqué a consolarla:

–¿No es mejor así? Ni siquiera se ha dado cuenta...

–Eso es cierto, es cierto –lloraba ella–, pero cuando alguien desaparece produce igualmente tristeza.

Volvió a mí la escena en que ella hurgaba en la boca de su madre y sentí envidia de la naturalidad con que lo hacía. También mi cuñada se habría comportado de igual modo. Pensé que en su aceptación de la decrepitud y de la muerte había algo de ancestral que yo había perdido o no poseía.

Que mucha gente era distinta a mí y probablemente mejor, lo pensé de nuevo un día en que, al hacer cola ante la caja del supermercado, pesqué una conversación entre tres mujeres, una que rondaría los cuarenta años y las otras próximas a la cincuentena. Discutían de las ventajas del jabón de Marsella en la cura de las llagas en la posición de decúbito respecto a los preparados más específicos. La más joven decía que lo usaba a diario con su padre, postrado en cama desde hacía meses, y lo contaba con la tranquilidad con que habría explicado una receta de cocina.

Al cabo de casi un mes de permanencia me puse a hacer las cuentas de cuánto me estaba costando, incluido tiempo y gasolina, un accidente que en un principio había infravalorado. Lea se lamentaba de que estaba muy cansada, y no sabía por cuánto tiempo más podría seguir viniendo un día sí y otro no, sin entrar a considerar que casi nunca disponía del coche y que los transportes públicos le llevaban media jornada para quedarse con mamá poco más de una hora.

Al terminar el mes el director médico dijo que le habían presionado, que había sido acusado de favoritismo y que había que llevarse a mamá a casa. Añadió que la podría readmitir para hacer un poco de rehabilitación tras una convalecencia de *subdescarga.* Pregunté qué significaba y me explicaron que mi madre no tenía que caminar ni apoyarse de ningún modo en la pierna enferma, al menos durante treinta días. Me sentí morir: ¿cómo iba a poder ocuparme de ella si hacían falta dos enfermeras sólo para cambiarle la cama? Filippo encontró una clínica privada en nuestro barrio que estaba dirigida por una ex colega suya, la cual estaba dispuesta a aceptarla por ese periodo de tiempo.

¿Y si hubiéramos sido pobres? ¿Y si no hubiéramos conocido a las personas que convenía?

El día del traslado Lea y yo fuimos juntas al hospital, luego ella subió con mamá en la ambulancia, y yo las seguí en coche. Al llegar, mientras los enfermeros sacaban la camilla de la ambulancia, crucé unas miradas con mi hermana: las dos pensábamos que mamá no se reharía. Parecía tan débil, pálida y asustada, que su debilidad, su palidez, su miedo nos contagiaron.

La situación en la clínica me pareció enseguida muy distinta de la del hospital: mamá era aparcada allí, nada más, sin ninguna responsabilidad por su parte. Bastó un día para que se diera cuenta también ella; al verme entrar en la estancia, una habitación individual esta vez, me traspasó con la mirada de quien se aferra a una última esperanza:

–Giulia, yo aquí me muero.

Discutí el problema con las enfermeras que, contrariamente a las de Melzo, no rechazaron el dinero, antes al contrario; me aseguraron que tratarían de alimentarla con homogeneizantes y con batidos si rechazaba las comidas normales; pero nosotras teníamos que empeñarnos en lograr que se moviera para estimular la circulación sanguínea, traerle medias de lana para mantenerle calientes los pies, que tenía siempre fríos, y proporcionarle mudas para evitar fastidios en el caso de que mojase la cama.

Compré unos calcetines gruesos de color rosa, largos hasta las pantorrillas, más parecidos a las mallas de una bailarina que a la indumentaria de las viejas señoras enfermas. Mientras trataba de ponérselos pude ver sus pies de los que había apartado siempre la vista; estaban llenos de grietas sobre las cuales las enfermeras habían aplicado un desinfectante violáceo; vi también sus piernas, de piel delicada y seca que se descamaba. Le dije a Lea que fuese a buscar una pequeña jofaina; la llené de agua caliente y le pedí que me ayudara a colocar a mamá en un sillón; le sumergí los pies y empecé a masajeárselos, a rascárselos con las uñas hasta quitarle las callosidades; luego pasé a las piernas, sin dejar de masajear. Mamá me miraba encantada; en un cierto momento dijo que le parecía estar viviendo la escena de un cuadro religioso: Jesús lavando las llagas a los leprosos o algo parecido. Desde entonces, todos los días le masajeé los pies y las piernas con una crema hidratante.

Fue otro mes durísimo, y Lea tenía accesos de desesperación:

–No puedo más, no consigo encontrar tiempo siquiera para lavarme el pelo, que tengo hecho una maraña.

Con mamá había continuas y extenuantes discusiones porque no aceptaba otra comida que productos pasteurizados, y cuando íbamos a dejarla decía invariablemente: «¿Ya os vais?», logrando que nos sintiéramos crueles y desesperadas. A veces se nos escapaba un lamento:

–Pero mamá, ¡así resulta todo más difícil!

Luego hubo otro viaje en ambulancia, esta vez hacia Melzo, de nuevo yo al volante del cinquecento y Lea con mamá para darle ánimos; desde ese día la hicimos levantarse y ponerse en un sillón por un tiempo cada vez más largo, o bien sentarse en una silla de ruedas para que la distrajéramos llevándola a la sala donde se congregaban los parientes y se tomaban bebidas de una máquina de monedas.

Un domingo vinieron a verla los nietos de Módena con los niños y mi cuñada. Aproveché para ir a casa, y Lea se quedó con ellos. Al día siguiente nos llamaron urgentemente del hospital. El director médico dijo que mamá había tenido un ataque de arteriosclerosis aguda y había delirado toda la noche a pesar de que le habían administrado una inyección de Valium. Se arrojaba continuamente de la cama a riesgo de hacerse daño; tuvieron que ponerle los barrotes de seguridad. El médico llegó a la conclusión de que a partir de ese momento nuestra madre no podía quedarse sola porque resultaba *peligrosa para sí misma y para los demás.*

–¿Trata de decir que está loca?

El director médico puso cara de pocos amigos, y Lea me lanzó una mirada intimidatoria:

–El doctor ha hablado de arteriosclerosis aguda, no de locura.

Mamá nos recibió hablando atropelladamente y en voz baja y mirando a su alrededor como una conspiradora:

–¡Quieren quitarme la casa, mi casa! Se lo han llevado ya todo, hasta el reloj de porcelana que era de mi madre. ¡Qué noche más terrible he pasado! Había un pequeño puchero que utilizo para calentar la leche, lo habían colgado del techo con una cuerda y lo hacían bajar poquito a poco hasta que estaba a punto de cogerlo, luego de golpe lo volvían a subir, y después otra vez...

Dejando por un momento de hablar apoyó el codo en la rodilla al tiempo que levantaba una mano para aguantarse la frente en un gesto tan doloroso que se me encogió el corazón. Estaba convencida de que debía de haber sucedido algo durante la visita de los nietos. Cuando la vi un poco más calmada le dije que Lea y yo teníamos que bajar a la secretaría y que volveríamos enseguida. Ella me agarró:

–¡No me abandonéis, no me abandonéis!

–Mamá, volvemos en un instante, te lo prometo.

Quería preguntarle a Lea de qué habían hablado el día antes cuando me fui.

Tal como imaginaba, mi sobrino había puesto los ojos en el piso de mamá, que era perfecto para él con sus tres hijos y la madre en el piso superior, que podría echarle una mano. No se había conformado con pedir para habitarlo tal como estaba, sino que además le había expuesto grandes proyectos:

–Tiraremos esa pared, cambiaremos el pasillo...

Lea intentó una mínima defensa:

–Me había hablado ya antes y me pareció algo racional, hace ya años que el piso está deshabitado y está claro que ella no volverá allí...

La interrumpí:

–¿Racional? Un abuso, diría yo. Y precisamente en este momento, después de dos meses de hospital, después de que la hemos hecho dejar su casa para trasladarnos a Milán...

Esta vez fue Lea quien me interrumpió:

–Donde viven ahora no caben con los tres niños, y en realidad tener la casa vacía es tirar el dinero, sobre todo en invierno cuando no hay otra elección que calentarla toda o dejar que Livia se muera de frío.

–Habría sido mejor que se hubieran ido a vivir allí sin decírselo.

–No les parecía correcto.

Reí con rabia:

–¡Quería robar con el consentimiento de los carabineros, quería estar en paz con su conciencia, no importa que la pobre vieja se encuentre de golpe despojada de su pasado! Pues bien, por ley mamá es la usufructuaria del piso que estará a su disposición mientras viva. En esto no transigiré.

Mamá nos esperaba con el rostro entre las manos cerradas en copa.

–¿Ya os vais?

–No, te llevamos a tomar un chocolate.

–No me apetece, estoy cansada.

–Te llevaremos de bracete, queremos hablar un poco.

En la sala de las bebidas aceptó un chocolate caliente. Le pregunté si se fiaba de mí. Me miró fijamente, dudando. Repetí:

–¿Te fías de mí? Pues bien, te prometo que dentro de pocos días saldrás de aquí y vendrás a mi casa, luego ya veremos. Y recuerda que mientras esté yo nadie tocará tu casa, es más, si quieres te llevo a verla para que así compruebes que está todavía intacta.

Por la noche escribí a mi sobrino una carta encendida diciéndole que evitase, a partir de ese momento, ver a la abuela. Llevé a mamá a casa y busqué un neurólogo para que viniera a visitarla con objeto de comprobar la validez del diagnóstico hecho por el jefe médico de Melzo. Dijo que la encontraba perfectamente lúcida aunque muy cansada y que seguramente el ataque se había debido a un *shock* y era en parte también consecuencia de una larga hospitalización. Se trataba ahora de dejarla vivir tranquilamente.

Por la noche cené con ella en silencio. Pensando en los horarios a que estaba habituada le propuse prepararle la comida a las seis y media, yo ya cenaría más tarde. Ella se negó, pues no le gustaba comer sola. Después de la cena la llevé a la sala de estar y encendí el televisor, pero me dijo que estaba cansada y que prefería irse a la cama. La acompañé al servicio y la hice sentarse delante del lavabo para que se lavara los dientes rogándole que me llamase una vez que hubiera terminado. La ayudé a desnudarse y le puse el camisón; acto seguido apoyé dos sillas al lado de la cama para que no corriera el riesgo de caerse; le puse la pera al alcance de la mano para el caso de que tuviera necesidad de levantarse. Pasé algunas horas en el escritorio, tratando de no hacer ruido y de oír inmediatamente cualquier llamada. Por la noche no conseguí dormir, obsesionada como estaba con la idea de que al despertarse mamá no consiguiera orientarse provocándose algún otro accidente; permanecí tumbada con los ojos cerrados saltando de la cama al mínimo ruido. Llamó, a altas horas de la noche; la acompañé al servicio rogándole que no se levantase a la mañana siguiente hasta que no fuera yo a vestirla. Me miró como si no me reconociera y me di cuenta de que en vez de «Giulia» había dicho «enfermera».

Algún tiempo antes yo había aceptado participar en un congreso internacional de poesía visual que iba a durar una semana, con actuaciones, debates, lecturas y proyecciones. Por la noche estaba presente el público, por el día los periodistas y los fotógrafos. Al prometerle a mamá que la llevaría a casa sabía que había asumido un pesado compromiso porque mi intención no era participar en el congreso tan sólo los días en que figuraba en el programa sino todos. Llamé por teléfono a la Asociación de Enfermeras solicitando una persona para que hiciera el turno de noche, de nueve de la noche a nueve de la mañana.

La primera noche regresé a las dos, cansadísima. La enfermera salió a mi encuentro en medio de la penumbra de la sala de estar; llevaba una bata blanca y advertí con sorpresa que cojeaba, cosa de la que, con las prisas de salir, no me había dado cuenta y que no me hizo la menor gracia. No había cenado y pensé hacerme un plato de espaguetis; le pregunté si quería comer conmigo. Ella declinó el ofrecimiento, pero se sentó enfrente de mí pendiente de una eventual llamada. Comí con la incomodidad que me producía esa persona silenciosa que me observaba y hacia la cual me sentía culpable ante la idea de acostarme y dejarla en vela. Me dijo que no me preocupara, que estaba acostumbrada. Eventualmente se haría un café.

Durante toda la semana, al regresar de noche a casa, me recibía la enfermera coja que resolvía crucigramas con sólo la luz de una pequeña lámpara de brazo encendida. No sabía qué otra cosa hacer si no irme a la cama tras haberme informado acerca de mamá. En la habitación y en el servicio andaba como un gato, a oscuras y en silencio ante el temor de despertarla, pues desde su vuelta la hacía dormir con la puerta entreabierta para poderla oír en caso de que llamara.

Un par de veces durante el día me sustituyó Lea, que, sin embargo, tenía que regresar a tiempo para preparar la cena. Contraté una canguro para que hiciera compañía a mamá cuando yo tenía que salir; encontré a una muchacha que vivía a unas pocas manzanas de distancia, a quien le estuve agradecida porque era «romántica, ingenua y llevaba un diario como las jovencitas de antaño».

Yo, que desde hacía años no me preocupaba de tener la despensa provista, hacía ahora grandes reservas de naranjas para los zumos y compraba un surtido variado de cosas para la merienda, que iban desde los yogures de fruta hasta la crema de caramelo, pasando por los pudin con nata.

–Tú me quieres ganar por el paladar.

Parecía agradecer mis atenciones y vaciaba las tazas de batido o de chocolate que le ofrecía a media tarde rebañando el fondo con la cuchara.

Poco a poco se iba restableciendo; yo seguía durmiendo poco y mal; por la mañana, sabiendo que me correspondía a mí levantarme, me despertaba temprano aunque seguía acostándome tarde. Mis placeres nocturnos, como desmaquillarme, ponerme mascarillas y cremas, dejarme caer sobre la cama con un buen libro que leer hasta que me entrara el sueño, se habían acabado: ahora vivía con la pesadilla de perturbar ese sueño delicado, y el ruido del cepillo de dientes que inadvertidamente dejaba caer en el lavabo me hacía sobresaltarme.

Tal como había previsto el neurólogo con gran serenidad, mamá recobró el equilibrio mental, y recuperó asimismo el apetito y con él las fuerzas. Volvió a vestirse sola, si bien empleando una infinidad de tiempo; sin embargo, no me fiaba del todo para dejarla andar sola por la casa, y la sostenía hasta en los más pequeños desplazamientos.

Sustituí el sillón por un pequeño sofá azul de dos plazas en el que se dejaba caer pesadamente ocupándolo, con su flaca figura, casi por entero; allí era donde pasaba sus días, excepto la media hora del comienzo de la tarde en la que iba a echarse una siestecita a la cama; era desde allí desde donde dejaba caer sobre la alfombra azul turquí las migajas de galleta o la cuchara llena de pudin. A la fuerza tuve que retomar las tareas domésticas de las que creía haberme liberado: pasar todos los días la aspiradora, limpiar la cocina y el cuarto de baño, quitar el polvo, pues mi madre dejaba rastros por doquier.

Mi tiempo lo repartía entre ocupaciones aptas tan sólo para la supervivencia y de las que no quedaría nada. ¿Y mi vida? ¿Y mi trabajo? ¿Y mis ambiciones? Me dominaba la desesperación. De haber tenido una casa más grande con un cuarto donde pudiera dormir una mujer y sobre todo de haber tenido el dinero para pagarle, todo habría sido distinto. Pero ni siquiera así habría resuelto el problema, pues hubiera tenido que contar con una dependencia en la que poner a mi madre asegurándome de que no le faltase nada para poder disponer de mi tiempo y de mi espacio.

Desde su observatorio ella giraba la cabeza para seguir mis ires y venires. Su mirada empezaba a obsesionarme, me parecía estar viviendo con una cámara a distancia enfocada encima de mí desde la mañana a la noche. Tenía necesidad de aire, me sentía devorar y no sabía cómo defenderme. Tenía necesidad de salir de allí un par de horas cada tanto, lejos de esa mirada pertinaz, de esos oídos aparentemente insensibles y que en cambio se volvían imprevistamente receptivos apenas bajaba la voz para decir algo que ella no debiera oír. Llamé por teléfono a Giovanna para pedirle que nos viéramos para cenar. Mamá advirtió enseguida que preparaba la mesa sólo para ella.

–¿Cómo tan pronto? –preguntó inquisitiva–. ¿Me vas a dejar cenar sola?

Suspiré:

–¿Verdad que te gusta estarte sentada a la mesa y que te sirvan? Pues bien, también a nosotras, de vez en cuando. Estamos cansadas.

Ella torció el gesto:

–¿Con quién cenas?

–Con Giovanna.

–¿Y no sube siquiera a saludarme?

Le contesté que cenaríamos tarde, que nos encontraríamos directamente en la pizzería, una vez que supiera que estaba en la cama, y que pensaba volver al cabo de un par de horas; mientras tanto le había puesto la papilla, la probó y rechazó el plato:

–Demasiado líquida.

Tuve el impulso de echarlo todo por el fregadero; me contuve y puse nuevamente la cacerola en el fuego para añadir más pan rallado.

Me preguntaba si ella se ponía alguna vez en mi piel, si trataba de intuir mis necesidades sin ver en mí la menor intención de excluirla sino simplemente una necesidad de vivir. Me debatía sin cesar conmigo misma sobre mis derechos, me decía que la había obligado a dejar su casa pero que no la quería en la mía y así hasta el infinito, sin resolver nada porque insuperables eran nuestras diferencias y opuestas nuestras necesidades. Habría querido tener por amigas a mis amigas sin darse cuenta de que no podía haber entre ella y las otras ninguna conversación que no fuera más allá de las acostumbradas frases genéricas, pues ¿qué sabía ella de una generación que le habría gustado que fuera idéntica a la suya y que por el contrario escapaba a todo esquema? A veces pensaba que de haber sido una mujer menos virtuosa se habría mostrado más comprensiva; o quizá nuestra incompatibilidad arrancaba de más lejos, de cuando yo era una niña que no reconocía la autoridad en cuanto tal y a la que ella gritaba:

–Te domaré, ya verás cómo te domaré.

En esos meses seguí pagando la pensión a las hermanas en espera de que mi madre pudiera volver allí; cuando se restableció me presenté a la superiora a la que había tenido al corriente de la convalecencia. Me llevé la desagradable sorpresa de oír que no le era posible volver a aceptarla.

–Ya se lo advertí desde el primer día, nosotras aquí sólo hospedamos a personas completamente autosuficientes.

Repliqué que mamá estaba ahora bien y que, para mayor

tranquilidad, podría mandar a una persona por la mañana y por la noche para que la ayudara a vestirse y desnudarse. La hermana sacudió la cabeza:

–Lo siento, pero no podemos crear un precedente. Es una lástima que haya sucedido ese percance porque su señora madre es una persona formal, nunca ha creado molestias ni se ha dedicado a los chismorreos; con mucho gusto la tendríamos con nosotras hasta que el Señor la llamase a su seno.

Su franqueza, que al principio me había gustado, se volvía ahora de pronto incómoda. Había vivido durante esos meses sabiendo que terminaría así pero sin querer perder las ilusiones. ¿Y ahora? Sentí hundirme en la depresión ante la idea de que había perdido la libertad. Lo insoportable de esa obligación que tenía que cargar sobre mis espaldas se transformó bien pronto en una exasperación que trataba de disimular; sin embargo una mañana, mientras limpiaba el cuarto de baño que había dejado poco antes reluciente y pasaba la aspiradora por la alfombra sembrada de migajas, me sorprendí pensando: «Todo esto se hace también por un niño, pero un niño crece; con un viejo, debes esperar que muera».

Me asusté: si llegaba a pensar cosas semejantes, dentro de poco no causaría más que daño a mi madre; pero no conseguía quitarme de encima la horrible sensación de que ella quería adueñarse de mí, o mucho peor, de entrar en mi útero.

Llamé por teléfono a mi hermana diciéndole que tenía que hablarle. Como dos conspiradoras nos encontramos en el bar de debajo de casa.

–Si no me ayudas tiro la toalla, tenemos al menos que repartirnos las tareas.

–En mi casa no tengo sitio, ya sabes.

–Tratemos de buscar otra solución, no puedo seguir para siempre en estas condiciones.

Comenzamos, cada una a través de sus propios conocidos, a buscar una residencia que aceptara también a personas que no se valieran por sí mismas. Empecé por las páginas amarillas, pero de los pocos números que figuraban bajo el epígrafe de *Asilos* la respuesta fue siempre la misma:

–De momento está todo completo, vuelva a llamar dentro de unos meses, pero sepa que tenemos una larga lista de espera.

Les planteaba mi problema a todas las personas con las que tenía ocasión de hablar, desde la encargada de la perfumería a los amigos de los amigos. Anotaba direcciones, llamaba por teléfono, concertaba citas.

Uno me dio la dirección de una residencia junto al Corso Sempione de la que no había la menor referencia en las páginas amarillas. Llamé al timbre y una voz autoritaria me rogó que esperara a la hora de apertura, pues faltaban diez minutos. Había otras personas reunidas aguardando; por su aspecto deduje que se trataba de gente modesta, casi indigente. Cuando se abrió la puerta una monja alta y maciza se puso a un lado para controlar quién entraba y quién salía. Desde el patio vi llegar a una mujeruca en bata de casa, con las medias enrolladas sobre las rodillas y las zapatillas de esparto; se dirigió a la monja con aire humilde, casi suplicante, pidiéndole si podía salir dos minutos para ir a la mercería.

–¡Pero que sean sólo dos minutos!

La voz de la monja era severa, desproporcionada a la situación. Con el corazón encogido imaginé a mi madre en el lugar de esa mujeruca encogida y humillada. No, no quería mi libertad a costa de la suya.

Una amiga de Lea trabajaba en el Ayuntamiento; le informó que unos meses antes había sido inaugurado un asilo de ancianos muy moderno en la provincia, a media hora en coche de Milán. Mi hermana se fue para allí, pero me dijo que el lugar, pese a responder a lo descrito, le había causado una impresión tristísima ya que los residentes estaban obligados a permanecer siempre en camisón y en bata, pues de lo contrario se escapaban. Había telefoneado sin embargo a una residencia de la provincia de Varese: por el momento no había sitio, pero había insistido en ver el lugar ante la eventualidad de reservar una habitación.

Dejamos a mamá con la canguro y, mapa de carreteras en mano, partimos con el cinquecento. Estábamos a primeros de julio, y el calor apretaba ya; el coche resoplaba por la carretera lanzando gruñidos inquietantes. Nos detuvimos en una estación de servicio, y el mecánico nos dijo que no era nada, que sólo se trataba de achaques de la edad. Al principio pensé en una frase hecha, pero ahora me parecía que escondía una verdad indiscutible.

En la línea del horizonte, la residencia estaba enfrente de la estación del ferrocarril del Norte, lo cual facilitaría el ir y venir de Milán. Llegamos a ella por la parte de atrás, a lo largo de una pequeña carretera sombreada que bordeaba la cerca; desde la cancela corrediza, abierta de par en par, veíase una casa de principios de siglo, de cuya fachada descendía una escalinata en rampa, con una baranda de columnitas a ambos lados, que daba a un jardín en pendiente. En la parte trasera había un pequeño parque con bancos y mesitas de alabastro y un ala nueva, brutalmente adosada a la vieja construcción, con el comedor, el bar y, situadas en diferentes planos, muchas dependencias de dos camas. Tras recorrer un largo pasillo desembocamos en un saloncito iluminado por una amplia ventana, y amueblado con sillones y sofás floreados en los que trabajaban o leían algunas señoras ancianas. Desde allí se pasaba al ala antigua donde sólo había habitaciones individuales con servicio. En el lado opuesto estaba la sección de los hombres. Encontré simpático que hombres y mujeres comiesen juntos. Había un pequeño ambulatorio para las necesidades mínimas, que el médico visitaba un par de horas todas las mañanas. La pensión, si bien más cara que la de las hermanas, estaba a nuestro alcance. Lamentablemente no había sitio. Nos paramos desilusionadas a contemplar el parque a través de la gran cancela automática. Me había gustado que no existieran amenazantes sistemas de cierre, ni guardián, que se pudiera entrar y salir en todo momento procurando, como rezaba un aviso, evitar las horas de la comida para no entorpecer el servicio. Dado que en su momento mamá había dicho: «No me veo encerrada», me preocupaban los detalles que le garantizasen una libertad a la que yo por principio no habría sabido renunciar.

El director me aconsejó que probase en una clínica-asilo que no estaba muy lejos de allí.

Bajo el sol estival el lugar relucía como si hubiera sido laqueado recientemente, desde las tejas del tejado a la hierba del gran prado a la inglesa, pasando por los uniformes almidonados de las enfermeras que empujaban las sillas de ruedas de los enfermos o los acompañaban de bracete a lo largo de las alamedas. Era una visión tan perfecta que hubiérase dicho irreal, uno habría esperado ver aparecer de repente una compañía cinematográfica pendiente del golpe de la claqueta.

En la secretaría parecían todos muy ocupados y nerviosos; nos dieron un formulario para que lo rellenáramos y nos acompañaron en la visita al lugar cuyas habitaciones, pasillos, saloncitos y servicios estaban distribuidos en seis plantas. Las dos primeras estaban ocupadas por ancianos más o menos autosuficientes; pero a medida que avanzábamos se producía una ascensión hacia la enfermedad, la decrepitud y la muerte.

Las habitaciones eran de una o dos camas, modernas, aseadas, luminosas. Para conocer el precio de la pensión tuvimos que dar nuestros datos. Era tan elevado que a duras penas habríamos podido permitirnos que mamá compartiera habitación con otra persona, cosa que encontraba inaceptable. No se apartaba de mí la imagen de la sexta planta; superponíase continuamente al papel en el que trataba de leer el reglamento y las condiciones de estancia. Fue entonces cuando me impresionaron algunas frases exaltadas: dos enfermeras discutían con la secretaria a propósito de un muerto que tenía que haber sido enterrado, pero no había manera de encontrar a los parientes. ¿Qué hacer? La enfermera proponía ponerse en contacto con el administrador que habitualmente pagaba las cuentas.

–Una vez hecho –respondía la secretaria–, nadie sabe nada, y tampoco él.

Decidieron, por último, que lo enterrarían igualmente, con más razón, como hizo notar la enfermera, cuanto que desde el momento en que lo dejaron allí nadie había venido a verlo ni llamado para preguntar por él. La discusión me heló la sangre. Me pregunté qué era lo que provocaba la indiferencia en las relaciones humanas y las llevaba hasta ese extremo. ¿Qué podía haber hecho ese viejo a sus *malos hijos* para que lo abandonasen como una carroña que se arroja a la fosa común?

Lea me llamó por teléfono triunfante: había logrado encontrar una pequeña habitación para mamá en la antigua casa adaptada como residencia, en la provincia de Varese.

–¿Cómo lo has hecho?

–Me he tenido que poner casi de rodillas y llorar prácticamente sobre el hombro del subdirector, ese muchacho pálido y amable... Se trata de un cuartito muy pequeño, junto al ambulatorio. Decidieron transformarlo en un cuarto de baño y querían aprovechar el mes de agosto. Le he implorado tanto y debe de haberme visto tan desesperada...

Bajé al encuentro de Lea al ascensor.

–¿Cómo se lo decimos a mamá? A mí me falta valor.

Lea aceptó hacerlo ella misma. Le dijo a mamá que estábamos cansadas y que teníamos derecho a recobrar el aliento después de un año tan pesado. Y añadió a la previsible reacción negativa con un tono suave, para ganársela:

–Hazlo por nosotras, deberías estar contenta de saber que puedes obsequiarnos con un mes de vacaciones. Ya sé que te pedimos un sacrificio.

Esta vez nos fuimos en el coche de mi marido. Mamá iba sentada a mi lado con la cabeza gacha y royéndose las uñas a pesar de que Lea, a su espalda, la incitaba a contemplar el paisaje y trataba de tranquilizarla sobre el lugar al que nos dirigíamos.

El aposento, verdaderamente reducido, contenía un armario de dos puertas, una silla, un lavabo y una cama de una plaza con la colcha floreada. Junto con la llave de la habitación le entregaron también a mamá la del servicio que estaba al fondo del pasillo. Habíamos llevado con nosotros una sola maleta, lo indispensable para un mes: una muda de sábanas, alguna toalla, un par de vestidos, ropa interior y una chaquetilla. Con la sirvienta revisamos la lista de los vestidos antes de que los colocara en el armario; aproveché para ponerle en la mano un billete de cincuenta mil liras; ella despabiló los ojos y yo le rogué que cuidase de mi madre. Más tarde Lea me reprochó:

–Siempre te precipitas: nunca sabes siquiera si le das el dinero a la persona que se lo merece.

Sin duda tenía razón, pero me sentía oprimida por un sentimiento de culpa.

En el coche traté de desenredar el nudo de los sentimientos hablando de ello con Lea:

–No consigo dejar de sentirme culpable y sin embargo me pregunto cuál es la diferencia entre hoy y tantos años atrás cuando, no pudiendo obrar de otra manera, mamá nos mandaba a las colonias de verano. Yo estaba contenta, pero tú, que tenías que ir también, llorabas cada vez a moco tendido.

–Mamá diría que lo hacía por nuestro bien, que en aquellos años no tenían medios para hacerlo de otra manera, mientras que nosotras lo hacemos por egoísmo. De todas formas encuentro inútil atormentarse, pues tampoco nosotras podemos obrar de otra manera; en cuanto a mí no me siento para nada culpable porque mamá nunca ha tratado de comprenderme. En estos últimos meses ha habido momentos en los que por cansancio me habría puesto a llorar y sin embargo nunca he visto que me mirase con comprensión, que me viera de verdad.

Tras una pausa prosiguió:

–El subdirector me ha prometido que si queda libre una habitación me avisará de inmediato. Es más, sé que hay una libre, pero están obligados a tenerla a disposición de la última heredera de los fundadores. No debería ya utilizarse para ellos...

Algunos días después encontré a mamá en su habitación, tumbada en la cama.

–¿Te encuentras mal? –Levantó la cabeza, sorprendida.

–No, estaba esperando la hora de ir a comer.

–Te sacaré fuera para comer.

Ella protestó.

–¡No, no tires el dinero! Para lo que como no vale la pena.

Mientras se cambiaba de vestido fui a avisar que saldríamos. Poco a poco, de bracete, bajamos la rampa encauchada que llevaba al jardín, recorrimos a pequeños pasos el espacio cubierto de grava hasta el aparcamiento; la ayudé a subir al coche y nos fuimos en busca de un restaurante. Encontramos uno en la carretera provincial, con un gran salón y completamente desierto ya que apenas era mediodía. Mientras trataba de arrancarle una sonrisa recordé que papá –me lo había contado ella–, cuando estaba de viaje, se negaba a entrar en un restaurante vacío; la obligaba a pasear hasta que estuviera bastante lleno «porque no quería hacer el papel de un muerto de hambre».

Más tarde entraron dos viajantes de comercio con sus maletines, eligieron cada uno una mesa y se sentaron desplegando el periódico en espera de que les trajeran el menú. Trataba de comer para estimular a mamá a hacer lo propio y ella se lo tragaba todo para no desilusionarme, pero el buen apetito de otro tiempo lo había perdido. Por lo que respecta a las primeras impresiones sobre su estancia no me esperaba ningún entusiasmo. Dijo que la comida era insípida, la carne fibrosa y las compañeras de mesa burdas e ignorantes. Al escucharla seguía preguntándome si yo me habría adaptado.

Al regresar a la residencia vi a un grupo de mujeres sentadas en dos bancos a la sombra; me parecieron las mismas que estaban haciendo punto en el saloncito durante mi primera visita.

–Vamos a conocerlas.

Había cogido a mamá de bracete pero ella se resistía:

–No puedo caminar por la grava, me duelen los pies.

Una vez llegamos ante el grupito que no nos quitaba los ojos de encima la ayudé a sentarse diciendo:

–Ésta es mi madre, se llama Ida. Es nueva aquí. ¿No les importa si nos quedamos un poquito?

Hubo un largo silencio, luego una mujer con un delantal a florecitas, peinada con la raya en medio y dos pequeñas trenzas, dijo alegremente:

–Aunque al principio cuesta acostumbrarse, quien quiera consolarse que me mire a mí: tengo ochenta años, ¿quién lo diría? Le doy las gracias a mi hijo por haberme tenido aquí desde hace quince años. Nunca una enfermedad. Eso sí, una cosa no he permitido que me falte: el papel higiénico. Es importante para mantenerse con salud.

Era una mujer simplona, de campo, sin duda carente de instrucción. Me produjo ternura pero de nuevo surgió dentro de mí la pregunta: «¿Yo me adaptaría?». Observé a las demás; una estaba sentada rígidamente, con la cabeza ligeramente echada hacia atrás, el rostro adusto y contraído, desdeñoso, y los brazos cruzados sobre el pecho. Quizá se sentía allí fuera de lugar y rumiaba pensamientos amargos. De repente se puso a hablar:

–Este mes no vendrá nadie a vernos.

Las otras estuvieron de acuerdo:

–Ya, en agosto todo el mundo se va de vacaciones.

–Van a pasárselo bien.

–No piensan en nosotras.

–Lo primero es su comodidad.

De repente me salió la rabia:

–¿Se puede saber qué quieren de nosotras? Ustedes han vivido ya su vida, ¿por qué pretenden que nosotras renunciemos a la nuestra?

Cuatro caras inmóviles por el estupor me clavaron sus miradas en silencio. Tuve la regocijante sensación de que me había comportado como una maestra que, tras entrar de improviso en una clase con los alumnos armando ruido, los hace callar golpeando con la palmeta sobre la mesa.

En la misma planta de la habitación de mi madre había una gran sala común con sillas y sofás forrados de terciopelo escarlata contra las cuatro paredes, un aparador al fondo, una mesa en el centro y un televisor en un rincón. Hundida de través en el sofá estaba royéndose las uñas; apenas me vio escondió las manos en el regazo; esparcidas aquí y allá había media docena de mujeres, algunas echándose un sueñecito con la cabeza sobre el pecho, otras con la mirada fija en el vacío. Algunos años antes, por motivos de trabajo, tuve ocasión de visitar un manicomio; me quedé impresionada por el número de mujeres en posturas desencajadas, o acurrucadas como fetos, o bien ocupadas en gestos repetitivos, atontadas por los psicofármacos, sin conciencia del mundo circundante. Ver a mi madre allí en medio, entre el contraste violento del terciopelo escarlata, las grises mujeres amodorradas y el televisor encendido con un programa que nadie miraba, me produjo un sentimiento de rebeldía que traté de dominar mientras le preguntaba qué estaban transmitiendo. Me contestó que no lo sabía, pues sólo la hermana podía accionar el mando a distancia.

–¿Dónde lo guarda?

Con el mentón mi madre señaló el cajón del aparador.

Apreté el botoncito para buscar otro programa. Al poco entró una hermana con un uniforme corto y gris, clavó una mirada alrededor y apagó el televisor diciendo que era la hora del rosario. Ayudé a mamá a alzarse y salimos de la estancia.

–Mamá, no deberías ir a esa sala, con esas mujeres. Tienes ese otro saloncito...

Estaba alterada por la visión en la que me había visto inmersa inesperadamente, por el tono mandón de la hermana, por la evidente situación de abandono psíquico e intelectual de esas personas embrutecidas y sometidas, extraviadas. Pero me perturbó más todavía la mirada de mi madre y el tono de voz con que dijo:

–¿Dónde me has metido? En un manicomio...

Era la mirada y la voz de una persona lúcida e inteligente que se ve precipitada sin motivo en un abismo. Me volvió el recuerdo de la discusión sobre el muerto que había que enterrar en la clínica-asilo. Nuevamente me pregunté qué habrían hecho aquellos viejos a sus malos hijos. ¿Con qué ánimo podía decirle que había sido convocada allí porque habían consentido en darnos el aposento de la heredera que había muerto en el interín? Sabía que se sentiría víctima de una añagaza: imaginaba que aceptaría el cuartito sin servicio y la sala con las dementes sólo si estaba convencida de que se trataba de una situación provisional; pero una solución aceptable habría significado *para siempre.*

De nuevo estábamos frente a frente, ambas pesarosas.

–Me queréis encerrar aquí dentro.

–En absoluto serás encerrada, todas las veces que quieras te llevaré a Milán.

–Es un manicomio.

–Mamá, tú has visto lo peor, pero no es todo así, es un lugar donde hay también personas que se valen por sí mismas, las pudiste ver en el jardín. Tendrás una bonita habitación con servicio junto a la sala de estar que da sobre el parque. ¿Cómo crees que puedo tenerte conmigo para siempre? Debería tener una casa más grande para que pudiera dormir una mujer que me permitiera salir, trabajar. Pero así...

Cada una luchaba por su propia supervivencia, pero yo era más joven y mis razones se hacían oír más fuerte. No es que no hubiera buscado soluciones distintas: los apartamentos de una vieja casa cercana a la mía habían sido puestos a la venta con vistas a una remodelación. Había visitado uno en el segundo piso, dos grandes habitaciones luminosas unidas por un largo balcón, con una cocina y un pequeño cuarto de aseo. El precio era proporcionado, y gastándome unos diez millones de liras podría hacerlo confortable, reduciendo la cocina para hacer un cuarto de baño. Había pensado ya en acomodar cada una de las dos habitaciones como salitas de estar, ambas con su televisor y cómodos sillones. Encontraría a una mujer dispuesta a instalarse allí y todos tan contentos. Pero, si invertía en su compra el poco dinero que teníamos en el banco mi madre y yo, ¿de dónde iba a sacar los dos millones de liras al mes para el sueldo de la mujer y el mantenimiento de las dos? La pensión de mamá, que había conseguido ahorrar al vivir con las hermanas, resultaría insuficiente, y mis ganancias no eran ni fijas ni seguras. Tuve que aceptar que un viejo cuesta más que un adulto e incluso que un niño. Sin contar con que la casa no tenía ascensor; meter allí a mamá significaba no dejarla salir nunca más.

Para el traslado definitivo fue necesario preparar el ajuar marcado con un numerito rojo como los que mamá ponía en nuestra ropa cuando nos mandaba a colonias. Siguiendo la lista metí en las maletas un cierto número de sábanas, toallas, piezas de lienzo, fundas de almohada, mantas de lana, manteles y servilletas.

El televisor grande hizo su tercer viaje, Lea y yo lo cargamos en el coche en Milán y lo instalamos en el nuevo aposento de mamá. Ella nos miraba en silencio desde su silloncito colocado junto a la ventana.

El mobiliario era de un gusto un tanto recargado, viejos muebles de estilo Renacimiento; sin embargo el servicio era muy nuevo y la cama de plaza y media tenía un buen colchón de lana. Las ventanas daban del lado de una casa prácticamente idéntica a la que albergaba la residencia pero que mostraba muchos signos de decadencia: habitada en mínima parte tenía el revoque desconchado y muchas persianas parecían a punto de desprenderse de los goznes. En el jardín en pendiente, entre los arbustos de rododendro que habían crecido en exceso y las glicinas que arrastraba consigo la tela metálica que lo circundaba, se entreveían los amorcillos de alabastro que en otro tiempo arrojaban agua y algunos pequeños nichos cubiertos de musgo. Por una extraña contradicción, yo, que sentía horror por la decrepitud humana, experimentaba fascinación por la decadencia de los lugares, quizá porque con la fantasía imaginaba devolverles su antigua belleza.

Me sacó de su contemplación una voz fuerte y próxima que anunciaba la hora del rosario; provenía de un altavoz del interior de la estancia, encima de la puerta de entrada. Busqué un interruptor que me permitiera bajar el volumen y luego pregunté a mamá si quería que lo dejase en funcionamiento. Dentro de mí me rebelaba ante la idea de una fe impuesta a la fuerza. Ella respondió que no podía soportar a los beatos y que la hermana era antipática y mala, pues había obligado a dos pobres viejecitos a separarse sólo porque los había sorprendido cogidos de la mano en el comedor. Me eché a reír al comprobar que no éramos tan distintas después de todo.

El director, al ser preguntado a propósito del altavoz, me contestó que la residencia era laica y que no había obligaciones de ningún tipo.

En los primeros tiempos mi madre expresó su descontento de manera indirecta haciendo suyas las quejas que pescaba en las habladurías de las otras residentes. Yo me ponía nerviosa.

–Mamá, ¡no te dejes contagiar por mezquindades!

Había advertido que ya no era tan ordenada; aunque todas las noches seguía lavándose las medias y las bragas, le sorprendía alguna mancha de pringue en el vestido y caspa en los hombros. Me puse a gritarle bondadosamente:

–Te estás volviendo una descuidada.

Para las fiestas de Navidad la llevé a Milán con la intención, además de demostrarle que no la habíamos recluido, de llevarla al dentista para una revisión de la prótesis; estaba convencida de que muchas de sus quejas sobre la carne «fibrosa» dependían de problemas de masticación. El médico nos explicó que con los años la boca se modifica y que en consecuencia la dentadura había que rehacerla en parte.

–Naturalmente, aunque nos demos un poco de prisa, la señora tendrá que estarse un par de días sin ella.

Durante la cena me esforcé en charlar de modo que no se sintiera obligada a responderme para no crearle molestias. Inesperadamente sonó el interfono, era mi sobrino que acababa de llegar de Módena por negocios; llamaba para ver a la abuela. Dudé un instante, luego dije entre dientes:

–¡Cuidadito con lo que dices!

Al hacerlo entrar le advertí que la abuela tenía un problema dental, que no le diera importancia. Sin perder la compostura le dirigió algunas preguntas y pareció comprender las respuestas que para mí no eran sino sonidos carentes de significado. Luego le pidió la dirección de la residencia. Habría querido negársela, pero, delante de ella, que ignoraba nuestra diatriba y que parecía no recordar el *shock* sufrido en Melzo, me fue imposible.

Entre Lea y yo se había establecido un acuerdo tácito: ella iba a ver a mamá a mediados de semana y yo los domingos. En ese par de horas que pasábamos juntas entre un tren y otro trataba de resultarle agradable y de serle de utilidad; le lavaba el pelo, a veces se lo cortaba, quitaba las manchas a los vestidos, el polvo a la habitación y limpiaba el servicio, porque el domingo la sirvienta se limitaba a hacer las camas. Al ordenar el armario comprendí que mi madre guardaba de todo como en previsión de una carestía o de una supervivencia interminable; todos los regalos, como medias, guantes, fulares, los reponía tal como los había comprado, en sobres de celofán o en sus cajas aún sin abrir. Mis intervenciones, en ese último periodo de su vida, parecían, por contraste, marcadas por el signo del despilfarro: si tiraba un par de medias remendadas ella protestaba; yo le respondía bromeando de modo cruel:

–Con este ajuar puedes llegar a los cien años. ¿O bien tienes programado superarlos?

Se encogía de cabeza y de hombros en un pequeño gesto que su voz joven, casi infantil, volvía impertinente:

–Mientras pueda estar aquí no tengo ninguna intención de irme al otro barrio.

Al recordar las muchas veces que le había oído decir que se habría muerto con ganas me sonreía, aprovechándome de ello para alargar la polémica:

–Entonces trata de estar lo mejor posible, no escatimes en propinas o en cosas indispensables como el pedicuro y la fisioterapeuta. ¿Qué razón tienes para ahorrar?

Me dejaba hablar, compungida e irreductible, para luego proseguir:

–El dinero debe servir para mi entierro.

De una vez por todas acabé con el argumento mediante el sarcasmo:

–¿Quieres explicarme qué tipo de entierro tienes en la cabeza? ¿Quieres acaso banda de música y caballos engalanados? ¿Y quizá quieras también a los huerfanitos con sus capitas negras?

Me miró fijamente a los ojos como queriendo saber si hablaba en broma o en serio, luego dijo:

–A nadie le gusta pensar en la muerte, pero no quisiera morir sola, olvidada, abandonada por todos...

Negándome a responder seriamente le rebatí:

–Ya sé que quieres morir rodeada de tus hijos, nietos y sobrinos pronunciando la frase para la historia como se hacía en los dramas del siglo pasado.

Las visitas de los domingos acabaron por convertirse en una agradable costumbre: por tarde que me despertase me bastaba con salir de casa a la una y media, coger el metro, bajar en la Estación del Norte y comprar un billete de ida y vuelta; me quedaba tiempo hasta para tomarme un café antes de coger el tren de asientos de madera que partía puntualísimo a las dos. Durante los cuarenta minutos de viaje leía y fumaba, mirando por la ventanilla, hacía algún boceto, dormitaba. En la bolsa llevaba siempre pequeños regalos comprados en el supermercado mientras hacía la compra para la semana: galletas y caramelos, una botella de licor de tamarindo, fresas o frambuesas, grosellas, y a veces hasta un tarro de magnesia efervescente de la que me había hablado al recordar su infancia. En una pequeña librería descubrí una reedición de los libros de Carolina Invernizio. Estaban impresos en grandes caracteres, lo cual facilitaba su lectura. Como le habían divertido, comencé a buscarlos por todas las librerías o tenderetes con los que me tropecé al pasar. A veces le leía algún capítulo subrayando su aspecto melodramático.

Poco a poco mi madre aprendió a aceptar la brevedad de mis visitas llegando incluso a decirme que me apresurase, no bien llegaba de la estación el campanilleo ordenando la bajada de las barreras. Esta generosidad, nueva en ella, me producía una ternura desconocida hacia la persona indefensa que no pretendía ya nada.

Regresaba a casa con la curiosa sensación de haber hecho finalmente las paces, no tanto con ella, sino conmigo misma.

Mi cuñado había ido a visitar a un paciente internado en el centro ortopédico de Lanzo d'Intelvi; dijo que mamá podría pasar allí quince días de cuidados y rehabilitación. También el cambio de aires le sentaría bien. Había una cama disponible en primavera y se encargaría él de llevarla allí.

Al término de las dos semanas fui a recogerla para traerla de nuevo a la residencia. No obstante el escepticismo con el que se había dejado llevar a Lanzo, disfrutó: pude comprobarlo por su buen apetito cuando nos detuvimos a comer en una pequeña *trattoria* que había en el camino. Era un día soleado, el paisaje resultaba agradable, el recorrido, todo curvas y contracurvas, me divertía. De golpe dijo ella con admiración:

–¡Qué bien conduces! Eres estupenda. ¿Cómo es que sabes conducir tan bien tu coche y también el de Alberto? ¡Son cosas distintas!

Me reí:

–Son más o menos lo mismo. Tú, en cambio, ¿no te tomabas siempre una pastilla contra el mareo antes de los viajes?

Ella estiró los labios al tiempo que se encogía de hombros:

–Eso era antes. Ahora ya no sufro cuando subo al coche, quizá porque tú tienes una forma muy suave de conducir.

Su admiración me enternecía, aparte de halagarme; mi forma muy suave de conducir era un cumplido que usaba en nombre de «no hagas a los demás lo que no quieras que te hagan a ti».

–Con papá te daba miedo ir en coche. Recuerdo que atabas una pequeña cuerda entre la manija y el salpicadero para mantenerte agarrada. Él decía que frenabais continuamente.

–Sólo tuve miedo en los últimos años porque se había

vuelto inseguro. Pero al principio no, ¡hicimos tantos viajes! Lástima que fuera tan impaciente, tenía la manía de correr, correr sin pararse nunca. ¡Figúrate que desde Módena a Mesina no se detuvo ni una vez! Entonces no existía la autopista y yo decía: «¡Tengo que hacer mis necesidades!». «Ahora, en el próximo bosquecillo.» «Mira, allí hay un bosquecillo.» No, pasaba otro y seguía sin detenerse. «¿En qué quedamos? ¡Ya no puedo más!»

Se reía, al recordarlo:

–¡Lo amenacé incluso con denunciarlo por crueldad mental! En Calabria pasamos por un pueblo donde estaban en fiestas, ¡y toda la gente iba con sus trajes magníficos, hermosísimos! ¡Pero ten paciencia, paremos un momentito! Vendían muchas cosas bonitas y me habría gustado verlas, ya que eran cosas de artesanía. ¡Pues no, adelante! No me dejaba ni tiempo de verlas, de contemplarlas como me habría gustado: nos deteníamos unos instantes, sacaba fotografías y luego en casa se ponía rabioso porque no recordaba el lugar que era. Pasamos por unas carreteras maravillosas, bordeadas de aleandros blancos y rosas, y le decía: «frena», ¡pero él ni caso! También en Calabria, de regreso, encontramos a unos niños que vendían unas setas estupendas, ¡ay!, estupendas; les compramos y las pusimos en el portaequipajes; pero con ese sol, al cabo de tantos kilómetros, empezaron a apestar. Al llegar a Passo del Furlo tuvimos que tirarlas al torrente, pues estaban llenas de gusanos. ¡Me lloraba el corazón de tan bonitas que eran! Luego quiso pararse allí a hacer noche, aunque no quedaban muchos kilómetros para llegar a Módena. Yo habría seguido, porque tenía el cuerpo ya hecho a ello; pero él se encontraba cansado, tan cansado... que dormimos en un hotel donde había una fotografía del Duce con una dedicatoria al hotelero. Una vez fuimos a Siena, pues yo quería ver el Duomo. A poca distancia había un bar, y él se sentó a tomarse un aperitivo y cuando le pedí que fuéramos a ver el Duomo me dijo: «Bah, ahí lo tienes, ¿es que no lo ves? El Duomo está ahí».

Y luego en Suiza: yo quería volver a Carona para ver la casa donde pasaba mis vacaciones de niña. ¡Me gustaba tanto ese lugar! La primera vez que fui allí era tan pequeña que durante las excursiones me llevaban sobre los hombros en uno de esos cuévanos en los que los montañeses ponen la leña o la hierba. Al salir de misa nos sentábamos en un muro de piedra y delante de nosotros teníamos todos los montes: el Monte Generoso, el San Salvatore... Cuando llegamos allí con papá le dije: «Vamos a ver si está todavía la casa». Pero él se sentó en el bar a leer el periódico y no hubo manera. En ciertas cosas no te complacía.

–Yo a papá lo recuerdo como un hombre divertido, y tú por el contrario lo describes siempre como un gran aburrido.

–No era ni aburrido ni divertido. Lo era cuando había bebido un poco más de la cuenta. Recuerdo que una vez, cuando vivíamos en Bérgamo, no sé qué fiesta era, habían subido Santina y sus hermanas, que vivían en el piso de abajo. Descorchamos una botella de *spumante* y al día siguiente me dijeron: «Señora, qué marido más simpático tiene usted, ¡no nos lo habríamos imaginado nunca!». Porque tenía ese ceño... Cuando lo hicieron director, en Legnano, si alguien tenía que entrar en su despacho preguntaba antes en broma de qué humor estaba esa mañana, pues si no estaba de buen humor lo despachaba. Todos estaban sometidos a él, siempre por ese ceño suyo. Y era también, además, un lunático.

–¿En tu opinión era un buen marido?

–Depende del punto de vista con que se mire: para mí... yo lo quería y aguantaba cosas que otra no habría tolerado. Los primeros años con él no se podía discutir porque si le decía una palabra faltándole al respeto o, según él, un poco arrogante, de momento no respondía, pero era capaz de pasarse un mes sin decirme nada al entrar o salir, sin decir ahí te pudras. Dentro de mí me rebelaba pero me lo tenía que tragar; a veces me ponía a llorar, y qué lloros... ¡con esa cara de vinagre que entraba y salía sin abrir la boca! Me decía entre mí: «¿Qué le he hecho yo, pero qué le he hecho?». Me lo preguntaba y no sabía responderme. Al cabo de un mes estallaba y él me decía: «Tú sabrás qué has hecho». Entonces armábamos una gran bronca y todo pasaba. Más tarde aprendí una táctica: si él me ponía morros, yo fingía no darme cuenta; ¿que no me dirigía la palabra?, no decía nada. Yo le seguía hablando como si no pasara nada hasta que aprendió la lección y dejó de fastidiar.

A los primeros fríos mi madre comenzó a quejarse de unos dolores en la cadera; sufría tanto si estaba quieta como si caminaba, si estaba sentada como de pie.

–¿Te ha visitado el médico?

Ella se encogió de hombros:

–Este médico te observa, por decir algo. Me ha recetado un remedio para la artritis. Para mí que no sirve para nada.

Mi cuñado dijo que le convenía hacerse una radiografía para tener una idea exacta de su estado; se ocuparía él inmediatamente después de las fiestas. Para no cansar a mamá con demasiados desplazamientos y al mismo tiempo para que no se sintiera abandonada le propuse a mi marido y a mi hija llevarla a comer fuera al menos el día de Navidad. Elegimos un restaurante bastante cercano a la residencia, especializado en platos de caza; mi madre había sentido siempre una gran curiosidad por la cocina y pensaba que apreciaría la novedad. Enseguida me di cuenta de que sufría sobre la dura silla a pesar de que le habíamos hecho colocar un cojín. Sufría tratando de no mostrarlo para no estropear la fiesta; sufría tan heroicamente y en silencio que sentí alivio cuando llegó el momento de devolverla a la residencia. En la habitación se dejó caer sobre la cama con un gemido; pero, pensando que le causaría placer, no nos fuimos enseguida, pues nos habíamos reservado el intercambio de regalos para darle una alegría. Eliana le trajo un bonito camisón de algodón blanco, amplio por debajo del canesú redondo, con las mangas largas fomando ricitos en las muñecas y el cuello adornado con un pequeño volante.

–¡Es demasiado bonito, demasiado! –dijo.

Temiendo que fuese a tirar la caja me lo impidió.

–¿Tienes intención de conservarlo para una ocasión verdaderamente especial? –bromeé.

–Sí, ponédmelo cuando me muera.

Las radiografías mostraron la cabeza del fémur completamente desintegrada. Mi cuñado dijo que el hueso se juntaría con la cadera calcificándose. De ahora en adelante mi madre tendría que moverse sirviéndose de un aparato metálico de estructura móvil, concebido como las andaderas en las que los niños de mi generación aprendían a andar.

Un domingo, el tren que me traía a la residencia tuvo que hacer una larga parada por un problema de línea. Llegué cuando era ya casi hora de cenar; mamá, con el bolso negro colgado del brazo en el que guardaba el dinero, el pañuelo, el salero y el azucarero, estaba recorriendo el pequeño tramo que separaba su aposento del saloncito floreado que unía el ala vieja con la nueva. En ese punto el suelo, por alguna misteriosa razón, era un peldaño más alto y luego descendía nuevamente allí donde se iniciaba un largo pasillo.

Advertí que mi madre levantaba el armatoste de metal a cada paso y luego se apoyaba en él jadeando.

–Te equivocas al manejarlo, mamá. Debes hacerlo deslizar, no levantarlo.

–El comedor está demasiado lejos.

La conduje hasta el umbral, parando cada dos o tres metros para dejarla descansar. Al observar la pequeña figura que trataba de arrancar me volví a ver con ella en una calle de Milán y hubiérase dicho que habían pasado siglos: salíamos del cine, yo la empujaba y ella se resistía escrutando los baches de la acera. Lo que entonces me pareció simple cansancio me parecía ahora algo insignificante comparado con su presente. Y si me remontaba atrás, sólo dos años antes, cuando todavía era capaz de enrabiarme por defender mi libertad, me sentía como si me hubieran cortado las garras y quitado las ganas de arañar; me parecía no recordar siquiera los motivos del fastidio ni de la exasperación.

Con el año nuevo el médico dio por terminada su actividad; lo sustituyó una joven doctora, especializada en geriatría, que se ocupaba a tiempo completo de los residentes; yo ignoraba cuántos había exactamente, pero estaba convencida de que las personas que se valían por sí mismas eran un número muy reducido. De ello debió de darse cuenta enseguida la doctora en vista de la rapidez con que hizo comenzar los trabajos de remodelación para que el lugar respondiera a sus exigencias. En el transcurso del año, secciones enteras fueron desalojadas y los residentes trasladados provisionalmente a otras estancias para permitir el trabajo de albañiles y fontaneros. Se destinó un gran espacio a un cuarto de baño costosísimo con una bañera en la que era posible sumergir y también lavar a las personas completamente inmovilizadas.

De un día para otro encontré bloqueado el largo pasillo; para llegar a la habitación de mi madre tuve que subir con el ascensor y bajar por la escalera de la sección masculina para volver a subir posteriormente a lo largo de un trayecto tortuoso. Sentí como un puñetazo en el estómago ante la inesperada visión, a través de una puerta que no había advertido nunca, de una habitación desnuda donde todas las camas estaban ocupadas por viejas desgreñadas a quienes unas cuidadoras estaban cambiando de ropa interior. Me vinieron a la mente imágenes de viejas estampas de lazaretos y fue como si un vientre se rajase mostrando su interior en descomposición. Cuando, por fin, llegué al saloncito lo encontré ocupado por las mujeres inválidas de la sala escarlata.

Corrí a buscar a la doctora, pues quería saber si mi madre estaría obligada a convivir con ellas o si estaban previstas otras soluciones.

–Tranquilícese, pues su madre, lamentablemente, ya no está en condiciones de hacer el trayecto hasta el comedor; las comidas se le sirven ahora en la habitación.

–¿Esto significa que debe quedarse en cama?

–Significa tan sólo que, debido a los trabajos, el recorrido es demasiado largo y fatigoso. Son otras las cosas que me preocupan: su madre empieza a respirar con dificultad, los alveólos de los pulmones están completamente inactivos.

–¿Qué se puede hacer?

Ella se encogió de hombros:

–Desgraciadamente nada. Mi impresión es que se ha iniciado el declive.

No me produjo ninguna alegría, pero me quedé tranquila de pensar que mi madre estaba en buenas manos. Esta mujer joven que no se preocupaba por resultar atractiva, cuya única gracia eran sus espesos cabellos largos hasta la cintura y recogidos apretadamente en una gran trenza, me parecía que escondía detrás de sus secos modales una gran pasión por su trabajo; no habría sabido explicar de qué podía derivar esta sensación, pues era como una descarga eléctrica que se derramaba de su cuerpo oculto bajo una bata blanca a todo su alrededor.

Fue a finales de agosto cuando la doctora me telefoneó a Alassio: mi madre había tenido un infarto y la habían ingresado en la sección de cardiología del hospital de Varese. Lea estaba en la montaña y no tenía teléfono, y caí en la cuenta de que ni siquiera tenía la dirección. Hice a toda prisa las maletas, cerré la casa y subí al coche. Kilómetro tras kilómetro no conseguí quitarme de la cabeza un pensamiento: «Me tocará de nuevo a mí, también esta vez, lo sabía. No estoy dispuesta, no quiero, no estoy preparada todavía». Me distraía unos segundos y vuelta a empezar: «Me tocará de nuevo a mí, no estoy dispuesta, no estoy preparada todavía...».

Llegué a la sección de terapia intensiva a las nueve de la noche. Antes de permitirme la entrada me dieron una bata esterilizada y un par de chanclas de plástico. El médico me dijo que mi madre podía superar la crisis, se habían visto otros casos, incluso de personas tan ancianas. La encontré mejor de lo que había imaginado y me pareció incluso animada.

–¿Qué bromas nos gastas? ¿Te gusta asustarnos?

Involuntariamente adopté el tono de broma benévola que los médicos emplean con los viejos y los niños, sobre todo si están gravemente enfermos.

–Menos mal que tenemos a esa doctora tan buena en el hospicio, de lo contrario no lo cuento.

La palabra «hospicio» me golpeó como una bofetada. Así que eso era lo que pensaba, sus hijas la habían metido en un hospicio, un lugar donde terminan los pobres y los que no tienen a nadie. Estaba humillada por mí y dolida por ella. ¿Habría tenido sentido discutir sobre el significado de las palabras? Su juicio, precisamente por habérsele escapado sin sombra de reproche, sonaba inapelable.

Lea se enfadó por la gratitud que mamá mostraba a la doctora mientras que todo cuanto nosotras cargábamos sobre nuestras espaldas pasaba en blanco. Le hice observar que la doctora tenía con ella muestras de cariño de las que nosotras éramos incapaces:

–Ella la toca, mientras que yo me reprimo a duras penas el gesto de secarme las mejillas cuando me besa. Y esto uno lo nota.

La crisis fue superada en un par de semanas; mi madre fue trasladada a los pisos inferiores para someterla a observación. El domingo Eliana quiso acompañarme al hospital. Se mostró muy cariñosa durante el viaje en tren y la breve parada en el bar de la estación para comernos un bocadillo. Su presencia me alegraba tanto que hasta el pobre bufé lleno de corrientes de aire y las mesitas de formica cubiertas de manchas los encontré agradables. Sentía que mi hija era mi amiga y quería proporcionarme un alivio, y este pensamiento suscitó otro: en todos esos años Daniele no había dado nunca un paso por la abuela. No la quería porque ella no había sabido hacerse querer, pero también porque yo no le había inculcado este afecto; la presencia de Eliana era un gesto de amor hacia mí, no hacia la abuela. Pero había asimismo una línea directa de solidaridad, quizás inconsciente, que unía tres generaciones de mujeres más allá de los errores y de sus razones.

En el vestíbulo del hospital nos cruzamos con la doctora que nos saludó con una de sus rápidas sonrisas:

–Creo que le darán el alta dentro de unos días. Pero no se hagan ilusiones, el bajón es evidente, le encontré una dureza en el vientre que luego me han confirmado. Mi opinión es que hay que dejarla en paz, pues someterla a nuevos exámenes significaría hacerla sufrir inútilmente: a esta edad es impensable una intervención.

Mamá había ya comprendido. Suspiró:

–Morir de un tumor... esto sí que me da miedo.

–¡No te metas en la cabeza ciertas ideas! Lo único que te pasa es que tienes el viejo motor un poco desengrasado.

Ella torció la boca, dudosa, y yo añadí en el tono aprendido de los médicos:

–Ahora estoy convencida de que eres inmortal.

Mi madre no murió ese día ni al siguiente ni tampoco una semana después. Sentí ganas de bromear nuevamente acerca de su inmortalidad cuando la encontré en la residencia afanada en desplazarse de la habitación al servicio apoyada en su trasto.

He aprendido a creer, quizá de modo supersticioso, que cualquier episodio de nuestra vida, hasta el más insignificante, contiene en sí una advertencia y sirve para prepararnos para acontecimientos futuros. Por primera vez desde que mi madre no estaba ya en Milán, Giovanna expresó el deseo de ir conmigo a hacerle una visita; esa misma mañana de domingo, mientras estaba limpiándome los dientes, se me rompió una muela que cayó en el lavabo produciendo un sonido siniestro, seguido de inmediato de un ruido más fuerte que me hizo girar bruscamente: la pesada persiana enrollable se había desenganchado desplomándose sobre las plantas que había en el alféizar.

Por ello, cuando subí al tren con Giovanna, estaba alterada, inquieta, y lo estaba más todavía cuando llamé a la puerta de mi madre.

Se encontraba en la cama, apoyada en dos cojines, la respiración fatigosa, claramente dolorosa. A pesar de no llevar las gafas me reconoció enseguida y me dirigió esa mirada especial suya que tenía el poder de traspasarme: la de una persona que se siente en peligro y no está segura de que alguien vendrá o podrá prestarle ayuda. Tenía, como hubiera dicho el dentista, la boca desguarnecida, y puesto que esto no era habitual en ella le pregunté la razón, susurrándole que allí fuera estaba Giovanna que quería saludarla. Con un gesto del mentón indicó la mesilla de noche donde estaba la prótesis envuelta en un *kleenex*; se la coloqué, pero se limitó a abrir la boca. Mi torpe intento de insertársela nos descorazonó a ambas.

–¿Quieres que le diga a Giovanna que espere fuera?

Hizo un gesto de que no, de modo que nos sentamos, mi amiga y yo, una a cada lado de la cama. Mi madre se esforzaba en hablar pero yo, como ya había sucedido antes, me sentía presa de una especie de parálisis mental, que me impedía comprender el sentido de sus frases. Giovanna, con una capacidad que me pareció prodigiosa, hizo de intérprete: de madrugada habían venido a verla los nietos de Módena y habían dejado unas cartas sobre la mesa. Al abrir el sobre me subió una oleada de indignación: se trataba de recibos de la luz y del teléfono, del impuesto de basuras, todo ello relacionado con el apartamento de Módena.

Me pregunto a menudo cómo pude coger ese día el acostumbrado tren para volver a Milán, cómo pude, a pesar de que ella dijera: «Tengo miedo, me siento abandonada», a pesar de su mirada. Si uno de mis hijos me hubiera mirado de ese modo yo me habría quedado para velarlo día y noche, sin comer ni beber, como un perro fiel a los pies de la cama. ¿Por qué no por ella?

En mi modo de recorrer a paso rápido los pasillos, y de subir y bajar las escaleras, de solicitar las enfermeras, de insistir para que fueran a buscar a la doctora allí donde estuviese, de asegurarle a mamá que de ser necesario regresaría en el último tren, había una clara voluntad de huida. ¿Por algo que era incapaz de imaginar o no había experimentado anteriormente? ¿Por alguna cosa que desde hacía tiempo estaba esperando y encontraba natural y que por tanto no me iba a coger por sorpresa ni sin preparación y contra la cual no me rebelaría? Sabía que no iba en ese tren para ir corriendo con mis hijos a la habitual cena de los domingos, sino porque un pensamiento había empezado a martillearme dentro: «No estoy preparada, no estoy dispuesta, no quiero».

Esa misma noche la ingresaron en el hospital con un diagnóstico de embolia pulmonar múltiple. Los médicos dijeron que la situación era seria, pero que podía ser también superada en las próximas veinticuatro horas. Me sorprendí a mí misma por el tono áspero con que ordené:

–Todo cuanto pueda suponerle un alivio, hágalo, pero nada en absoluto para prolongarle inútilmente la vida.

Lea y yo pasamos la jornada del lunes en la sección de geriatría cuyo solo nombre me producía estremecimiento. Doce horas metidas en el pequeño aposento al fondo del pasillo donde yacía mamá y del que nos alejaron durante todo el tiempo que el director médico empleó en visitar la sección, y luego también cada vez que se hacía necesaria la intervención de las enfermeras. Fue un día durísimo, vuelto aún más doloroso por nuestra incapacidad para interpretar las pocas frases que mamá trataba de decirnos; casi con desesperación le rogábamos que repitiera, lo que nos parecía una crueldad inútil; llegué a ponerle en las manos un cuaderno de notas y un lápiz, pero hasta las gafas se habían quedado en la residencia la noche anterior. No conseguí descifrar nada en el cuaderno de notas, pues los signos recordaban la grafía de un electroencefalograma.

Resultaba atroz pensar que sus palabras, quizá las últimas, se perderían, y resultaba terrible sobre todo para ella que debía de sentirse impotente, mutilada.

–¿Qué puedo hacer por ti? –le pregunté.

Ella sacudió la cabeza y con una extraña claridad repuso:

–Nada. Dejarme morir. Estoy cansada.

Antes de marcharme tuve una discusión con el director médico: vistas las condiciones de mamá, Lea y yo pedimos permiso para volver al día siguiente a cualquier hora. Él nos lo negaba reiteradamente invocando el reglamento: dijo que no pensaba hacer ninguna excepción para favorecer nuestra comodidad, pues existían horarios precisos de visita; la alternativa era que nos quedáramos hasta la mañana. La contradicción era tan evidente que delataba lo seguro que estaba de su poder y la costumbre de dividir a las personas en categorías: la gente humilde que aceptaba su voluntad sin discusión y los demás a quienes había que imponérsela. De haber sido yo una persona violenta le habría agredido con mis propias manos.

Llamamos a una enfermera para la noche; mamá estaba inmóvil con los ojos cerrados, hubiérase dicho extenuada; parecía claro que no llegaría a la mañana: de repente me di cuenta de que estábamos hablando de esta eventualidad, casi en voz alta, precisamente allí, junto a su cama. Espantada hice un gesto para invitar a las otras a bajar el tono de voz; la muda respuesta de la enfermera, que significaba: «Tanto da, pues no se da cuenta», me recorrió el cuerpo como un escalofrío.

Así pues estaba acabada, acabaría enseguida. ¡Cuántas veces me había dicho que no estaba dispuesta a afrontar ese momento, todavía no...!

Contrariamente a las previsiones, mamá superó la noche. A las siete de la mañana, aun a riesgo de resultar inoportuna, marqué uno tras otro los números de teléfono que me había proporcionado el hospital hasta que di con otra enfermera que estaba dispuesta a cubrir el tiempo que restaba para el fatídico horario de entrada de los parientes.

Lea me esperaba debajo de casa; quería comprar una mañanita nueva para mamá; despachamos el asunto en diez minutos; luego calculamos que nos quedaba aún tiempo para pasar por la residencia a recoger la dentadura postiza y las gafas, no queríamos repetir la tortura del día anterior.

Con frecuencia me pregunto qué extraños mecanismos mueven nuestras acciones y si verdaderamente esa mañana pensaba que mamá superaría la crisis.

En la autopista estaban realizando unos trabajos y tuvimos que hacer una larga cola y tomar además un desvío; me dominó de nuevo la sensación de que se trataba de un aviso y de que cada etapa obligada debía de tener un significado. Aun sin decírnoslo sentíamos crecer la inquietud; una frase oída tantas veces me martilleaba en el cerebro: «Moriré sola, ése será mi destino». En el hospital enfilamos a todo correr las escaleras; una enfermera que bajaba y que enseguida nos reconoció dijo, afanada:

–Por desgracia ya ha sucedido, iba a llamarlas por teléfono.

La puerta estaba cerrada. No recuerdo cuál de nosotras la abrió ni si el gemido de espanto que resonó en el pequeño aposento fue el mío o el de mi hermana, que salió enseguida para volver a entrar más tarde con los ojos enrojecidos de quien ha llorado desconsoladamente. La miré con envidia pensando que ella sí era un ser humano. Le rogué que se ocupase de los documentos y corrí a la residencia a recoger, según las órdenes, «las ropas para la muerta».

A la vista del blanco camisón, los cuidadores encargados de vestirla parecieron escandalizarse. Con un gesto casi ultrajante depositaron la cajita de celofán sobre su pecho, rezongando:

–Vuelvan ustedes mañana.

Tras haberla abandonado en el cuartito gélido de la cámara mortuoria me encontré en casa, casi sin comprender cómo había llegado. Permanecía inmóvil, en el exiguo espacio entre el cuarto de baño y los dormitorios, con los codos apoyados en la cómoda y la cabeza entre las manos, evitando mi imagen en el espejo, incapaz de abandonarme a las lágrimas, decidida a negarme a mí misma el obvio remordimiento y el alivio del llanto, esperando casi oír el arrastrar de los pies y la voz fina que tanto me habían inquietado; percibía la tibieza de la casa en torno a mí, intuía sus colores y sus luces, la gracia de los pequeños objetos, y advertía el contraste entre todo ello y el hilo de que provenía. Pero por encima de todo estaba la sensación de lo irremediable, la rabia con que refrenaba en el fondo la conciencia de no haber llegado a tiempo.

En los días transcurridos entre la muerte y el entierro, el recuerdo de la discusión a propósito del dinero que había que reunir para el funeral dominó todos mis pasos: al elegir el ataúd de caoba y el cestillo de orquídeas lilas me di cuenta de que mi madre había conseguido pagarlo todo por sí misma imponiéndose a lo largo de muchos años pequeños ahorros que yo le reprochaba, como si la vigilante modestia de su vida no fuera sino incapacidad para dejarse ir, para disfrutar, al menos de vez cuando, sin tener en cuenta lo que ahora me parecía clarísimo: que sus continuos ahorros habían estado también en función de nosotras, de sus hijas, aparte del hábito de tener en cuenta la importancia del dinero y de temer su falta.

Volví a ver a mamá a la mañana siguiente. Temiendo llegar tarde de nuevo y encontrar el féretro ya cerrado nos habíamos citado muy temprano; estaba aún oscuro. Se encontraban mis hijos y los de Lea, nuestros maridos y mis amigas fieles.

Recorriendo las alamedas del hospital en busca de la cámara mortuoria, en medio del frío intenso de ese amanecer de noviembre, temía encontrarme con la acostumbrada puesta en escena lúgubre: velas, terciopelos, ribetes plateados y la muerta con las manos forzadamente entrelazadas sobre la corona del rosario. Casi me alegré al verla ataviada con el largo camisón blanco que tanto había sorprendido a los cuidadores: estaba acostada sobre un paño blanco cuyos dobleces geométricos hubiéranse dicho esculpidos en mármol, la flaquísima figura con los brazos extendidos a lo largo de los costados, la alta frente noble, despejada, los cabellos grises ondulados, las mejillas rehundidas, la boca reproduciendo una ligera sonrisa.

Si el primer encuentro con su imagen mortal me había evocado ciertos viejos grabados, ahora pensé en el sarcófago de Ilaria del Carretto. No existían supraestructuras, estaba ella de un modo que me gustaba conservar en la memoria.

Conociendo la frialdad de los muertos no la besé; arreglé varias veces los pliegues del camisón que remarcaba su frágil cadera, el vientre rehundido. Le toqué una mano, su piel estaba aún floja, las venas se le transparentaban. La semejanza entre nuestras manos me impresionó igual que dos días antes en el hospital, cuando, sentadas mi hermana y yo a ambos lados de su cama, tratábamos de calentárselas friccionándolas: las mismas venas azules, visibles, los nudillos salidos, los dedos finos, nerviosos. Durante todas las horas que pasamos allí, escuchando su respiración cada vez más entrecortada, intercambiamos miradas aterradas a cada pausa, mis ojos descendían a aquellas manos que me parecía que simbolizaban una transmisión de consignas.

Mi madre llevaba el anillo de boda en el dedo anular y un

pesado anillo de oro veteado de esmalte azul en el dedo medio. La jefa de la sala nos aconsejó que se los quitáramos, no quería responsabilidades.

–Quédatelos tú –me susurró Lea.

Al llevar a cabo ese acto me excusé con mamá temiendo que no comprendiera su significado, pero me pareció igualmente que la estaba despojando de todo y de que decidía su fin.

«Ya ha pasado», pensaba viendo cimbrearse las pequeñas orquídeas lila del cestillo mientras el ataúd se deslizaba dentro del furgón mortuorio negro y reluciente. Mi marido decidió seguirlo hasta Módena, y de nada hubiera servido tratar de disuadirlo, pues su rígido culto a los muertos no le permitía renunciar a ese viaje aunque el entierro no fuese a tener lugar hasta el día siguiente. Me pregunté si Lea y yo no éramos demasiado frías y racionales, o bien si ese cuerpo sellado en el ataúd absurdamente forrado de raso blanco no era ya para nosotras más que un cadáver y nada más. Me equivocaba, y me di cuenta de ello a la mañana siguiente ante la tumba que mi padre había mandado construir mucho tiempo antes: por razones de espacio los dos féretros fueron introducidos en sentido contrario el uno del otro, separados por un tabique de cemento. Me quedé sorprendida e irritada, desilusionada por ellos como una niña; veinte años la había estado esperando en la oscuridad y el frío, veinte años había tardado ella en volver a reunirse con él. Los imaginé de nuevo juntos tal como los recordaba de la infancia, dentro de la cama de matrimonio, ella con las manos sobre el pliegue de la sábana, él con el eterno pitillo entre los dedos hablando en voz baja entre ellos antes de dormirse.

El lado terrible de la muerte, más allá del dolor y del sufrimiento, es la afluencia de recuerdos que nos obliga a rendir cuentas con la vida. En aquella ciudad donde nunca había vivido y que para mí significaba únicamente la enfermedad y la muerte de las personas queridas, los hospitales y los cementerios, las esperas y el frío intenso durante las lúgubres funciones religiosas, miré de repente a mi alrededor y vi a los hijos de los hijos de mi hermano: niños extraños y conmovedores vestidos con largos impermeables, silenciosos y disciplinados, tiernos. Por primera vez pensé que mi madre era su bisabuela, que su muerte cerraba un ciclo. Esos niños representaban la continuidad en tanto que Lea y yo con nuestros maridos pasábamos a convertirnos en la vieja generación, nosotros que hasta poco antes habíamos corrido y nadado, deseado, llorado y soñado. Me caían de golpe encima veinte años aclarándome por qué no había en nosotros rabia ni desesperación: cuando una vida dura tanto como aquella que acababa de llegar a su fin, su apagamiento ingresa en el gran orden natural haciendo posible únicamente la pura aceptación de ese hecho.

Una vez leí que para crecer es necesario cortar el cordón umbilical y que, cuanto más importante ha sido un padre, tanto más difícil resulta separarse de él y convertirse en adulto. En el momento de mi matrimonio, cuando mi madre partió para reunirse con mi padre en Módena, pensé que me había liberado de ella sin traumas; deduje de ello que no había sido importante para mí, que como persona no había contado en mi vida, no había dejado huellas, como si no hubiera existido. Mientras que los lazos con mi padre fueron de amor, los lazos con mi madre me provocaron rabia y frustración. A pesar de ello, o quizá precisamente por ello, su presencia resulta aún mucho más fuerte como para provocarme un sobresalto cada vez que me topo con una mirada perdida pero penetrante, con una figura de andar inseguro; y lo mismo sucede cuando veo en el supermercado las frambuesas, las grosellas, los caramelos, todas las pequeñas golosinas que compraba para ella.

Hubo de producirse la muerte de mi padre para que mamá entrase nuevamente a formar parte de mi vida, primero consiguiendo exasperarme y luego obligándome involuntariamente a tratar de comprender quién era esa mujer que había tenido por ella misma sólo un gesto de rebelión: al reivindicar, contra la voluntad de su padre, el derecho a elegir su propio destino; y que posteriormente había aceptado ese destino reuniendo fuerzas para resistir sin desfallecimientos en los años adversos. Una mujer que, como quien sale de una guerra despojado de todo excepto de responsabilidades, carga con sus hijos y unas pocas pertenencias en un carrito y empuja, empuja, hasta llegar a un puerto seguro. Una mujer que, tras haber dado una magnífica prueba de sí, se rindió y fue anulada por un hombre, siempre el mismo hombre salido de la nada, «un muerto de hambre» al que había conocido a través de un anuncio de la prensa.

Sólo hoy me doy cuenta de cuánto espacio ocupó esta mujer, mi madre, a pesar de que yo no quisiera concedérselo; y de cómo su figura se ha agigantado en el recuerdo que me arrastra lejos, cada vez más lejos, como sucede con ciertas olas anómalas que rompen sobre la playa, solitarias e imprevistas, cuando en el horizonte pasa, silueta casi invisible, un gran barco.

Terminado de escribir en enero de 1990.

Título de la edición original: *La cattiva figlia*
Traducción del italiano: José Ramón Monreal,
cedida por Muchnik Editores, S.A.
Diseño: Winfried Bährle
Ilustración: Daranas

Círculo de Lectores, S.A. (Sociedad Unipersonal)
Valencia, 344, 08009 Barcelona
3 5 7 9 7 9 0 4 8 6 4 2

Licencia editorial para Círculo de Lectores
por cortesía de Muchnik Editores, S.A.

Depósito legal: NA. 351-1997
Fotocomposición: Fort, Barcelona
Impresión y encuadernación: Gráficas Estella, S.A.
Ctra. Estella a Tafalla, km 2. Estella
Navarra, 1997. Impreso en España
ISBN 84-226-6458-5
N.° 29264